故事中的人生

西方文学中的生命哲学

宋德发 著

中国社会科学出版社

图书在版编目（CIP）数据

故事中的人生：西方文学中的生命哲学／宋德发著．—北京：中国社会科学出版社，2021.4
ISBN 978-7-5203-7695-2

Ⅰ.①故⋯ Ⅱ.①宋⋯ Ⅲ.①外国文学—生命哲学—研究 Ⅳ.①I106

中国版本图书馆 CIP 数据核字（2020）第 264199 号

出 版 人	赵剑英
责任编辑	耿晓明
责任校对	李 萍
责任印制	李寡寡

出　　版	中国社会科学出版社
社　　址	北京鼓楼西大街甲 158 号
邮　　编	100720
网　　址	http://www.csspw.cn
发 行 部	010-84083685
门 市 部	010-84029450
经　　销	新华书店及其他书店
印　　刷	北京明恒达印务有限公司
装　　订	廊坊市广阳区广增装订厂
版　　次	2021 年 4 月第 1 版
印　　次	2021 年 4 月第 1 次印刷
开　　本	710×1000　1/16
印　　张	15
插　　页	2
字　　数	253 千字
定　　价	58.00 元

凡购买中国社会科学出版社图书，如有质量问题请与本社营销中心联系调换
电话：010-84083683
版权所有　侵权必究

目　　录

导论　期待看得见"人"的外国文学研究
　　——一位外国文学教师的观察与反思 …………………（1）
　　第一节　外国文学教师学术研究的特殊性 ………………（3）
　　第二节　什么是看得见"人"的外国文学研究？ …………（9）
　　第三节　如何做看得见"人"的外国文学研究？ …………（12）
　　第四节　文学作品解读的"三板斧" ………………………（18）

第一章　古希腊神话中的原欲人生 ……………………………（24）
　　第一节　原欲人生的典型体现 ………………………………（25）
　　第二节　原欲人生的文化功能 ………………………………（32）
　　第三节　原欲人生的生命隐喻 ………………………………（37）

第二章　《荷马史诗》中的荣誉人生 …………………………（45）
　　第一节　阿基琉斯的愤怒 ……………………………………（47）
　　第二节　奥德修斯的回家 ……………………………………（52）
　　第三节　体育是一种生活方式 ………………………………（58）
　　第四节　力量、荣誉和智慧 …………………………………（65）

第三章　《埃涅阿斯纪》中的责任人生 ………………………（70）
　　第一节　埃涅阿斯的绝情 ……………………………………（71）
　　第二节　罗马精神的内涵 ……………………………………（76）
　　第三节　罗马精神的正能量 …………………………………（83）

第四章 骑士文学中的优雅人生 (87)
- 第一节 骑士文学 (87)
- 第二节 骑士精神 (92)
- 第三节 骑士爱情 (95)
- 第四节 骑士风度 (98)

第五章 《神曲》中的幸福人生 (105)
- 第一节 但丁梦游地狱、炼狱和天堂 (106)
- 第二节 世纪交替时代的诗人 (112)
- 第三节 有爱,才叫生活 (116)

第六章 《堂吉诃德》中的信仰人生 (124)
- 第一节 一个骑士小说迷的三次奇幻游侠 (125)
- 第二节 疯癫背后的人文精神 (132)
- 第三节 信仰的旗帜不可轻易放倒 (137)

第七章 《十日谈》中的情爱人生 (144)
- 第一节 故事之前的故事 (145)
- 第二节 情爱描写的批判意义 (147)
- 第三节 灾难面前的人性裸露 (152)

第八章 《巨人传》中的随性人生 (159)
- 第一节 巨人"巨"在何处? (160)
- 第二节 巨人因何而"巨"? (164)
- 第三节 心中的"巨人" (169)

第九章 《浮士德》中的追寻人生 (173)
- 第一节 浮士德的重生 (177)
- 第二节 浮士德精神的时代含义 (183)
- 第三节 浮士德精神的象征含义 (186)

第十章 《叶甫盖尼·奥涅金》中的虚空人生 …………………（193）
第一节　奥涅金没有理由拒绝达吉雅娜 …………………（193）
第二节　奥涅金拒绝达吉雅娜只有一种可能 ……………（197）
第三节　奥涅金患的是"俄国人的抑郁病" ………………（200）
第四节　奥涅金比连斯基更具有悲剧性 …………………（203）
第五节　一种生命状态 ……………………………………（206）

结语　谁规定过只能用一种格式写著作？
——演讲体学术著作的学术特色 ………………………（209）
第一节　重传播 ……………………………………………（211）
第二节　有文采 ……………………………………………（213）
第三节　善口语 ……………………………………………（215）
第四节　讲故事 ……………………………………………（217）
第五节　有生活 ……………………………………………（218）

主要参考文献 ………………………………………………………（225）

后记　没有什么可以阻挡我对"讲台"的向往 …………………（232）

导　论

期待看得见"人"的外国文学研究
——一位外国文学教师的观察与反思

我国外国文学研究已取得的成绩是有目共睹、令人振奋的，相关的总结也比较及时和充分，如陈建华主编了 12 卷本的《中国外国文学研究的学术历程》①，申丹和王邦维联合主编了 6 卷 7 册的《新中国 60 年外国文学研究》②，吴笛主编了 8 卷本的《外国文学经典生成与传播研究》③。有了这些皇皇几百万字的巨著在前，此后的学者再要做外国文学学术史方面的研究可能要三思而后行，因为要取得新的突破性成绩实在太难了。

在肯定和总结成绩的同时，对于存在的问题，学界也有所认识和反思。如笔者多年前就曾撰文将问题归纳为五点：没有语言的语言；思想苍白；歧视翻译；科研与教学脱节；言必称欧美文学。④ 这些年，有胆有识的反思更是越来越多，其中有几位学者的观点尤为值得关注。

王向远认为，问题在于两点："一是缺乏'外国文学'与'翻译文学'的区分意识，往往将原文与译文两种文本混同，没有意识到只有对外文原作所进行的研究才是真正的'外国文学研究'，而依据译文所能做的只是翻译文学研究；二是文本赏析与作品评论的模式长期流行，以主观性鉴赏性的评论，取代、掩蔽了严格意义上的文学研究。"⑤

杨恒达认为，问题在于已经形成了固定的模式和一些套话，导致无论

---

① 陈建华：《中国外国文学研究的学术历程》（12 卷本），重庆出版社 2016 年版。
② 申丹、王邦维：《新中国 60 年外国文学研究》（6 卷本），北京大学出版社 2015 年版。
③ 吴笛：《外国文学经典生成与传播研究》（8 卷本），北京大学出版社 2019 年版。
④ 宋德发：《试论我国外国文学研究的五大缺失》，《云梦学刊》2010 年第 6 期。
⑤ 王向远：《外国文学研究的浅俗化弊病与"译文学"的介入》，《东北师范大学学报》2017 年第 2 期。

是教学和研究都缺乏个性:"最近在批改研究生入学考试的外国文学卷子的时候,感触最深的一件事就是,过去我们的外国文学教学中存在着不少问题,致使我们现在面对其恶果的时候哭笑不得。我们在教学研究中已经形成了固定的模式和一些套话,例如,在研究某位19世纪批判现实主义作家的时候,我们会说诸如此类的话:作家以鲜明的主题、典型环境中的典型性格、巧妙而跌宕起伏的情节,深刻揭露了罪恶的金钱原则,批判了黑暗的恶势力和人欲横流的资本主义社会。"①

陈众议认为:"综观七十年外国文学研究,我们不能不承认两个主要事实:一、前三十年基本上沿袭了苏联模式,从而对西方文学及文化传统有所偏废,其中有十几年还受到了极'左'思潮的影响;后四十年又基本上改用了西方范式,从而多少放弃了一些本该坚持的优秀传统与学术立场;而且饥不择食、囫囵吞枣、盲目照搬,以致泥沙俱下的状况也所在皆是。当然,这是另一种大处着眼的扫描方式。具体情况却复杂得多。借冯至的话说,我们好像总是在否定里生活,尽管否定中也有肯定。二、建立具有国际影响的外国文学学科体系依然任重而道远。"②

汪介之认为,问题在于受到各种五花八门的"理论"特别是大量"非文学"理论的入侵,从而让相关研究异化为这些理论的载体、注解或作证:"当人们试图运用这些理论进行文学研究,进入作品解读和阐释时,便出现了'理论先行'这一更为普遍的现象。所谓'理论先行',就是在写作论文时,首先根据某种理论,依葫芦画瓢般地设置一个'理论框架',进而对这种理论的要点做出概括,然后再依照这些要点对作品文本做对照检查式的考察,说明自己所面对的作品文本中的某一方面正好吻合于、相当于该理论的某一要点,最后是证明了这部作品的若干主要方面分别对应于这种理论的所有要点。频频出现的这类文章的选题一般是:《xx理论与〈xxx〉》《〈xxx〉中的xx理论》,或《xx理论视域下(中)的〈xxx〉研究》等。"③ 比如说,巴赫金(Bakhtin,1895-1975)通过研究陀思妥耶夫斯基(Dostoyevsky,1821-1881)小说而提炼出来的复调小说理论,传到中国学界后,被广泛运用到外国文学研究中,导致薄伽丘(Boccaccio,

---

① 杨恒达:《我国外国文学研究中的问题意识》,《外国文学研究》2003年第3期。
② 陈众议:《外国文学研究七十年述评》,《东吴学术》2019年第5期。
③ 汪介之:《外国文学研究——理论的困扰与批评的呼唤》,《江西社会科学》2018年第9期。

1313—1375）的《十日谈》，莎士比亚（William Shakespeare，1654—1616）的《哈姆莱特》，艾米莉·勃朗特（Emily Bronte，1818—1848）的《呼啸山庄》，莫泊桑（Maupassant，1850—1893）的《项链》，斯坦贝克（Steinbeck，1902—1968）的《愤怒的葡萄》，福克纳（William Faulkner，1897—1962）的《喧哗与骚动》等等都成了"复调小说"，倘若巴赫金泉下有知也会哭笑不得，因为这样的研究恰恰证明了"复调性"是所有小说共享的共性，而非陀思妥耶夫斯基小说独有的个性。

上述种种反思主要从"学者"的立场出发，提出了诸多值得深思的批评和建议。而我国外国文学研究存在的问题远不止如此。比如，如果从"老师"的立场出发，就会发现最大的问题在于两点：从外在上看，就是研究对象与教学对象的严重脱节；从内在上看，就是几乎看不见"人"。

第一节　外国文学教师学术研究的特殊性

一个人会有不同的身份，这些不同的身份看似非常矛盾，却又能奇妙地统一于一身，所以著名学者阿马蒂亚·森（Amartya Sen，1933— ）提醒我们，需要承认人的身份具有普遍的多样性，其中一种身份的重要性不必也不能抹杀其他身份的重要性：

> 我可以同时是亚洲人、印度公民、有着孟加拉历史的孟加拉人、居住在美国或英国的人、经济学家、业余哲学家、作家、梵语学者、坚信现世主义和民主的人、男人、女权主义者、身为异性恋者但同时维护同性恋权利的人、有着印度教背景但过着世俗生活的人、非婆罗门、不相信来生的人（如果有人想知道的话，也不相信前世）。而这些只是一个我可以同时属于的许多种群体的一小部分——当然，根据具体情形，我还可以加入许多其他我感兴趣的群体。①

---

① ［印］阿马蒂亚·森:《身份与暴力——命运的幻象》，李凤华、陈昌升、袁德良译，中国人民大学出版社2009年版，第17页。

当然，我们还需要认识到，在特定的时间或空间中，一个人众多的身份中，会有一个是相对优先的："比如，当一个人去赴宴的时候，他作为素食主义者的身份要比作为一个语言学家的身份更为重要，后者只是在他去做有关语言学方面的讲演时才特别相关。这种身份的可变性并不意味着支持单一归属的假定，但它说明了选择往往有赖于具体的环境。"①

职业身份是一个人众多身份中的一种。单就职业身份而言，一个人可能也不止一种。一个 NBA 球员，他可能还是一位说唱歌手或者诗人；一位体育老师，他可能还是一位 CBA 裁判；一位主持人，他可能还是一位大学老师；一位警察，他可能还是一位马拉松运动员；一位种地的农民，他可能还是一位歌手。

通常而言，高校外国文学老师还兼有一个很重要的身份：研究外国文学的学者。放在高校这个环境中看，"老师"的身份显然要优先于"学者"的身份，即老师是第一职业身份，"学者"是第二职业身份，如果两个身份发生了冲突，那么"学者"的身份要让位于"老师"的身份，这就像警察不能在工作时间去参加马拉松比赛，体育老师不能在上课时间去当篮球裁判一样。总之，外国文学老师可以做研究，而且为了更好地做老师，也应该做研究。

但外国文学老师是一种比较特殊的学者，其研究就自然有特殊性。第一，既要研究"教什么"，又要研究"如何教"；第二，研究"教什么"即通常学者所做的专业研究，但外国文学老师的专业研究是为了更好地"教什么"，是为教学服务的，所以，其研究成果的潜在读者（或听众）是学生；第三，为了更好地"教什么"，外国文学老师的研究对象需要与教学对象保持高度一致，即外国文学老师的研究要以"经典的对象"作为研究的对象，要以"经典的方法"作为研究的方法。缘由其实只有一个：外国文学老师首先要履行教书育人的职责。

单纯研究机构里的外国文学研究者没有教书育人的职责，因此，他们在选择研究对象时，可以完全以"填补空白"为最高追求，换言之，他们可以怀有一个强烈的动机：通过自己对某些新颖甚至冷门对象的研究，最终能够发现新的经典和建构新的经典，从而在学术界留下自己的足迹，建

---

① ［印］阿马蒂亚·森：《身份与暴力——命运的幻象》，李凤华、陈昌升、袁德良译，中国人民大学出版社 2009 年版，第 22 页。

立自己的功勋，留下自己的美名。为了实现这样的目标，他们的研究在对象上可以带有很强的开拓性，在方法上可以带有很强的实验性。但外国文学老师的研究，应该以已经确认的"经典对象"作为研究对象，以已经确认的"经典方法"为研究方法。或许，个别老师可以尝试"非经典性"的研究，但这只能算是个人选择，不应该成为普遍的现象，更不应该成为被鼓励、被奖赏、被推而广之的普遍性选择。

外国文学老师的研究之所以要追求"经典性"，是因为他们首要的日常工作就是讲授"经典"。他们讲授的"经典"，可能是文学经典，也可能是文学史经典，还可能既是文学经典又是文学史经典，但不管怎样，肯定都是写进各种《外国文学史》的经典作家和经典作品。或许，每一位外国文学老师依据的教材不一样，每一位外国文学老师自己的偏好不一致，以至于他们在教学过程中讲授的经典作家和作品会有"小异"，但从整体上看，肯定又是"大同"的。

有的外国文学老师可能会讲授普希金（Pushkin，1799-1837），有的外国文学老师可能不讲授普希金，而是讲授列夫·托尔斯泰（Lev Tolstoy，1828-1910），但无论是普希金还是列夫·托尔斯泰，都是列入"教学大纲"的经典作家。况且，他们都要讲授但丁（Dante，1265-1321）、塞万提斯（Cervantes，1547-1616）、莎士比亚、歌德（Goethe，1744-1832）和巴尔扎克（Balzac，1799-1850）。有的外国文学老师可能讲授《城堡》，有的老师可能不会讲授《城堡》，而是讲授《变形记》，但不管是《城堡》还是《变形计》，都是卡夫卡（Kafka，1883-1924）的经典作品，况且，他们都要讲授《荷马史诗》《神曲》《哈姆莱特》《安娜·卡列尼娜》。

为了让自己的讲授满足学生的期待和需求，外国文学老师还需要对这些经典作家和作品进行力所能及的研究。当然，要对每一个讲授对象都进行特别深入的研究显然不可能，或许也没有必要。狭义上的"创新"并不适合评价外国文学老师的研究；狭义上的"深度"并不适合衡量外国文学老师的研究。外国文学老师的研究更多是综合性的研究。要知道，写进《外国文学史》或者列入外国文学课"教学大纲"的那些需要阐释和传承的经典，不说汗牛充栋，至少也是堆积如山，外国文学老师要将这些经典全部读完，差不多就要耗尽整个职业生涯。因此，哈罗德·布鲁姆（Harold Bloom，1930-2019）提醒我们："那些渴望读书者在世纪之末想看什么书？《圣经》所云的七十载光阴还不够阅读西方传统中伟大作家的部分名著，更不用说遍览世界上所有的传世之作了。读书必有取舍，因为实际上一个人没有足够时间读尽一切，即使他万事不做光读书也罢。"①

外国文学老师毕生都要阅读浩如烟海的经典，哪有更多的时间和精力去对所有经典都做出令人耳目一新的发现，哪有更多的时间和精力去发现新经典和建构新经典？而从教学本身来说，与众不同的深刻并不是唯一的追求，常识、情趣、智慧、格调、滋味、幽默等等，也应该成为衡量文学教学质量的重要尺度。因此可以说，对于大部分外国文学老师而言，能够做好已有经典的普及和阐释已经是一件相当艰难、又相当令人骄傲的事情了。

外国文学老师不仅主要以"经典对象"为研究对象，还需要以"经典方法"为研究方法。在有限的时间中，外国文学老师如何讲授经典作家和经典作品？从理论上说，每位老师可以随心所欲，各行其是。可是，出于对"教书育人"基本职责和基本规律的遵循，每位老师只能抓主要矛盾，即尽可能将外国文学中相对精彩和有价值的内容传递给学生，而这需要结合课程性质和课程目标来谈。

一门课程的教学目标，不外乎有三种，一是丰富知识；二是培养技能；三是塑造人格（包括审美素养）。当然，不同类型的课程又会各有侧重。大学的课程大致可以分为三类：一是"为实"类，比如数理化课程，以丰富专业知识为首要目标；二是"为事"类，比如"文学理论与批评实践""社会调查与统计分析""科学研究方法与论文写作"等课程，以提升专业技能为首要目标；三是"为人"类，比如历史课、哲学课、文学课、艺术课等，以塑造人格为首要目标。

文学课是典型的"为人"类课程，因为文学是人学；外国文学课是"为人"类课程中的代表，因为外国文学特别善于写"人"。因此，外国文学课最不可替代的价值就在于通过挖掘和讲授外国文学的"人"学内涵，促进学生人格的塑造。为了更好地实现这样的教学目标，外国文学老师在研究外国文学时，既需要以"经典对象"为研究对象，又需要以"经典方法"为研究方法。经典的研究方法，就是那些遵循"文学是人学"的

---

① [美] 哈罗德·布鲁姆：《西方正典——伟大作家和不朽作品》，江宁康译，译林出版社2015年版，第13页。

方法。当外国文学老师在课堂上照搬学术界的最新成果，用各种带有实验性质的方法去分析人物形象、叙事技巧的时候，可能已经偏离了"文学是人学"的轨道。

通过上述对外国文学老师学术研究特殊性的论述，大致可以发现，我国过去和当前的外国文学研究，尤其是外国文学老师们所做的外国文学研究，存在两点明显的不足，一是在研究对象上冷落经典；二是在研究视角上，冷落"人"。这两点，以2019年立项的外国文学国家社科基金为例，便可一目了然。2019年，外国文学国家社科基金共立项118项。118位主持人中，116位为高校外国文学老师。为了适应学术界的主流导向，这116位课题主持人在选题时基本都是以"填补空白"为最高追求，因此，他们最终获得立项的课题几乎没有以"外国文学史"上的经典文学作为研究对象，比如"当代英国气候变化诗歌""华裔美国文学""美国非裔女性作家""美国非裔存在小说""巴西'30一代'左翼作家""当代苏格兰戏剧""当代新加坡英语文学""南非英语文学""20世纪英国科学散文""菲律宾当代文学"等，都属于非经典文学甚至冷僻文学，"列斯科夫""万比洛夫""阿里克""玛丽安·摩尔""阿摩司·奥兹"等，都属于非经典作家甚至冷门作家。在研究视角的选择上，这些课题中的不少"题眼"，如"视觉现象""空间书写""文本图像""风景思想""创伤叙事""卢曼系统论"等，的确达到了"标新立异"的效果，但是也可能忘记了"文学是人学"和"文学研究也是人学"的初衷：

> 高尔基曾经作过这样的建议：把文学叫作"人学"……其实这句话的含义是极为深广的。我们简直可以把它当作理解一切文学问题的一把总钥匙，谁要想深入文艺的堂奥，不管他是创作家也好理论家也好，就非得掌握这把钥匙不可。理论家离开了这把钥匙就无法解释文艺上的一系列的现象，创作家忘记了这把钥匙就写不出激动人心的真正的艺术作品来。这句话也并不是高尔基一个人的新发明，过去许许多多的哲人许许多多的文学大师都曾表示过类似的意见。而过去所有杰出的文学作品也都充分证明着这一意见的正确。高尔基正是在大量地阅读了过去杰出的文学作品，和广泛地吸收了过去的哲人们、文学大师们关于文学的意见后，才能以这样明确简括的语句，说出了文学

的根本特点的。①

从学术研究本身而言，这些立项的国家社科基金课题都在积极尝试新经典的发现和建构工作，其选题的新意和学术价值是毋庸置疑的。但考虑到这些课题主持人几乎都是以传承经典文学为主业的外国文学老师，那么这种一边讲授经典文学，一边研究非经典文学，讲授对象与研究对象割裂的矛盾就凸现了出来。

其至从学术研究本身而言，也不能说越新的就越有价值。特别是文学研究，不是所有的"空白"都值得去填补，都应该去填补，如果填补一些没有意义的空白其实也是没有意义的。莫砺锋建议研究中国古典文学的青年学者"要选有一定学术价值的题目"："即使你选的是一个从没被研究过的唐代诗人，但这个诗人没有任何代表性，他在整个唐诗发展史上不形成任何轨迹点，他的存在没有多大意义，你的研究也就意义不大；所以，要选择比较有学术价值的题目。"② 这番建议同样适合送给研究外国文学的青年学者。诚如前辈学者汪介之所言："如果以为新出现的作品和理论批评总是或必然会超越、颠覆、取代以往的作品和理论批评，把追踪所谓'学术前沿'视为创新，经常轻率地宣布某一'新阶段'的开始或'范式转型'，必然导致彻底丢失根基。仅就欧美文学研究而言，自古希腊以来的大量经典作家作品长期淡出研究者们的视野之外，而一些刚出现不久、成就平平、影响很小的作家，却得到了远远超出其国家与地区关注度的'过度阐释'，这是一种不正常的现象。"③ 两位学术大家的观点基本一致，即学术研究如同挖煤，不能将主要才华和精力用在挖边角煤，挖被人废弃的煤上，挖几乎无开采价值的煤上。这样做固然也会有所收获，但投入和产出完全不成比例。

---

① 钱谷融：《论"文学是人学"》，载郭冰茹编《中国当代文学研究读本》，中山大学出版社2017年版，第40页。
② 莫砺锋：《功底与眼光——中国古代文学治学漫谈》，《中国研究生》2009年第12期。
③ 汪介之：《四十年来外国文学研究的成就、问题与思考》，《江西社会科学》2020年第4期。

第二节　什么是看得见"人"的外国文学研究？

从外国文学学习者和外国文学老师的视角看，有一些研究著作是看得见"人"的，它们对读者认识和理解外国文学中的"人"起到了极大的引导和辅助作用。在此，不妨列举四部著作为例。

第一部是徐葆耕的《西方文学——心灵的历史》，清华大学出版社1990年出版。该书的"作者题记"很精准、传神地表达了该书力图发现西方文学中的人类心灵的历史，并借此"发现自己"："文学，是人类心灵的历史。西方的一些真诚的心灵探险家们，以西西弗斯推石上山的胆略和毅力，在宇宙般浩瀚深邃的内心世界里摸索着，顽强地向着它的神秘底蕴掘进。他们是情感的受难者，几乎没有一种痛苦与欢欣不被他们品味过、表现过。流动不已的生命现象和变幻无定的精神生态构成了西方文学多姿多彩的河流。醒来的人们，沿着这条心灵之河走一走吧！你会惊奇地从中发现你自己。"该书从"文学史是心灵史"的视角，对具体作品的理解和阐释也充满了生活的气息和生命的气息。比如，它认为但丁《神曲》通篇是用寓意写成的，"引导但丁游历地狱、炼狱、天堂的，分别是古罗马的大诗人维吉尔和但丁挚爱的情人贝亚德。在这里，维吉尔代表人智，贝亚德则代表爱。这样我们很清楚地看到了但丁的一个公式：天堂之路＝人智＋爱"①。这条公式隐喻了人类幸福的秘密：幸福＝人智＋爱。而这条"幸福公式"可以给读者（尤其是外国文学老师）留下无数想象的空间和阐释的空间。

《西方文学——心灵的历史》的特别之处，吕俊华在序言中已经说得很明白："把文学作为心灵现象来认识和观察就不仅是一种新的角度，而更是一种新的态度和新的高度。可以预料，本书不但对研究西方文学有重要参考价值，即对中国文学亦将有深刻的启发，不仅在方法论意义上，而且在本体论意义上。"② 30年过去了，如今回顾起来，徐葆耕这种"把文学作为心灵现象"来认识和观察的外国文学研究方法，并没有成为主流，

---

① 徐葆耕：《西方文学——心灵的历史》，清华大学出版社1990年版，第1、65页。
② 徐葆耕：《西方文学——心灵的历史》，清华大学出版社1990年版，第Ⅷ页。

特别是该书风铃一般悦耳动听的文字，在如今的外国文学研究论著中难觅踪迹。

第二部是蒋承勇的《西方文学"人"的母题研究》，人民出版社2005年初版，华东师范大学出版社2018年再版。这是一部更体系化、更学术化的《西方文学——心灵的历史》。不能确定的是，作者是否阅读过《西方文学——心灵的历史》一书；可以确定的是，该书在客观上，在内在精神上继承和发扬了《西方文学——心灵的历史》一书所蕴含的方法论意义和本体论意义。蒋承勇发现："文字自诞生以来，就以人为描写的核心，它的本质是展示人的生存状况；它的最高宗旨是维护和实现人的自由与解放；它不仅表现人的不自由和争取自由的外在行动，而且也表现人因丧失自由所致的内心痛苦与焦虑。文学以展示人性的深度为最高目标。从这种意义上说，文学是'人学'。"① 该书正是在遵循"文学是人学"这个常识的基础上，以文化为参照，以人为基点，透析西方文学中"人"的观点的历史嬗变，力图构建西方文学中"人"的观念递变的基本框架。《西方文学"人"的母题研究》研究的对象都是读者耳熟能详的经典文学，运用的方法也是非常传统的方法——从"文学是人学"的角度出发，再回到"文学是人学"的终点，从中看不到任何时髦、前卫、奇异的理论术语和概念，却能将西方文学中的"人"学内涵挖掘得深入，提炼得精准，表达得通透。

蒋承勇研究外国文学的思路和方法，最能体现一位外国文学老师首先将自己视为"老师"的立场和情怀。实际上，他的成名作《十九世纪现实主义文学的现代阐释》则可视为一部断代版的《西方文学"人"的母题研究》。19世纪现实主义文学是外国文学教学中的重中之重，任何一位外国文学老师都无法回避。但学术界长期以来仅从社会历史的批评角度来研究如此重要的文学经典，导致相关的授课也变得沉闷有余，生动不足。因此，重新阐释19世纪现实主义文学就有了可能性和必要性："19世纪现实主义文学，这显然是一个陈旧的课题。然而，笔者认为，作为一个理论课题，不管人们已作了多少研究，19世纪现实主义至今仍然有许多课题尚待深入研究或重新审视。特别是站在现代人的角度，对19世纪现实主义文

---

① 蒋承勇：《西方文学"人"的母题研究》，华东师范大学出版社2018年版，第5页。

学做出新的理解和阐释,更有其现实的意义。"① 《十九世纪现实主义文学的现代阐释》返璞归真,从"文学是人学"的常识出发,以"司汤达:自由的困惑";"托尔斯泰:堂吉诃德与西西福斯的融合";"巴尔扎克:对人类生命本体的忧思";"陀思妥耶夫斯基:'人'的定位的困惑";"福楼拜:跋涉于沙漠中的骆驼";"左拉:'人'的神话的陨落"等为题,对19世纪的经典作家做出了似乎出乎意料,其实又在情理之中的阐释。

第三部是王诺的《外国文学——人学蕴涵的发掘与寻思》,科学出版社1999年出版。该书写作的指导思想是:"文学是人学。'文学是人文学'。文学是'人性之学'。文学是'一门研究人的诚实的学科'。文学最大的魅力就在于对人的描写、对人性的揭示、对人的思想情感以及整个精神世界的表现。在人文精神失落的时代,在物欲横流、思想干涸的畸形发展的时代,在剥离了思想甚至剥离了人、专注于纯粹的表现形式的文学批评登峰造极的时代,许多人终于认识到:文学不能不是人学。"② 在这种指导思想的指引下,王诺将人学内涵分成四大部分:人性、人生、人与社会、人与自然,并从具体作品分析入手,全面而又有所侧重地发掘、归纳、寻思并阐释外国文学的四种人学蕴涵,展示外国文学的人学思想成就。整体而言,这是一部文学欣赏方面的著作,文字简约、直白、晓畅,特别适合大学生阅读,因而也特别适合作为教师备课的参考书。

第四部是曾艳兵的《卡夫卡研究》,商务印书馆2009年出版。这是一部题目中看不到"人"字,行文中也极少看得见"人"字,但字里行间却处处隐含了"人"字的著作,从而为我们如何从"人"的角度研究作家和讲授作家树立了一个典范。该书从"走近卡夫卡"到"走进卡夫卡",从"体验卡夫卡"到"走出卡夫卡",既有细密的"考证"所呈现出的科学之美,又有严谨的"论证"所呈现出的逻辑之美,更有灵动的"悟证"所呈现出的思想之美。该书以"考证"为基础,以"论证"为过程,以"悟证"为归宿的研究方式和经验同样既具有方法论的意义,也具有本体论的意义。

可以说,上述四部外国文学研究著作,均以"经典"作为研究对象,又从经典的"人"的角度出发,更是用"人"的语言写作,最终用学术的

---

① 蒋承勇:《十九世纪现实主义文学的现代阐释》,高等教育出版社1996年版,第1页。
② 王诺:《外国文学——人学蕴涵的发掘与寻思》,科学出版社1999年版,第1页。

风花雪月烹饪出了人间的酸甜苦辣,有思想、有智慧、有文笔。遗憾的是,这样的成果还是太少,远远不能满足读者,尤其不能满足大学生和大学老师的阅读期待和阅读需求。

第三节 如何做看得见"人"的外国文学研究?

做看得见"人"的外国文学研究,前提和基础是回归"文学是人学"的基本常识,遵循"文学研究也是人学"的基本规律,然后至少还需要做四件事情。

一是在研究立场上,回归和尊重外国文学老师的身份。当回归和尊重外国文学老师的身份时,我们在选择研究对象时就不再迷信创新,而是更重视继承。举一个例子来说明我们如何忘记了自己的外国文学老师身份。从教学的角度看,19世纪俄罗斯文学的价值无疑无可替代,因此,外国文学老师们为了更好地讲授19世纪俄罗斯文学,也应该花大力气去研究它们。但现在研究俄罗斯文学的学者屈指可数,相关的课题和论著也在逐年减少。2019年中国外国文学学会教学研究会共收到参会老师提交的会议论文100多篇,和俄罗斯文学有关的只有1篇,而研究尼泊尔文学的文章也刚好是1篇。在日常的外国文学教学中占据重要位置的俄罗斯文学,在日常的学术研究中却变得如此小众和冷门,以至于在一个以"教学"为中心的教学研究会上,也只有一篇相关论文宣读,其中缘由令人疑惑,但可以确定的是,外国文学老师研究俄罗斯文学,研究普希金、列夫·托尔斯泰这样的作家,因为"选题陈旧"而很难获得课题立项,也很难发表学术论文。

这种情况其实已经越来越普遍。外国文学老师在课堂上要讲授的都是最经典的作家如莎士比亚,以及最经典的作品如《哈姆莱特》。但如果外国文学老师在申报课题时以莎士比亚为研究对象多半被专家毙掉,在投寄论文时以莎士比亚为研究对象多半被编辑毙掉,理由只有一个:选题陈旧。而外国文学老师在培养外国文学研究生时,又把这种观念传承下去,以至于外国文学研究生在论文选题时,以莎士比亚作为研究对象多半被导师毙掉,就算通过导师这一关,在答辩时恐怕也要受到答辩委员的质疑:这个题目是不是老了点?而这些外国文学研究生正是未来的外国文学老师。当他们做外国文学老师时，很可能在取得骄人科研成果的同时，对莎士比亚这样的经典作家并无多少让学生心服口服的新发现、新见解和新感受。

从"学术创新"的角度看，研究经典作家不如研究非经典作家那样容易"脱颖而出"，那样容易适应体制，那样容易获得学术界的认可，但从外国文学教学的角度看，研究非经典作家肯定不如研究经典作家更直接有效，道理很简单，我们讲授的是经典作家而不是非经典作家，更不是冷门作家。教什么不研究什么，研究什么不教什么，这既是外国文学老师的矛盾，也是所有文学老师的矛盾——有很多古代老师也表达过和笔者相同的困惑和焦虑：我一边在课堂上讲李白、杜甫和陶渊明，一边在课堂外研究学生根本没有听过，也根本没有兴趣的小作家、冷僻作家，我知道这样做很不好，但我缺乏能力和勇气去冲破这种研究对象与教学对象长期割裂的怪圈。

实际上，在学术界片面追求创新这个主流导向的影响下，这些年，我国外国文学研究在经典文学的研究方面，实质性的进步和成就比较有限，反倒是那些"圈外人士"出于真心的喜爱，并凭借敏锐的文学洞察力和超强的文字表现力，对一些经典作家作品做出令人"怦然心动"的解读，如作家残雪出版过《灵魂的城堡——理解卡夫卡》（上海文艺出版社1999年版），作家毕飞宇出版过《小说课》（人民文学出版社2017年版），哲学家邓晓芒出版过《人之镜——中西文学形象的人格结构》（云南人民出版社1996年版），伦理学家何怀宏发表过《战争、历史与生命——重读〈战争与和平〉》（《书屋》2006年第1期）。

或许，我们做学者的动机太强了，赢得学界承认的动机太强了；我们做老师的意识太弱了，赢得学生认可的意愿太弱了。我们发表了很多非常有新意的论著，主持了很多有新意的课题，但我们可能讲不好一堂面向本科生的、带有普及性质的外国文学课。我们的研究成果对同行讲好外国文学课的意义也微乎其微。但我们非常期待，我们作为外国文学老师而不是单一的学者，不能只做经典的发现人和建构者，更应该做经典的阐释者和传播者。

二是在指导思想上，真正理解和践行马克思主义。我们的学术研究是在马克思主义指导下进行的，外国文学研究自然也不例外。诚如《外国文学评论》首任主编张羽所言："用马克思主义的立场、观点、方法把我们的研究和评论推向一个更高的水平。"① 马克思主义的真谛就在于一个"人"字。看不见"人"的外国文学研究又是如何遵循马克思主义指导的？由于我们的研究论著中看不到人，所以那些读我们研究论著的读者（其中很多就是我们的学生），误以为这是马克思主义的问题，他们因此变得不再喜欢甚至厌恶马克思主义。就像一位大学校长在学生中随机做的调查所显示的那样：

> 1984年，2001年，一位校长曾先后询问过两所不同大学的两位哲学系学生，一位是本科毕业生，一位是硕士研究生，校长问前一位："你们同学喜欢马克思主义哲学吗？"很快就回答："不喜欢。"又问："也有喜欢的吗？"答："也有，可能有5%吧。""为什么这么多人不喜欢？""因为从中看不到人。"又一轮问与答。至于后一位，问的是："在西马中，你们喜欢什么？"回答很快："法兰克福学派。"原因是：从中可看到人。两位学生的回答有很高程度的一致性。②

其实是我们曲解了马克思主义，是我们把马克思主义中的"人"字给弄丢了，导致我们的学生误以为马克思主义中看不见"人"。在《马克思恩格斯选集》第1卷中，在一般意义上出现的"人"字就高达2000字，若包括具体意义下和一些特定意义下提到的"人"字，"人"字则出现了4000次以上。仅仅在《1844年经济学哲学手稿》（节选）这一篇14页约1万字的文章中，"人"字就出现了200次以上，"人"字的出现频率如此之高，让它简直成为一篇关于"人"论的文章。在那篇只有千字的《关于费尔巴哈的提纲》一文中，"人"字也出现20次。在接下去的一篇《德意志意识形态》（节选）中，"人"字更出现了600次。因此，张楚廷说得好："可以说，马克思的社会理想，其核心就在人，在追寻一个怎样的社会更有利于人，其核心就在人的发展，人的个性，人的自由，人的尊严，人的解放，人的幸福，人的不再被异化。如果某些现存哲学让人看不到人的话，它们最好不要再说自己是在马克思主义哲学指导之下的。"③

---

① 张羽：《在改革和开放的实践中努力办好〈外国文学评论〉——代发刊词》，《外国文学评论》1987年第1期。
② 《张楚廷教育文集》第1卷（《高等教育哲学卷》），湖南教育出版社2007年版，第24页。
③ 《张楚廷教育文集》第1卷（《高等教育哲学卷》），湖南教育出版社2007年版，第28页。

三是在研究方法上，增加"悟证"的分量。文学研究不是自然科学研究，也不是社会学、历史学研究。文学研究如果搞得太科学了，可能恰恰就是不科学的。文学研究如果只有翔实的"考证"和严密的"论证"，没有"悟证"，依然不能算高层次的文学研究，或者只能算"研究"而不能算"文学研究"。文学研究应该是"狂而不野"的。而我们现在的外国文学研究，的确不够野，但也不够狂，所以文学本身的个性很难看到。曾艳兵说，"从某种意义上说，研究卡夫卡，也就是研究我们自己"①。推而广之，研究外国文学就是研究我们自己。但由于"悟证"的缺失，所以我们的外国文学研究里很难看见"自己"。因为看不见"自己"，所以也就看不见文学中的"人"和现实中的"人"的连通。"悟证"不是依靠对各种方法和理论的娴熟运用，而是依靠研究者综合的素养，包括人生阅历、阅读经历、语言表达力和想象力，以及对现实生活真诚的拥抱和只可意会不可言传的生命感悟。

王向远认为，我国外国文学研究患有"浅俗化弊病"，一个重要表现就是"文本赏析与作品评论的模式长期流行，以主观性鉴赏性的评论，取代、掩蔽了严格意义上的文学研究"②。对此，我可能有不同的认识和理解：我国外国文学研究患有"浅俗化弊病"，不是因为文本赏析与作品评论的模式长期流行，而是因为文本赏析与作品评论的模式长期缺失。

文学研究包括三个类型：文学欣赏、文学评论（批评）和文学理论。学术界默认这三种各有千秋的类型存在着等级区分，即文学欣赏低于文学评论，文学评论低于文学理论，以至于有点"梦想"的研究者都刻意与文学评论、文学欣赏保持距离。而我们的研究者或许从读硕士研究生开始，就接受一种"系统性"的理论训练，但是却严重缺乏文学欣赏和文学评论方面的熏陶和培养，这相当于书法练习者跳过楷书的临摹，直接进入草书的狂飙一样：

> 问题的严重还在于，我们的文学教育也随之教条化，一些博士硕士从中学到大学就没有受过多少艺术的熏陶，许多人只是在外语上有竞争力，把西方文论梳理一遍已经筋疲力尽，文本分析的训练还没有

---

① 曾艳兵：《卡夫卡研究》，商务印书馆2009年版，第524页。
② 王向远：《外国文学研究的浅俗化弊病与"译文学"的介入》，《东北师范大学学报》2017年第2期。

开始，就直接开始了博士学位论文的写作，其结果只能是从理论到理论的演绎，缺乏概念和经验的第一手概括和分析的素养，还误以为为文之道，大底不过如此。殊不知，概念的演绎毕竟是第二手的，而经验的概括是第一手的，人家西方大师本身的原创性，也是从自身经验材料的第一手概括开始的。①

应该说，在这种文学教育模式下获得文学博士学位的文学研究者，对文学理论，特别对西方文学理论就算谈不上精通，至少也算是比较了解。从积极的意义上说，他们因此可以写出比较符合"国际学术规范"的论文，而这也算是西方文论对我们文学研究的贡献："应该承认，大规模接受西方文论帮助了我们，提高了我们的抽象、概括能力，帮助我们超越了传统的综合性思维惯性；用诺贝尔奖奖金获得者杨振宁的话来说，超越了经验（惟象的）归纳的局限，使得我们逐渐习惯了逻辑的自洽和一贯的规范。"② 但是，西方文论的"独白"，以及西方文论自身的缺陷也伤害了我们的文学研究："应清醒地看到，西方文论在获得高度成就的同时也隐藏着一些隐患。首先，是观念的超验倾向与文学的经验性发生矛盾；其次，因其逻辑上偏重演绎、忽视经验归纳，这种观念的消极性未能像自然科学理论那样保持'必要的张力'而加剧；最后，由于对这些局限缺乏自觉认识，导致20世纪后期出现西方文论否定文学存在的危机。这一切的历史根源是西方论文长期美学化、哲学化的倾向。"③ 我们需要认识到，文学欣赏是文学研究者应具备的基本素养，遗憾的是，这个基本素养我们是比较缺乏的，因此我们当前的首要任务应该是把阅读经典和欣赏经典的重要性提高到应有的地位，借此挖掘和提升潜藏在我们身上应有的文学直觉、文学经验和文学感觉。

四是在语言表达上，尽量说"人话"。南帆说："许多人有意无意地觉得，文学批评的阅读必须像文学阅读一样生动有趣。那些学院式的论文如同一种思辨的折磨，种种陌生的术语令人恼火。这逐渐地使那些晦涩的批评论文成为一些学术孤岛。这些论文既无法触动作家的写作，也无法介入

---

① 孙绍振：《微观分析、理论独创和教条主义》，《文艺理论研究》2003年第5期。
② 孙绍振：《从西方文论的独白到中西文论对话》，《文学评论》2001年第1期。
③ 孙绍振：《文论危机与文学文本的有效解读》，《中国社会科学》2012年第5期。

读者的阅读。① 不堪卒读的现象，在外国文学研究的论著中体现得尤为明显。从读者的角度看，大量外国文学研究论著读起来味同嚼蜡，根本体现不了文学自身的灵性和潇洒。这表面上是语言缺失问题，其实是思想缺失问题，因为语言并不是思想的外壳，语言就是思想本身，语言的丰富本质上是思想的丰富，语言的苍白本质上是思想的苍白：

  实际上，语言即生活，语言即人生。语言的充实就是生活的充实；语言的丰富就是人生的丰富；语言的力量就是人的力量；语言的发展正是人的发展；语言的神奇正是人的神奇；语言的美妙正是人生的灿烂而美妙。

  有灵气的人们创立了语言，同时也赋予语言以灵气。语言是与思维同在的，并且语言让思维更活跃，更有效。思维是活生生的，语言也是活生生的。人不是工具，语言焉能是一根拐杖？语言岂止是一件工具？语言是实实在在的，它岂止是一层外壳？语言在很大程度上是思维本身，它岂止是思维的外壳？语言把世界的一切置于其中，如此美丽灿烂的语言世界竟被描述为工具和外壳，这岂不是太轻看了人类的伟大创造吗？②

  批评是为了建设，破题是为了立题。如何破解当前外国文学看不见"人"的困局？方法和途径或许有很多种，关键在于我们该如何回归初心，做正确的事而不仅仅正确地做事。理论功底深厚的著名文学理论家孙绍振先生，凭借其敏锐的文学洞察力，在文本细读方面做出很好的表率。他出版的《文学性讲演录》《文学文本解读学》《文学解读基础》《孙绍振如是解读作品》③ 等著作，对文学老师如何细品文学作品有着醍醐灌顶般的启迪，值得大力举荐。

---

① 南帆：《论文学批评的功能》，《东南学术》1999 年第 1 期。
② 张楚廷：《有效的家庭教育》，西南师范大学出版社 2015 年版，第 158 页。
③ 孙绍振：《文学性讲演录》，广西师范大学出版社 2006 年版；《文学文本解读学》，北京大学出版社 2015 年版；《文学解读基础》，福建教育出版社 2017 年版；《孙绍振如是解读作品》，福建教育出版社 2018 年版。

第四节　文学作品解读的"三板斧"

作为一名普通的外国文学老师，笔者长期面向本科生从事外国文学的普及工作。笔者没有孙绍振那样丝滑般的文学感觉，但也在"文学是人学"的思想指引下，通过多年的探索和实践，形成了自己的一套解读文学作品的方法，再配合还算不错的口语表达能力，倒也让日常的授课受到学生的认可和欣赏。笔者的方法可以总结为文学作品解读的"三板斧"。

第一"板斧"是分析作品的"字面意义"。该"板斧"通俗地说就是讲故事。所以，我将自己定位为"讲故事的人"。作家也是讲故事的人，而我作为教师，主要是"嘴"讲述作家们用"笔"讲述的故事。

> 文学有一项基本训练，即用尽可能简短的语言去概括一部作品的中心故事，以寥寥数语提炼出故事的主题、人物关系、情节发展……再长的原作也把其梗概限定在几百字以内。要大致呈现一部文学作品价值和审美取向，既可以向他人介绍阅读观感，也可以在同行中交流各自谋篇的新作，更可节省彼此时间。①

文学老师复述故事是为了给学生听而不是让学生看，因此我概括一部作品的中心故事肯定不能仅用"寥寥数语"，而必须采用不长也不短、与课堂时间相匹配的篇幅。比如同样是复述《奥德赛》的故事情节，亚里士多德只需要这样说：

> 《奥德赛》的梗概并不长：一个人离家多年，被波塞冬暗中紧盯不放，变得孤苦伶仃。此外，家中的境况亦十分不妙；求婚者们正在挥霍他的家产并试图谋害他的儿子。他在历经艰辛后回到家乡，使一些人认出了他，然后发起进攻，消灭了仇敌，保全了自己。这是基本内容，其余的都是穿插。②

---

① 理由：《荷马之旅——读书与远行》，生活·读书·新知三联书店2019年版，第67页。
② [古希腊]亚里士多德：《诗学》，陈中梅译，商务印书馆2010年版，第126页。

如果我这样复述《奥德赛》的故事情节，学生肯定会心生反感和厌恶。我需要用自己的语言，尽量将故事复述得具体些、饱满些、生动些。之所以需要这样做，还基于以下三点考虑。

一是本科生几乎没有时间阅读作品。1989年至1994年间，木心在纽约给一群中国艺术家讲解世界文学史，讲到《荷马史诗》时，他问："人所崇拜的东西，常是他们不知道的东西。在座谁读过《伊利亚特》？《奥德赛》？"① 结果只有一位在美国受教育的艺术家举手。我每次讲课前也问本科生们这个同类的问题，举手者也是寥寥无几。他们就算读过一些作品，也常常反应读不懂。因为读不懂，也失去了继续探讨作品的兴趣——一个本科生听完我讲《神曲》，课后满怀期待去看《神曲》，发现根本就看不懂，尤其是《炼狱》和《天堂》，他说完全不知所云。所以，就像木心每次讲课都要讲故事情节一样，我每次上课也要讲故事情节。实际上，现在的硕士生和博士生也没读过几部作品，因此，我在给他们讲授《欧美文学专题》时，主要也是分析经典作品，而不是泛泛而谈文学思潮和文学现象。

二是不少外国文学老师讲解外国文学作品时，可能自己连原作都没有认真读过（特别是初上讲台的老师，备课时间特别紧，根本来不及细读作品），导致上课时只能综合一些研究论文，大谈作品的思想和艺术，让讲课非常的枯燥和抽象。这让我们想起作家何大草曾这样调侃、讽刺那些没有读过作品的外国文学老师：

> 我母亲比我父亲还要随和些。她教外国文学，也是硕导，她老实跟我承认，一本外国文学的原著她也读不懂。五十年代倒是突击过俄文，早忘了。唯一的纪念，就是给女儿起了个半中半俄的名字。外国名著的翻译本，她也绝大多数没读过，读过的，多是缩写本。她说，照本宣科，如果"本"没有错，也不算误人子弟嘛。②

鉴于此，笔者自己要做一个多读作品，读作品读多遍的外国文学老师。而在本书写作时，笔者也尽量用自己的方式复述一下故事情节，帮助

---

① 木心：《文学回忆录》（上），广西师范大学出版社2015年版，第38页。
② 何大草：《忧伤的乳房》，安徽文艺出版社2014年版，第264页。

初上讲台的同行们在复述作品时节省不少时间。

三是作品分析要建立在比较细致的作品还原基础上。我们在讲授外国文学作品时，往往忽略了作品还原，片面和刻意地追求深度和广度，歧视和忽略了最朴素、最基础的讲故事环节，这也是课堂沉闷和无趣的一个重要原因。因此，教师要利用自己相对丰富的阅读经验和相对高一些的阅读能力，和学生一起还原作品的主要内容，然后一边还原，一边联系生活谈自己的理解和感受，这有助于学生节省自学时间和触摸文学作品本身的质感。当然，复述故事也是一种再创造的过程。复述同样的作品，有的老师可能讲得特别生动有趣，有的老师可能讲得非常的枯燥无聊——复述故事特别考验老师的理解能力、概括能力和语言表达能力。

第二"板斧"是分析作品的"时代意义"。即结合作家所处的时代背景、作品的写作背景以及作品中所描写的时代背景，对作品所呈现的时代意蕴做选择性的阐释。每一位作家都是特定时代的作家，因此，无论他的创作是针对特定的时代，还是不针对特定的时代，在客观上都会打上特定时代的烙印：要么反映特定时代；要么颂扬特定时代；要么批判特定时代。当然，有些作品的时代意义比较明显，比如文艺复兴文学和批判现实主义文学；有些作品的时代意义比较含蓄，比如现代主义文学和后现代主义文学，不管是哪一种文学，分析其时代意义一直都是研究和讲授外国文学的"保留节目"。

以对《哈姆莱特》的研究和教学为例。从时代意义看，哈姆莱特被誉为人文主义者的典型形象。如"苏联最负盛名的莎学专家"阿尼克斯特（Anikst，1910 - 1988）1956年发表的论文便着力论证了"哈姆莱特是个人文主义者，他所生活的世界很像莎士比亚时代的英国"[①]，言下之意是，哈姆莱特虽然是13世纪左右的丹麦王子，但由于其文学形象的创造者是生活在16—17世纪的英国人莎士比亚，因此他体现的不是13世纪左右丹麦的时代精神，而是16—17世纪英国的时代精神。阿尼克斯特这一观点长期以来深受国内学界赞同，各种外国文学史对这一观点更是深信不疑。

20世纪90年代中期，有学者对"哈姆莱特是个人文主义者"的观点

---

① ［苏］阿尼克斯特：《论莎士比亚的悲剧〈哈姆莱特〉》，杨周翰译，载杨周翰编选《莎士比亚评论汇编》（下），中国社会科学出版社1981年版，第503页。

进行了升级改造，认为他是蒙田式人文主义者，即揭露和反思人性弱点、缺点和阴暗面的人文主义者。① 与那种正面歌颂、赞美人性光辉的"阳光型"人文主义者不同，蒙田式人文主者散发着忧郁乃至阴郁的气质。将哈姆莱特视为蒙田式人文主义者，其实也是着眼于分析他身上的时代精神，即文艺复兴后期人类自我反思、自我怀疑和自我批判的时代精神。当然，还有学者认为哈姆莱特既不是人文主义者，又不是蒙田式人文主义者，他作为生活在13世纪左右的一个封建王子，虽然获得生活在16—17世纪的莎士比亚的重新创作，但他所代表的就是13世纪左右的时代精神而非16—17世纪的时代精神，即他只不过是一个充满了封建意识、封建伦理道德和宗教观念的封建王子而已。②

探寻文学经典的时代意义，是传统的外国文学研究和教学非常擅长的工作。现在看来，这项工作虽然有些乏味，但也是必要的，所以，我们需要批判性继承而不是全盘否定。再说，丰富学生的文学知识和文化知识本身也是文学课的教学目标之一，因此，保留这个项目，对于拓展学生的知识面是非常必要的。当然，以往的课堂讲课过于偏爱作品时代意义的挖掘，导致了文学作品分析的泛文化倾向，遮蔽了文学作品分析的"文学性"③。为了改变这一状况，增加对文学作品象征意义和美学意义的分析就尤为必要（很遗憾，本书很少涉及文学作品的美学意义）。

第三"板斧"是分析作品的"象征意义"。象征意义，也可以称之为"哲学意义"和"人生意义"。分析作品的象征意义是笔者最喜欢的一个环节，这个环节主要就是教师联系自身的生命体验，在拥抱作品、体验作品和激活作品的基础上，谈论文学对当下人生的启迪。诚如童庆炳所言："文学与生活是相通的，自己的切身经验和体验就是一笔了不起的财富，何必处处举过往作家作品的例子，你可以讲你的一段经历，一段见闻，甚

---

① 参见孟宪强《文艺复兴时代的骄子——哈姆莱特解读》，载孟宪强主编《中国莎学年鉴1994》，东北师范大学出版社1995年版，第56—96页。

② 参见叶舒宪《从哈姆雷特的延宕看莎士比亚思想中的封建意识》，《陕西师范大学学报》1985年第2期。

③ 侧重文学的文化背景和文化意义分析的代表性著作中，《欧洲文学的背景》算是一本。该书对外国文学老师讲授文学作品的时代意义有重要参考价值。可参考［美］罗德·W. 霍尔顿、文森特·F. 霍普尔：《欧洲文学的背景》，王光林译，重庆出版社1991年版。

至你做的一个梦……"① 有此理念的童庆炳,在分析文学作品和文学理论时,总是不时地联系自己的切身经验和体验,从而激活了文学作品和文学理论。② 罗宗强和童庆炳可谓英雄所见略同:

> 人文学科的学术研究,特别是文学研究,里面包含着很多人生感悟的东西,含有对人性的理解在里面。真切的人生体验对文学研究很有好处。人生多艰,人生不易!但是多艰的人生也让人对生命有更深沉的感悟。理想和向往,受到挫折以后的感慨,各种各样的生存境遇和体验,使人对文学作品可能会有更真切的感受,对人性也会有更深的体悟。所以我后来在文学研究中,特别重视人性的把握、人生况味的表述;当然,古人与今人的思想观念距离很远,但是人性中总有相通的地方,对人生的体悟也有相通的地方。你看我的书里有许多情绪化的东西,带有自己人生体验的感情色彩,这跟我的人生经历是有关系的。③

罗宗强注重人生体验的文学研究观和文学研究实践,在偏重考证的古代文学研究界可谓一股清流,其启发意义同样适用于外国文学研究。总之,文学老师结合自身的切身体验去理解作品是文学研究不可或缺的部分。而结合自身的切身体验去谈文学作品,其实就是谈幸福生活的道理。可能其他课程不需要谈幸福生活的道理,但哲学课和文学课则一定要有谈幸福生活的内容,否则,哲学课和文学课的价值将大打折扣。当然,我们谈幸福生活的道理,究竟是有毒的还是有营养的,这取决于教师自身生命质量的高低和生命感悟的深浅。

外国文学课之所以常常让学生感到不满意,除了因为他们对外国文学课期待值更高外,还因为外国文学老师的讲课过于重视"第二板斧",严重了忽略了"第一板斧"和"第三板斧",以至于学生在外国文学课上可以听到比较丰富的文学知识,却感受不到故事的有趣和人生的奇妙。鉴于

---

① 童庆炳:《讲课——外部语言与内部语言的交叉》,载吴子林编《教育,整个生命投入的事业——童庆炳教育思想文萃》,华东师范大学出版社2016年版,第67页。
② 可参考童庆炳《美学与当代文化讲演录》,广西师范大学出版社2007年版。
③ 罗宗强、张毅:《"自强不息,易;任自然,难。心向往之,而力不能至"——罗宗强先生访谈录》,《文艺研究》2004年第3期。

此，笔者择优选择自己讲解西方文学经典的部分内容，总结成书，作为外国文学学习者和讲授者的参考。在写作方式上，我采取了一种折中的路径，即一方面遵循学术著作的基本规范，另一方面尽量融入散文的散漫和自由。在学术论著通行规则的大框架下，在局部融入散文的笔法，这或许也是经过多年的思考和探索后，我最终所能追求和所能呈现的一种写作风格。

第一章

古希腊神话中的原欲人生

古希腊，一个充满诗意和情调，让人感到温馨和温暖的名字。黑格尔说："一提到希腊这个名字，在有教养的欧洲人心中，尤其在我们德国人心中，自然会引起一种家园之感。"① 雪莱说："我们完全是希腊人。我们的法律，我们的文学，我们的宗教，我们的艺术，无不生根于希腊。如果没有希腊，那末（么）我们祖先的老师、征服者或京城——罗马——就不可能用她的武器来传播启蒙的光辉，也许我们到今天还是野蛮人和偶像崇拜者哩。"② 古希腊能让后世西方人产生无限的眷恋和由衷的赞叹，主要是因为它是西方人文主义的源头。

根据阿伦·布洛克的发现，人文主义是西方思想看待人和宇宙的三大模式之一："第一种模式是超越自然的，即超越宇宙的模式，集焦点于上帝，把人看成是神的创造的一部分。第二种模式是自然的，即科学的模式，集焦点于自然，把人看成是自然秩序的一部分，像其他有机体一样。第三种模式是人文主义的模式，集焦点于人，以人的经验作为对自己，对上帝，对自然了解的出发点。"第一种模式在中世纪占支配地位，第二种模式在17世纪才形成，第三种模式则源于古希腊，即是说，"古希腊思想最吸引人的地方之一是，它是以人为中心，而不是以上帝为中心"③。或者也可以说："在古代世界的所有民族中，其文化最能鲜明地反映出西方精神的楷模者是希腊人。没有其他民族曾对自由，至少为其本身，有过如此

---

① ［德］黑格尔：《哲学史讲演录》第1卷，北京大学哲学系外国哲学史教研室译，生活·读书·新知三联书店1956年版，第157页。
② ［英］雪莱：《希腊》，杨熙龄译，新文艺出版社1957年版，第Ⅲ—Ⅳ页。
③ ［英］阿伦·布洛克：《西方人文主义传统》，董乐山译，生活·读书·新知三联书店1997年版，第12、14页。

炽烈的热心，或对人类成就的高洁，有过如此坚定的信仰。希腊人赞美说，人是宇宙中最了不起的创造物，他们不肯屈从祭司或暴君的指令，甚至拒绝在他们的神祇面前低声下气。"①

古希腊思想"以人为中心"，一个很重要的标志就是尊重人的原始欲望。为了更好地理解这一特征，不妨从古希腊神话谈起。诚如木心所言："整个希腊文化，可以概称为'人的发现'；全部希腊神话，可以概称为'人的倒影'。妙在倒影比本体更大、更强，而且不在水里，却在天上，在奥林匹斯山上。"②

当我们讲述和评析古希腊神话时，其实有一个无处不在的参照系，那就是中国神话。周国平认为，"希腊人混合兽性和神性而成为人。中国人排除兽性和神性而成为人"③。就神话而言，中国神话中的神一心为公，古希腊神话中的神一心为私；中国神话中的神是严肃的，注重内在的道德修养，古希腊神话中的神是浪漫的，注重外在的世俗享乐；中国神话中的神在有缺陷的外表下面，掩藏着没有缺陷的单一的神性，古希腊神话中的神在没有缺陷的外表下面，掩藏着有缺陷的丰富的人性。即是说，古希腊神话中的神更像是人，而且是充满七情六欲的凡人、俗人。他们的人生，简言之，是一种"原欲人生"："无论是神还是英雄身上的丰满、丰富而充溢的人性，荡漾着人类童年时期的天真、纯朴与浪漫，让我们不难窥见那人性尚裸露时代人的真实面目。"④

第一节　原欲人生的典型体现

最能体现古希腊诸神"原欲人生"的，无疑是他们的"好色"。他们的好色故事可谓"罄竹难书"，说三天三夜都说不完。而在讲他们"好色"故事的时候，常常会引发不必要的误解。比如说我主讲过一门国家精

---

① ［美］爱德华·麦克诺尔·伯恩斯、菲利普·李·拉尔夫：《世界文明史》第一卷，罗经国等译，商务印书馆1987年版，第208页。
② 木心：《文学回忆录》（上），广西师范大学出版社2015年版，第34页。
③ 周国平：《人与永恒》，黄山书社2007年版，第4页。
④ 蒋承勇：《人性探微——蒋承勇教授讲西方文学与人文传统》，中央编译出版社2014年版，第4页。

品视频公开课，叫《故事中的人生：西方古典文学选讲》。第一讲便是讲古希腊神话。有网友听完后评论道："讲课怎么总讲这个，低俗，不喜欢。"当然，也有观众留言对我表示理解和支持："不是宋老师讲得低俗，而是古希腊神话中的神活得低俗。你不能将神的低俗等同于宋老师的低俗。"其实，将古希腊神话中神的"恋爱"行为视为"低俗"，也是混淆了文学和生活的区别。要知道，古希腊神话中神的'低俗'是有象征含义的，当然，我们可以为了显得高雅而故意回避他们的"低俗"，但问题是，如果我们不讲清楚他们是如何"低俗"的，也就无法搞清楚他们"低俗"背后的"高雅"。长话短说，先讲五个神"好色"的故事。①

1. 宙斯（Zeus）。宙斯是古希腊诸神的最高领导，地位相当于中国神话中的玉皇大帝。宙斯属于那种谈一次恋爱不能满足人生的神和结一次婚不能显示自己身份的神，他已经有七个妻子，即墨提斯（Metis）、忒弥斯（Themis）、欧律诺墨（Eurynome）、得墨忒尔（Demeter）、莫涅摩绪涅（Mnemosyne）、勒托（Leto）和赫拉（Hera），却并未因此感到满足，依然在婚姻之外到处留情，以至于在人间留下了无数个自己都叫不上名字的私生子："希腊文学研究者经常发现诸神之间的口角和婚姻上的不忠，这同神的形象和伟大似乎很不相称，但对希腊人来说这种情况极为正常。"②

在《欧罗巴》的故事中，宙斯看上了亚细亚少女欧罗巴（Europa）。欧罗巴是腓尼基公主，而腓尼基大约相当于今天亚洲的黎巴嫩一带。欧罗巴正在草地上思考人生，看到不远处有一群牛在吃草。其中一头公牛引起了她的注意：这是一头公牛，却又是一头含情脉脉的公牛，正目不转睛地盯着自己看，看得自己都有些害羞了。她哪里知道这不是牛的眼睛，而是宙斯那多情而好色的眼睛。好奇害死猫啊，欧罗巴骑上了这头公牛，公牛拔足狂奔，来到了一个遥远而陌生的地方。宙斯恢复了原形，表明了身份，就这样，欧罗巴就成了宙斯的又一个地下情人。收留欧罗巴的地方，就以她的名字命名，这就是今天的欧洲（Europe）。一个亚洲少女却成了

---

① 将古希腊神话故事讲得幽默风趣，让学生笑岔气的老师中，哈尔滨工业大学的陈喜辉算是杰出的代表。其讲稿《神在人间的时光——希腊神话欣赏》，由中信出版社 2015 年出版，对于外国文学教师更有想象力地讲古希腊神话故事颇有教益。另澳大利亚马尔科姆·戴伊著的《古典神话人物100》（冷杉、冷杉译，生活·读书·新知三联书店 2009 年版）写得明白晓畅，值得一读。德国斯威布的《希腊神话与传说》（楚图南译，人民文学出版社 1977 年版）也不容错过。

② ［美］罗德·W. 霍尔顿、文森特·F. 霍普尔：《欧洲文学的背景》，王光林译，重庆出版社 1991 年版，第 39 页。

后来的欧洲，这隐喻了东方文明其实是西方文明的一个重要源头，用西方的谚语说，就是"光来自东方"，用黑格尔的话说，"东方世界是希腊世界的基础"①，其中有一个最有力的证据就是：西方人信仰的基督教就来源于东方的犹太教，是"犹太教的私生子"②。

2. 伊阿宋（Easu）。忒萨利亚王子伊阿宋年幼的时候，父王埃宋（Aeson）驾崩。原本属于他的王位被叔叔珀利阿斯（Pelias）抢走了。伊阿宋被迫政治流亡。长大后，伊阿宋回到故土，索要原本属于他的东西（这很容易让人想起《英雄本色》中小马哥的一句台词："我要争一口气，不是想证明我有多么了不起，我是要告诉别人，我失去的东西我一定要拿回来！"）。他的叔叔骗他说，要想要回王位，就要去另外一个城邦科尔喀斯（Kolchis），从"邦主"养的宠物——金毛羊身上取回一撮毛。为了获得自己的王位，伊阿宋登上阿尔戈号，背井离乡去寻找"金羊毛"，路过一个相当于女儿国的地方，女王邀请他共度良宵，他就乐颠颠地去了，直到第二天中午都没有起来，完全忘记了初心。我们知道，中国的唐僧师徒在冒险的途中，也同样面临着各种美色的诱惑，可是除了猪八戒偶有风流韵事之外，其他人则是任你万般勾引我自岿然不动，尤其是这个团队的领袖唐僧，总是以各种理由加以或明确或委婉的拒绝，让人遗憾，也更让人敬佩。

特别是在女儿国，唐僧展示了他超强的道德自律。有观众幽默地说："如果我是唐僧，《西游记》在女儿国那一集就结束了。""小时候以为唐僧在女儿国的时候最安全，因为没有妖怪；长大后才明白，唐僧在女儿国的时候最危险，因为没有妖怪。"大家想，如果有一个像女儿国国王这样的女神，温香软玉地站在我们的面前，还用林志玲一样甜酥的声音热诚地发出"共度良宵"的邀请，能有多少人能像唐僧那样拒绝？唐僧为何可以拒绝（尽管他的拒绝是艰难的）？因为他的心中有坚定的目标、庄严的承诺和伟大的信仰。伊阿宋不是唐僧，既没有拒绝美色的诱惑，也认为没有必要拒绝美色的诱惑，但在西方文化观念中，他依然算是真正的英雄！按照我们中国人的理解，伊阿宋如此好色，抗拒诱惑的能力如此之弱，算是哪门子英雄，简直就是死淫贼、花蝴蝶和采花大盗嘛。要知道，我们儒家

---

① ［德］黑格尔：《历史哲学》，王造时译，商务印书馆1963年版，第269页。
② 恩格斯：《致保·拉法格》，《马克思恩格斯全集》第38卷，人民出版社2016年版，第27页。

文化界定英雄的标准是"德才兼备",其中"德"是首位的。何谓"德"?一个重要体现就是能抗拒美色的诱惑。如果以此为标准,伊阿宋显然属于有才无德的人。由此,就更能理解启良对中西方英雄崇拜之不同的理解:

一、中国人的英雄是道德型的,西方则为力量型。

二、中国的英雄之性格为内敛型的,看重的是心性修为,西方的英雄则为外向型,看重的是外王事功。

三、中国的英雄由于儒家纲常伦理的规范,主体人格很难显现,而西方的英雄则是高度主体化的。

四、中国的英雄之价值重心在民族和国家,以民本主义为圆心,而西方的英雄则是个人本位,崇尚的是自我中心主义。

五、中国的英雄求同,以社会认可的规范或习俗为价值取向,西方的英雄求异,以标新立异和突破社会规范为人生的目的。①

3. 帕里斯(Paris)。海神忒提斯(Thetis)与大英雄珀琉斯(Peleus)结婚的时候,邀请了奥林匹斯山上的三教九流,却由于准备婚礼太忙,忘记了邀请争吵女神厄里斯(Eris)。争吵女神觉得太没有面子,于是决定让这场婚礼变成葬礼。她在婚礼上扔下一个苹果,进而引发了一场血案。一个苹果又如何引发一场血案?其实这不是苹果,这是一个"象征"——上面写着"给最美丽的女神"。刚好奥林匹斯山上的三大名媛——天后赫拉、智慧神雅典娜(Athena)和爱神阿佛洛狄忒(Aphrodite,又译为阿弗洛狄忒、阿弗罗狄忒、阿佛罗狄忒、阿芙洛狄特等)都看到了这个苹果。按照我们中国人的习惯,遇到好东西,心里会说一万遍:"我的,我的",但嘴上一定会谦让一番:"你的,你的"。但这三位西方的女神都不是省油的灯,她们第一个念头是"这个苹果非我莫属",嘴上说的也是"这个苹果是我的,不要跟我抢,谁抢我跟谁急"。在宙斯的授意下,她们找到了特洛伊王子帕里斯来当裁判。天后赫拉许诺帕里斯以"权"——让他做地中海的霸主;智慧神雅典娜许诺帕里斯以"名"——让他流芳百世,永垂不朽;爱神阿佛洛狄忒许诺帕里斯以"色"——帮助他娶到希腊半岛的"岛花"海伦。帕里斯毫不犹豫地选择了"色",于是有了英文 Judgment of

---

① 启良:《西方文化概论》,花城出版社 2000 年版,第 53—54 页。

Paris，直译为"帕里斯的裁决"，意译为"爱江山但更爱美人"。帕里斯后来代表特洛伊（又译特洛亚）城邦出使古希腊半岛上的斯巴达城邦，完全将自己需要履行的政治使命抛之脑后，在爱神阿佛洛狄忒的帮助下，拐走了斯巴达国王墨涅拉奥斯（Menelaus，又译墨涅拉俄斯）的妻子海伦，也给伟大的特洛伊引来了无情的战火。

4. 海伦（Helen）。男神或男性英雄好色，那么，女神或女性英雄又如何呢？可谓"巾帼不让须眉"。这不得不提古希腊半岛的"岛花"海伦。关于海伦的美，俄罗斯诗人阿赫玛托娃（Akhmatova，1889—1966）在《致海伦》中写道："哦，海伦，海伦，海伦，/你是海面上一朵美丽的浪花。"① 美国诗人艾伦·坡在《海伦颂》中则是这样描绘的：

　　啊，海伦，我视你的容颜，
　　如古代海上的帆船，
　　飘过那芬芳的海面，
　　把疲劳不堪的过客，
　　送回他自己的家园。

　　啊，你的花容，你的青丝，
　　你水仙般的婀娜风姿
　　让我这漂流四海的人儿，
　　对希腊的光荣、罗马的壮丽，
　　也寄托我深情无限的忧思。②

当然，按照现在的道德标准，海伦并不是一个纯情、忠贞的女子，她不断被别人爱，也不时爱着别人。海伦为何要跟帕里斯"私奔"？因为爱神阿佛洛狄忒答应过帕里斯，如今要履行她的承诺？但假如海伦本人不愿意，爱神也是毫无办法的。海伦的丈夫墨涅拉奥斯是斯巴达国王，既不缺钱，也不缺权，因此，海伦背离丈夫和帕里斯"私奔"最好的解释应该

---

① ［美］阿赫玛托娃：《致海伦》，《俄罗斯白银时代诗选》，汪剑钊译，山东文艺出版社2018年版，第180页。

② ［美］艾伦·坡：《海伦颂》，引自［美］苏珊·伍德福德《古希腊罗马艺术》，钱乘旦译，译林出版社2017年版，第1页。

是：帕里斯比墨涅拉奥斯更年轻、更帅气、更懂得男女之情，而这恰恰证明海伦也是好色之徒。因此，但丁在《神曲》中，才把她和埃及艳后当作"女色狼"的代表性人物，打入了地狱的第二层："另一个是因为爱情自杀的对希凯斯（指狄多的丈夫——引者注）的骨灰背信失节的女性（指狄多——引者注），她后面来的是淫荡的克利奥帕特拉（Cleopatra，公元前69—前30）。你看那是海伦，为了她，多么漫长的不幸的岁月流转过去，你看那是伟大的阿奇琉斯（阿基琉斯——引者注），他最后是同爱情战斗。"①

5. 阿佛洛狄忒。阿佛洛狄忒"是一个特殊的精灵，司掌情爱，她的美貌足以令所有的神祇和凡人意乱情迷、丧失理智"②。遗憾的是，最风情万种的阿佛洛狄忒却有一个老实巴交、缺乏情趣的丈夫——火神赫菲斯托斯（Hephaestus）。对于这段完全不般配的婚姻，颇有幽默感的陈喜辉发挥他的想象力，做了这样有趣的描绘："阿佛洛狄忒主管爱情和婚姻，大有近水楼台之利，又兼美貌超群，可以无往而嫁。嫁阿波罗，一对光明的璧人；嫁波塞冬，不愁游艇与海鲜。即使跟了嬉皮士赫尔墨斯，也可以经常偷吃烤肉或户外运动。可他的丈夫偏偏是火神，奥林匹斯最丑陋的男士和劳动者。难道真的是'好男没好娶，好女没好遇'，爱神以身作则，先给自己安排一个糟糕的婚姻以告慰后人，让人们谅解她千百万次的工作失误？"③ 为了弥补婚姻中的缺憾，阿佛洛狄忒就找了很多个情人，如战神阿瑞斯（Ares）、神使赫尔墨斯（Hermes）、海神波塞冬（Poseidon）、酒神狄俄尼索斯（Dionysus），甚至还与民间美少年安基塞斯（Anchises）生下了埃涅阿斯（Aeneas）。阿佛洛狄忒数不清的风流韵事让人不得不这样评价她："也许在希腊诸神之中除了宙斯之外，没有另外的神像阿弗洛狄忒那样有如此之多的风流韵事和私生子。无怪乎她被称作'爱欲之母'、'欢笑女王'、'美丽而快活的情妇'，同她的所作所为相联系，这些绰号的确非常合适。更为尖刻的说法，干脆把她讥讽为'一个淫妇'（a bitch）。"④ 当然，这些只是其他人的看法，古希腊人对阿佛洛狄忒的评价则是完全相

---

① ［意大利］但丁：《神曲·炼狱》，田德望译，人民文学出版社2002年版，第32页。
② 唐卉：《希腊神话历史探赜——神、英雄与人》，复旦大学出版社2019年版，第56页。
③ 陈喜辉：《神在人间的时光——希腊神话欣赏》，中信出版社2015年版，第88页。
④ 叶舒宪：《高唐神女与维纳斯——中西文化中的爱与美主题》，陕西人民出版社2005年版，第205页。

第一章 古希腊神话中的原欲人生

反的。

爱神和战神阿瑞斯偷情的时候,留了个心眼的火神,用一张大铁网将他们当场罩住,然后提到奥林匹斯山的大会堂上,让众神来主持公道。面对被"捉奸"的爱神和战神,各位神灵表现出令人惊诧的包容和羡慕的态度,对此,史诗《奥德赛》借助王宫歌手的弹唱作了生动有趣、令人捧腹的描写:

> 神明们当时纷纷这样互相议论,
> 宙斯之子阿波罗王对赫尔墨斯这样说:
> "赫尔墨斯,宙斯之子,引路神,施惠神,
> 纵然身陷这牢固的罗网,你是否也愿意
> 与黄金的阿佛罗狄忒同床,睡在她身边?"
>
> 弑阿尔戈斯的引路神当时这样回答说:
> "尊敬的射王阿波罗,我当然愿意能这样。
> 纵然有三倍如此牢固的罗网缚住我,
> 你们全体男神和女神俱注目观望,
> 我也愿意睡在黄金的阿佛洛狄忒的身边。"
>
> 他这样说,不死的天神们哄笑不止。
> 波塞冬没有发笑,他一直不断请求
> 著名的巧匠赫菲斯托斯释放阿瑞斯。
> 他这样对巧匠说出有翼飞翔的话语:
> "放了他吧,我担保让他按你的吩咐,
> 当着不死的众神明交出应给的偿付。"①

由此可见,众神并没有将两个神偷情这个事情当作一个道德问题,而是视为一个美学问题。他们面对这出偷情事件,就像我们今天一边看球,一边发表评论一样,也是一边欣赏一边发表各自独到的见解,但所有的见

---

① [古希腊]荷马:《荷马史诗·奥德赛》,王焕生译,人民文学出版社1997年版,第146—147页。

解都是中立的，和道德评判无关。

第二节　原欲人生的文化功能

古希腊神话中的神不仅非常的好色，而且好色得理直气壮、理所当然，原因至少有两个。

首先是建构一个严密的神话体系的需要。神话学家谢选骏将神话分为"独立神话"和"体系神话"，独立神话产生于原始社会，是氏族公社制和原始思维的产物，体系神话则形成于文明社会的早期阶段，渗入了早期文明社会和逻辑思维的诸多因素。中国神话属于"独立神话"，古希腊神话属于"体系神话"。根据初步分析，体系神话一般具有以下几大特征：

1. 相对完整的神界故事系列已经大致形成，上至宇宙的起源、诸神的世系，下及人类的诞生，天灾与救世的主题等等。

2. 居于独尊地位的主神开始出现，并在神界故事的系列中起着支配性作用，在诸神的关系中具有枢纽的地位。最终造成一个既错综复杂又明晰可辨的神际关系的巨型网络。

3. 曲折地反映了较独立神话远为广泛、复杂的社会生活的内容，其中包括：①对人类文明起源、发展的神话式探讨；②对阶级社会现实生活的神话式再现；③人形、人性的因素在体系神话中的比重（较原始独立神话）大大增长。

4. 贯穿体系神话的基本线索，在早期是主神的生殖行为和"神族的血统"，到晚期则体现为某种抽象的观念。这种"内在一致性"使各个神话片断凝结成有机的结构和"体系"。①

总之，和中国神话相比，古希腊神话是非常具有体系性的，主要体现在神与神、英雄与英雄、英雄与神、神与英雄都属于一家人。所谓一家人，是指有血缘关系的。那么，这些血缘关系从哪里来的？正是通过神不

---

① 谢选骏：《神话与民族精神——几个文化圈的比较》，山东文艺出版社1986年版，第15页。

断生殖才获得的。所以,宙斯可以很骄傲地说:我搞"婚外恋",不是为我自己,而是为了我们古希腊神话更具有严密的体系性。诚如汤因比所言:"在古代希腊神话的无忧无虑的世界里,神看见了人类的女孩子生得美丽就任意蹂躏;这种事多得可以用诗句开列一个长长的名单,即使在那里,这种事还是被当作耸动听闻的事件看待,其结果总是无例外的生下了英雄人物。"[①] 不妨看看宙斯通过频繁的生殖所取得的骄人战果:娶墨提斯,生智慧神雅典娜;娶忒弥斯,生"时光三女神"和"命运三女神";娶欧律诺墨,生"美惠三女神";娶赫拉,生战神阿瑞斯和火神赫菲斯托斯;娶勒托,生太阳神阿波罗和月亮神阿尔忒弥斯(Artemis);娶莫涅摩绪涅,生文艺女神缪斯……他还和迈亚(Maia)生了神使赫尔墨斯;和塞墨勒(Semele)生了酒神狄俄尼索斯;和达那厄(Danae)生了珀尔修斯(Perseus);和伊娥(Io)生了埃帕福斯(Epaphus);和丽达生了海伦;和欧罗巴生了弥诺斯(Minos);和阿尔克墨涅(Alcmene)生了赫拉克勒斯(Heracles)……

我们看好莱坞电影《诸神之战》时就会发现,假如没有宙斯的"婚外恋",这个电影故事就无法发展下去。这个电影故事讲述的是阿尔戈斯人在英雄珀尔修斯的带领下对抗冥王哈里斯,最后还取得了胜利。凡人再怎么勇猛,也是打不赢神的,如果凡人打败了神,就既不符合生活的逻辑,也不符合艺术的逻辑。这个时候,宙斯的"婚外恋"就发挥作用了,原来,这个珀尔修斯是宙斯霸占了民间公主达那厄之后遗落在人间的私生子,他是半人半神,不仅具有神的能力,还拥有一个神的后台。因此,珀尔修斯和哈里斯作战时是相当自信的,因为他内心很清楚地知道:"我爸是宙斯。"也就是说,在这部电影里,不是人类打败了神,而是神自己打败了自己。

其次是表达古希腊人浪漫多情生活的需要。古希腊神话是古希腊人创造的。也就是说,古希腊人需要借助古希腊神话展示他们的生活方式,表达他们的生活态度。古希腊人究竟是如何生活以及如何理解生活的?丹纳在《艺术哲学》中有这样一段诗意十足的描绘:

> 希腊是一个美丽的乡土,使人心情愉快,把人生看作一个节

[①] [英]汤因比:《历史研究》(上),曹未风等译,上海人民出版社1997年版,第77页。

日……那里好像是没有冬天似的。山坳与山峡中长着栎树,橄榄树,桔树,柠檬树,柏树,永远是夏天的风景;一直到海边都有树木;某些地方,二月里的桔子从树上直掉到水里。没有雾,也差不多没有雨;空气温暖,阳光柔和。我们在北方需要发明种种复杂的东西抵抗酷烈的气候,要煤气,火炉,两重三重四重的衣服,筑起人行道,派好清道夫等等,才能使又冷又脏的烂泥地能够居住;要没有警卫和设备,人就会陷在泥坑里。希腊人可不用如此费心。他无须发明戏院和歌剧中的布景,只要看看四周的景色就够了,自然界供给的希腊人比人工制造的更美……所以希腊人有那种欢乐和活泼的本性,需要强烈的生动快感也毫不足奇……①

丹纳揭示了一个客观事实,就是阳光明媚、四季如春的气候造就了古希腊人"欢乐和活泼的本性"。但我们终究无法近距离地接触古希腊人,因此也无法直观地感受他们身上的这种本性。后人通过读一读古希腊神话,或许能弥补一些遗憾,因为神话集中体现了一个民族的集体无意识,或者说神话是民族精神的 DNA。带着这样的理念和思维去审视古希腊诸神的"好色",就会惊喜地发现,古希腊诸神"好色"的表象下面掩藏着一个重要的本质:古希腊是一个浪漫多情的民族,一个注重世俗享乐的民族,一个坦诚真实的民族:

> 世界是美丽的,人生是快乐的,这是希腊人的基本看法。谁不看到这一点,谁就不能理解希腊神话和希腊人所创造的文明成就。但这并不是说,希腊人对死亡问题没有考虑。相反,正是因为他们清楚地认识到了死亡的不可避免以及人生短暂的铁律,他们才对生活如此的执着,才需要从短暂的人生中寻找欢欣与快乐。这是一种新的人生观,是人类对自身价值的新认识。反映于神话,便是诸神家族的欢快场面。不论是宙斯、赫拉、阿波罗、阿芙罗狄忒等主要神祇,还是其他一些小神,无不生活在快乐之中。他们尽情地享受,愉快地工作,歌声笑声响彻地中海世界。神话里的欢乐,实则是人世间的欢乐;宙

---

① [法]丹纳:《艺术哲学》,傅雷译,安徽文艺出版社 1991 年版,第 339—340 页。

斯们的生活态度，实则是古希腊人自己的生活态度。①

在古希腊人看来，生活是美好和欢乐的，而美好和欢乐的生活存在于可以触摸的人世间而非虚无缥缈的来世。为了更好地理解这一点，不妨讲两个神话故事。这两个神话故事，都形象生动地隐喻了古希腊人对生的热爱，对人间欢乐的痴迷。

一是阿德墨托斯（Admetus）不愿意死的故事。伊阿宋寻找金羊毛团队的骨干成员阿德墨托斯已年老体衰，生命即将结束。阿波罗授意命运女神救救阿德墨托斯，免得他受地狱之苦。命运女神答应，如果有人愿意代他去死就可以让他逃脱死亡。阿德墨托斯是一位正人君子，平时处处考虑他人的利益和感受。但此时他对生命产生了无比的留恋，因此对命运女神提出的"建议"欣然接受，立刻去找愿意代自己去死的人。他的家人和仆人平时很尊敬、爱戴他，听说他的生命即将结束，都感到无比的遗憾和悲痛，可是却没有一个人肯答应代他去死。连阿德墨托斯更年迈的父亲和母亲，在活不了几年的情况下，也不愿牺牲余下的人间时光去拯救自己的儿子。

二是阿基琉斯不愿意死的故事。在《奥德赛》中，奥德修斯"抽空"去冥界走了一趟，见到了阿基琉斯的魂灵。奥德修斯赞美他生当作人杰，死亦为鬼雄："阿基琉斯，过去未来无人比你更幸运，你生时我们阿尔戈斯人敬你如神明，现在你在这里又威武地统治着众亡灵，阿基琉斯啊，你纵然辞世也不应该伤心。"可是阿基琉斯却悲哀地说，对一个死人说这种安慰的话等于是讽刺他，如果自己可以选择，那与其称霸地府，不如做人间的奴仆："光辉的奥德修斯，请不要安慰我亡故。我宁愿为他人耕种田地，被雇受役使，纵然他无祖传地产，家财微薄度日难，也不想统治即使所有故去者的亡灵。"②

人为何留恋生而不是死？因为生的快乐是死去的人无法享受到的。孟子说过，"食色，性也"。古希腊人没有说这样的话，但一直通过扎扎实实的行动践行着这样的理念。前面所言的诸神的"好色"，就表明古希腊人对人最主要的原始欲望之一——性，是充满向往、尊重和赞美的。由此，

---

① 启良：《西方文化概论》，花城出版社2000年版，第35—36页。
② [古希腊] 荷马：《荷马史诗·奥德赛》，王焕生译，人民文学出版社1997年版，第219页。

不难理解留里科夫的一个观点："希腊人认为，阿弗洛狄忒的德性要比阿泰密斯（即处女保护神和月亮神阿尔忒弥斯）的德性好得多。对希腊人来说，爱情乃是最大的善德，谁要是拒绝爱情，谁就注定要灭亡。那尔喀索斯（即那喀索斯）因为拒绝了厄科女神的爱情并爱上了自己的影像而死去。安娜克萨瑞忒由于不愿爱伊菲斯而灭亡。阿顿尼斯（即阿都尼斯）由于拒绝了维纳斯的爱情也死掉了。谁不接受爱情之箭，谁就被死亡之箭射死。"① 这就可以解释这样几个疑问：1. 为什么爱神阿佛洛狄忒的本意是肉欲？因为古希腊人没有柏拉图之恋的概念，而这恰恰是符合爱情本义的："爱的最基本的意义是性需求，这是毫无疑问的。所谓摆脱了爱神的'罪恶'影响和性本能的柏拉图式的爱，是完全不存在的。"② 2. 为什么阿佛洛狄忒兼爱神和美神于一身？因为古希腊人认为爱就是美，美就是爱。3. 为什么古希腊人要创造出两个爱神，即阿佛洛狄忒和她的儿子厄洛斯（罗马神话中的丘比特）？因为他们认为管理恋爱是一个极为重要和繁忙的职位，一个爱神根本忙不过来。

古希腊人对人最主要的原始欲望之二——食，也是极为敬重的。古希腊神话对诸神吃的行为描写得并不多。福斯特在《小说面面观》中认为，"人生的大事有五：出生、饮食、睡眠、爱情和死亡。再增加数目也可以——譬如加上呼吸吧——但这五件是最为明显的。"③ 那这五件大事在文学中又扮演什么样的角色呢？吃饭和睡觉固然是人生两件最重要的事情，但却没有什么文学性可言，所以，大部分文学作品不会大书特书人如何睡觉和如何吃饭。男女之间的事情，在现实生活中没有吃饭和睡觉那么重要，却因为更具有文学性，而比吃饭和睡觉更受文学作品的青睐。

尽管古希腊神话没有像描绘诸神"好色"那样，描绘诸神的"好吃"，但是有一个神的存在，还是清楚地表明古希腊人对"吃"的虔诚态度，这个神就是酒神狄俄尼索斯。狄俄尼索斯是宙斯和情人塞墨勒所生。赫拉得知狄俄尼索斯出生后，十分伤心和嫉妒，便化身为塞墨勒的保姆，怂恿塞墨勒向宙斯提出看看他本来样子的请求。宙斯不得已现出"雷神"的真

---

① [苏] 留里科夫：《爱的三种魅力——爱情，它的昨天、今天和明天》，徐泾元、徐桃林、宋亚珍译，工人出版社1988年版，第56—57页。

② [保加利亚] 瓦西列夫：《爱情面面观》，王永嘉、杨家荣、马步宁、陈丽娅译，新世纪出版社1986年版，第14页。

③ [英] 福斯特：《小说面面观》，苏炳文译，花城出版社1984年版，第41页。

身，结果把塞墨勒活活的"雷死"。在一片火海中，宙斯抢救出不足月的狄俄尼索斯。或许是从小没有享受到母爱，或者因为长期遭受赫拉的追杀，长大后的狄俄尼索斯变得非常的叛逆和颓废。他驾驶着野兽拉的四轮马车，疯疯癫癫地流浪。在流浪的过程中，他变成了酒鬼，还学会了酿酒。酒鬼酿出的酒并不是"酒鬼酒"，而是"葡萄酒"。善于种植葡萄的古希腊人感激他指明了一条发家致富的道路，尊称他为"酒神"。

哲学家尼采（Nietzsche，1844－1900）根据酒神的个性和特征，提炼出一个"酒神精神"，用来说明古希腊人对人的原欲和本能的敬重，以及对快乐和狂欢的痴迷："在所有关于狄俄尼索斯的传说中，特别值得我们注意的是：与植物相关的自然之神，象征着旺盛的自然生命力；有关他的生殖崇拜，隐喻了人的本能冲动与生命活力；酒神崇拜仪式那迷醉状态下的放浪形骸的狂欢，展示了卸去文化面具后人的自然形态和生命本原。因此，狄俄尼索斯可以说是人的自然本性和原始生命意志的象征。"[①]

第三节　原欲人生的生命隐喻

人是高级动物。但在特定的时代或者特定的文化中，人们只记得了"高级"，忘记了"动物"。人作为动物的一种，是有原始欲望的，尤其是有"性"的欲望和"食"的欲望。古希腊诸神的生活表明古希腊人极为尊重人的原始欲望，也就是极为尊重自己内心的需要。所以说，"尚性"和"尚食"的人生其实就是"尚乐"的人生；"尚乐"的人生其实就是原欲的人生（或曰本我的人生）；而"原欲"的人生，归根结底体现了一种朴素的"人本主义"：追求和尊重个体的独立、自由、需求和价值。"原欲人生"的这种"终极"隐喻，其实都浓缩在那喀索斯（Narcissus）的故事中："希腊神话中水仙之神（Narciss）临水自鉴，眷恋着自己的仙姿，无限相思，憔悴以死。"[②]

河神刻菲索斯（Cephisus）和仙女莱里奥普（Liriope）的儿子那喀索斯，是古希腊神话中的一个美男子，可以称之为古希腊神话中的吴彦祖。

[①] 蒋承勇：《西方文学"两希"传统的文化阐释》，中国社会科学出版社2003年版，第1—2页。

[②] 宗白华：《美学散步》，上海人民出版社1981年版，第86页。

他虽然从来没有见过自己的脸，但从别人的眼神中，感到自己一定帅呆了。因此，他的眼里再也瞧不上别人了。仙女厄科（Echo）只因为在森林中多看了那喀索斯一眼，就再也无法忘记他的容颜。但那喀索斯心中只有他自己，所以对她的热恋不理不睬。厄科向爱神阿佛洛狄忒哭诉自己失恋的哀伤。爱神认为，那喀索斯在应该恋爱的年纪不恋爱，每天只恋着他自己，这是对自己神圣工作的不支持和不配合，理应受到惩罚。她心里对那喀索斯说：既然你的眼中没有别人，那好吧，就让你每天对着水中自己的倒影，顾影自怜，孤芳自赏吧。终于有一天，那喀索斯在自我欣赏的过程中溺水而亡，然后化作一株水仙花。在心理学上从此有了一个重要概念——"水仙花情意综合征"（Narcissus Complex），俗称"自恋狂"，雅称"自恋情结"。

所谓自恋，风趣一点解释，就是一个男人说："下辈子我一定投胎做女人，然后嫁个像我这样的男人"，或者一个女人说："如果我是一个男人，早就爱上自己了。"用学术语言表达，就是：

> 自恋是一个人对自己的身体、品质、自我和属性给予过高的评价，他是自恋者割裂了自己与外在现实世界的一切联系，用自我取代现实，用自身占有自我，把自己置于自我关注和爱的中心位置，即自己把自己当作爱恋的对象。在自恋者的心目中，他的自身和自我是唯一真实的，外部世界对他来说是虚无，他的自我即是"上帝和世界"。他只知道由他内心活动所形成的"现实"，要么对外部世界漠不关心，要么仅按照自己的思想感情对待外部世界。尽管自恋的表现形式不尽相同，但他们都有一个共同的特点：自我中心主义，对外部世界缺乏真正的兴趣，即使发生某些兴趣，也仅仅是为了实现自恋的目的。①

应该说，自恋是人的一种本性。比如说人类对自己的相貌很自恋，所以发明了镜子，青春期的男孩子，走在大街上，看到商店橱窗上的玻璃，也忍不住停下来照一照后才恋恋不舍地肯走开。青春期的女生，在随手携带的袋子或包里，都会放一块可以照见自己的"镜子"："整个人类文化就

---

① 曹孟勤、张彭松：《生态伦理——人类自恋情结的自我治疗》，《科学技术与辩证法》2006年第4期。

是自恋,自恋文化是人类文化。人类爱自己,想要了解自己。人类爱照镜子,舍不得离开自己。动物对镜子不感兴趣,只有人感兴趣。女子时时揽镜自顾,男子,士兵,无产阶级,也爱照镜子。"① 徐岱发现,人类之所以拥有"自恋",是因为人具有一种自我意识,这种自我意识直接把人的生命活动跟动物的生命活动区分开来。"自恋"正是人的自我意识的产物和表现:"因为人的生命存在并非是一种单纯的自然现象,而是一种文化现象;也就是说,人不仅活着,而且是有目的地、根据自己的需求去创造地活着,因而也就是努力地有滋有味地活着。人的自我意识不仅使其能创造这种存在,同时也能欣赏热爱这种存在。这种对生命的自我欣赏既是自恋的基础,也是其本质——任何形式的自恋,都只能从个体存在出发对'生'的留恋。"②

人类对自己的内在很自恋,所以发明了"自我认同"和"自我表扬"。如哈姆莱特说:"人类是一件多么了不得的杰作!多么高贵的理性!多么伟大的力量!多么优美的仪表!多么文雅的举动!在行为上多么像一个天使!在智慧上多么像一个天神!宇宙的精华!万物的灵长!"③ 上帝听到哈姆莱特的独白后,只说了四个字:"脸皮真厚!"诗比历史更真实,哈姆莱特的独白是非常有象征意义的,即他的独白隐喻了从文艺复兴开始,人类"以自然为中心"和"以上帝为中心"的两种生活方式逐渐被"以人类为中心"取代,人类的自恋(人类中心主义)开始浮出历史地表:

> 文艺复兴和启蒙运动终于杀死了上帝,人类从此摆脱了神学的束缚而获得了解放。经过启蒙的人类不必再听从上帝的召唤,而是可以公开运用自己的理性;他不再需要以上帝作为指路明灯,开始自己指引自己前进的道路。不可否认,启蒙运动发现了人,并使人获得了独立、自由和解放,但是这种发现和这种解放,同时也将人类引向另一个极端:自我中心主义。在中世纪,上帝是最高的主宰,人类是最接近上帝、也是最受上帝恩宠的存在,自然存在物则是被人类支配的最

---

① 木心:《文学回忆录》(上),广西师范大学出版社 2015 年版,第 34 页。
② 徐岱:《那喀索斯情结的美学意义》,载《体验自由——三维空间中的思考》,浙江大学出版社 1999 年版,第 322 页。
③ [英] 莎士比亚:《哈姆莱特》,朱生豪译,《莎士比亚全集》第 5 卷,译林出版社 1998 年版,第 317 页。

低级的存在。人类杀死了上帝，于是人类自己变成了上帝，成为君临一切的存在；在中世纪的神学观念里，上帝爱人，人也必须爱上帝，人对上帝的爱，一方面表现为对上帝的虔诚和敬畏，另一方面则表现为像上帝那样爱人。当启蒙运动宣告"上帝死了"之后，于是人类就将对上帝的爱转向了自己，即人们不再爱上帝，而仅仅是爱自己。所以，追求自我解放的强烈的现代性意识，引导现代人把人的独立、自由和解放最终化约成为人类中心主义，人类自我由此深深地陷入自恋情结之中。

现代人类僭妄地认为自己是宇宙的中心和主宰，是一切事物存在和不存在的价值尺度，所有自然存在物都应该向人类俯首称臣，在人类的内在尺度下获得其存在的价值。自启蒙杀死上帝之后，人类觉得在这个世界上唯一值得关心和牵挂的就是自己，为了保证人类能够在物质丰饶中纵欲无度，根本不必考虑其他自然存在物的死活……经过启蒙的人类形成了自我中心主义观念，提倡一切以人为中心，一切以人为尺度，一切从人的利益出发；现代人不再爱上帝、爱众生，他仅仅关心自己这一物种的福利，仅仅满足自己的这一物种的需要，并把追求自身最大限度的幸福当作唯一目的。总之，经过启蒙的现代人把自己看作是这个世界上最有价值的存在，他在发现人的同时也深深地爱恋上自己，陷入自恋、自我欣赏的病态心理之中。①

的确，人类中心主义从理论转化为实践之后，在推动了人类快速发展的同时，也导致人类正疯狂地向大自然索取，从而将地球——我们的家园钻得千疮百孔，并且污染了河流、海洋和空气。总之，科技的发展已经背离了为人类造福的初衷，正成为满足人类——其实是少数人贪婪欲望和病态需求的工具。由此，我们不得不重新思考一个古老的问题：人是万物的尺度吗？周国平提出疑问："人把自己当作尺度去衡量万物，寻求万物的意义。可是，当他寻找自身的意义时，用什么作尺度呢？仍然用人吗？"②

在以神为中心的时代，我们可以说"人是万物的尺度"这个理念是人文精神的体现，但在人类的自恋和自私已经充分显露的时代，我认为教育

---

① 曹孟勤、张彭松：《生态伦理——人类自恋情结的自我治疗》，《科学技术与辩证法》2006年第4期。

② 周国平：《人与永恒》，黄山书社2007年版，第1页。

家张楚廷的话更有说服力和警示性:"我还不认同'人是万物尺度'的说法。小草、小鸟比我们人的资格还老,它们与我们人是平等的,论资格,我们算后辈,怎么能够认为我们成了它们的尺度呢?……我不仅认为人人平等,人生而平等,而且认为,人与其他生命体也平等,同在大自然之下;乃至于,无机物与有机物也同受宇宙之恩惠而一起先后来到,而享有平等,那山川、海洋、陆地,那壮美辽阔,那峻岭巍巍,都应受到人的尊重。"①

也就是说,我们固然要赞美人,但不宜盲目地赞美人。我们需要赞美人的神奇,但不宜赞美人的贪婪。一个新时代的人文主义者,不仅要坚信人人平等,还要坚信人与其他生命体也平等,因为就生命的权利而言,小草、小鸟与人并没有差别,它们的生存并不以人的生存为尺度。而且小鸟还率先来到了这个世界,比人早了一亿年以上。上天不仅给了小鸟优先来到的权利,还让小鸟能够飞翔,这种特权人类也没有。当然,上帝赋予了人更多的智慧。人类也因为拥有更多的智慧,所以更应该放低姿态和心态,尊重和呵护其他生命:"上天赋予人类更多,因此,人应有更高的自觉,人不是掠夺者,人不是侵蚀者,人是维护者,是无数生命的捍卫者。"② 即是说,面对大自然,我们要感恩、赞美、歌颂和保护,而不是仇恨、诅咒、鄙视和踩躏。

英雄所见略同,在周国平看来,人类曾经以地球的主人自居,对地球为所欲为,结果破坏了地球上的生态环境,并且自食其恶果,于是便开始反省自己的行为:"反省的第一个认识是,人不能用奴隶主对待奴隶的方式对待地球,人若肆意奴役和踩躏地球,实际上是把自己变成了地球的敌人,必将遭到地球的报复,就像奴隶主遭到奴隶的报复一样。地球是人的家,人应该为了自己的长远利益管好这个家,做地球的好主人,不要做败家子。在这一认识中,主人的地位未变,只是统治的方式开明了一些。然而,反省的深入正在形成更高的认识:人作为地球主人的地位真的不容置疑吗?与地球上别的生物相比,人真的拥有特权吗?一位现代生态学家说:人类是作为绿色植物的客人生活在地球上的。若把这个说法加以扩展,我们便可以说,人是地球的客人。作为客人,我们在享受主人的款待

---

① 张楚廷:《改革路上——张楚廷口述史》,西南师范大学出版社2019年版,第205页。
② 张楚廷:《哲学是什么》,西南师范大学出版社2015年版,第76页。

时倒也不必羞愧,但同时我们应当懂得尊重和感谢主人。做一个有教养的客人,这可能是人对待自然的最恰当的态度吧。"①

总体而言,"自恋"被视为一种负面的情绪和心态,受到了强烈的否定和抨击:"对自恋者来说,唯一完全真实的东西是他们自己,是情感、思想、抱负、愿望、肉体、家庭,是他们所有的一切或属于他们的一切。他们想到的东西之所以真实就因为他们想到它。甚至他们的丑恶品行也是美好的,因为这是属于他们的。凡与他们有关的一切都光彩焕发,实实在在。身外的人与物都是灰色的、丑陋的,黯淡无光的,近乎虚无。"② 但"自恋"作为人类的一种本性,其存在有其合理性、合法性,不可能一棍子打死,也不应该一棍子打死。人类"自恋"的本性是无法改变的,能够改变的是人类对"自恋"的看法和态度。

古希腊神话中神极为自由放荡的生活,隐喻了西方人认识到自恋是一种正常的情感,是无法回避也无法压制的,所以西方人是敢于自恋的,在任何合适的场合,他们都不忘自我表扬一番。姚明还在 NBA 打球的时候,小牛队中锋丹皮尔(Erick Dampier,1975 -)自称"我是西部第一中锋"。球星安东尼(Carmelo Anthony,1984 -)在接受采访时曾声称:"我才是当今联盟里第一小前锋,詹姆斯更像个得分后卫。"球员鲁本·帕特森(Ruben Patterson,1975 -)说:"我是科比终结者。"2007—2008赛季凯尔特人夺冠,作为总决赛 MVP 的皮尔斯(Paul Pierce,1977 -)说:"我不认为科比是这个世界上最好的球员,我才是最好的球员,我说这句话并非狂妄,我很清楚自己的实力,对此我非常自信。"了解西方自恋文化的人知道,在自恋氛围浓厚的 NBA,无论是球星还是球员,都有吹牛的习惯。在 NBA 吹牛至少有三大好处:一是让自己过过嘴瘾;二是让知名度激增;三是为人排忧解闷,增添笑料。自恋文化的本质在于,一个人哪怕不是最好的,但在他自己的心目中他就是最好的。西方人不仅敢于自恋,也非常包容他人的自恋,懂得欣赏他人、赞美他人。这是个体自信和文化自信的另一种表现,可以作为我们处理人与人关系以及文化与文化关系的一个重要参考。

人类至少有四大本性:1. 好吃(遇到美食就不能走路了);2. 好色

---

① 周国平:《风中的纸屑》,黄山书社 2007 年版,第 11 页。
② [美]埃里希·弗洛姆:《弗洛姆著作精选——人性·社会·拯救》,汪堂家等译,上海人民出版社 1989 年版,第 692 页。

（看到长得漂亮或者英俊的，忍不住偷偷瞟一眼）；3. 趋乐避苦（能打麻将就绝不写论文）；4. 自恋（超级自我欣赏）。我们真没有见过一点不自恋的人。尤其是男人，有点成就的或者没啥成就的，都会找准机会吹个牛，否则会被憋死。而这也告诉我们：普通人终其一生所追寻的，不过是一个"自我感觉良好"。当然，每个人"自我感觉良好"的来源并不一样：有人因为有钱而"嘚瑟"；有人因为有权而快乐；有人因为有名而傲娇……当一个人"自我感觉良好"的时候，他便想在第一时间和他人分享，否则，自我感觉就非常不良好了。俗话说，一个人越缺什么就越"炫耀"什么，但还有另一种情况，那就是一个人越在乎什么就越"炫耀"什么。

众所周知，在我们的日常生活中，"微信朋友圈"占据着重要的位置。很多人喜欢通过"微信朋友圈"去了解他人的日常生活动态。而他人在"微信朋友圈"里展示的日常生活动态，多半是他们自己最在乎的：有的人展示刚发表的论文，有的人展示刚获得的荣誉，有的人展示自己的好身材，有的人展示自己的家人，有的人展示在各地旅游的照片，有的人展示结婚纪念日爱人送的玫瑰花。"微信朋友圈"之所以能够"控制"我们的生活，很重要的一个原因，就是它能够让我们能够随时、随地告诉别人自己过得多快乐、多幸福。别人知道我们过得快乐幸福了，我们因此才能获得更多的快乐幸福。有人说，做人还是低调点好，我们推崇谦虚谨慎的传统文化毕竟对"炫耀"是十分厌恶和排斥的，所以大家没事偷着乐就行了，千万不要让别人因为自己的幸福而变得痛苦。也有人说，自己的地盘自己做主，想发什么就发点什么，不偷不抢得来的快乐幸福，想晒就晒，顾忌那么多干什么，做人就是要随性潇洒一些，你不喜欢看可以不看，你看了不舒服可以拉黑呀！还有人说，越是有成就的人，越是自信的人，就越能把他人的"炫耀"理解成慷慨的"分享"。

这样一说，我们对自恋的正面价值就有了新的认识，对古希腊文化中的"本我"也多了一份好感。不过，人们可能也有这样的担忧：人完全无法满足自己的原始欲望，过于压抑自己的本性，后果是可怕的，但人完全像古希腊诸神那样，完全释放自己的本性，试图满足自己所有的原始欲望，后果是不是更可怕？毕竟，多情和滥情只有一步之遥，风流和下流也近在咫尺，如果现实生活中处处都是宙斯这样的男人或者阿佛洛狄忒这样的女人，那社会道德岂不是越来越堕落？如果是这样，那就太恐怖了！我们不需要这样的社会！原始欲望的确需要尊重，但尊重不等于放纵，放纵了，等于只记得了"人是高级动物"中的"动物"而忘记了"高级"。"本我"的确很重要，但不能变成"唯我独尊"，人一旦"唯我独尊"了，就会对社会和他人造成无法弥补的伤害。其实古希腊人也意识到了这些。

一方面，古希腊人通过神话中的一些情节，对原始欲望的放纵进行了一定程度的反思。比如说，宙斯因为"好色"而给自己的妻子赫拉带来无限的伤害，赫拉因为嫉妒又时刻不忘迫害那些更无辜的人间少女；伊阿宋因为"好色"，伤害了世上最爱他的那个女人美狄亚；帕里斯因为"好色"，伤害了特洛伊的父老乡亲；海伦因为"好色"，让古希腊人"冲冠一怒为红颜"，找到了远征特洛伊最好的一个借口，引发了长达十年的毁灭性战争；爱神阿佛洛狄忒因为"好色"，伤害了自己的丈夫铁匠神赫菲斯托斯。

另一方面，古希腊人又通过一些神话故事，对"唯我独尊"进行了一定程度的批判。比如说，那喀索斯死于非命，表明因为自恋而成狂的没有什么好下场，或者说，人不能自我欣赏是痛苦无比的，但是自我欣赏而过度的也会不得好死的。再比如太阳神赫利俄斯（Helios）的儿子法厄同（Phaeton）和代达罗斯（Daedalus）的儿子伊卡洛斯（Icarus）[①]，一个驾驶着太阳车在天空中驰骋，一个装上用羽毛和蜡制作的翅膀在天空中飞翔，象征着古希腊人很向往、很享受那种自由自在、无拘无束的生活。但是，这两个"神二代"，在自由驰骋或飞翔的过程中，总是想着"我要飞得更高"，最后跌得粉身碎骨。这表明，古希腊人已经意识到：人生能够自由思想和自由行动是幸福的，但是自由得没有边界了，也会走向不幸的。因此，我们应该明白，自由并不是想干什么就干什么，而是想不干什么就可以不干什么。

[①] 参见［德］斯威布《希腊神话和传说》，楚图南译，人民文学出版社1977年版，第35—38、71—74页。

第二章

《荷马史诗》中的荣誉人生

在古代的希腊，《荷马史诗》被视为智慧的宝库，所有的城邦都把它当作学校教育的基础，因此要求学生们背诵某些篇章甚至全文。在《理想国》中，柏拉图借苏格拉底之口说"荷马教育了希腊人，一个人应该研读荷马，去找做人处世的道理，终身都要按照他的教训去做"①。

《荷马史诗》相传是由盲诗人荷马创作。我们熟悉的荷马形象应该是"长发、络腮胡须、双目失明"②或者"多胡子，瞎，一村一村游唱。"当时像荷马这样的游吟诗人其实很多，但荷马最为优秀，乃至在文学史和文化史上留下了自己的印迹和美名。这有点像瞎子阿炳，在众多民间盲艺人中凭借天赋和才华脱颖而出，永世流芳。荷马因为《荷马史诗》的缘故被誉为世界四大诗人之首："世界四大诗人，荷马为首（Homer，古希腊），但丁（Dante Alighieri，意大利）、莎士比亚（William Shakespeare，英国）、歌德（Johann Wolfgang von Goethe，德国）——现在我们假定有荷马。"③

木心认为："荷马位置这么高，有缘由的。西方人说，如果没有荷马，此后不会有但丁、维吉尔（Virgil）、弥尔顿（John Milton）。"④ 即是说，荷马逐渐成为一种衡量标准，向荷马看齐的人，以及和荷马相似或接近的人才值得称道，因此，柏拉图是"哲人中的荷马"，索福克勒斯是"荷马式的悲剧家"，伊索是"寓言家中的荷马"，萨福是"女荷马"。照此推理，"莎士比亚、托尔斯泰则分别是'剧作家中的荷马'和'小说家中的

---

① ［古希腊］柏拉图：《柏拉图文艺对话集》，朱光潜译，商务印书馆2013年版，第83页。
② ［法］皮埃尔·维达尔-纳杰：《荷马的世界》，王莹译，中国人民大学出版社2007年版，第3页。
③ 木心：《文学回忆录》（上），广西师范大学出版社2015年版，第38—39页。
④ 木心：《文学回忆录》（上），广西师范大学出版社2015年版，第39页。

荷马'"①。

《荷马史诗》的上部是《伊利亚特》，男主角是神一样的阿基琉斯，可以称他为"地中海地区第一猛男"。讲述《伊利亚特》的故事，还得从阿基琉斯母亲的婚礼说起。宙斯从普罗米修斯那里得到一条重要的"小道消息"：如果自己同心中的女神——海神忒提斯结婚，生下的孩子将来会推翻他的统治。爱美人但更爱江山的宙斯迫不得已将忒提斯下嫁给凡人珀琉斯。忒提斯和珀琉斯举行盛大的婚礼，邀请了不少奥林匹斯山上的名媛来见证自己的幸福，却不知何故没有给争吵女神厄里斯发请帖（可能是筹备婚礼太忙而忘记了，也可能是根本就不想邀请她）。厄里斯的个性就像她的外号所暗示的那样，容易记仇，容易引发争吵和争端。

厄里斯因为失了面子，就决定要将一场婚礼变成葬礼。她向婚礼的宴席上扔下了一颗金苹果，上面写着"给最美的女神"。因为苹果金光闪闪，所以第一时间就将三位对自己美貌有绝对信心的女神，即天后赫拉、智慧神雅典娜、爱神兼美神阿佛洛狄忒给吸引了过去。三位女神虽然平时看起来很和睦，但为了争夺奥林匹斯山第一美女这个头衔，她们发生了激烈的、直接的、正面的冲突。她们找到宙斯当裁判。宙斯情商很高，知道得罪了谁自己都没有好果子吃，就让她们去找特洛伊王子帕里斯裁决："宙斯说，女人之美，得由男人评。当时最美的男子是王子帕里斯（Paris，一译作巴黎）。三女神前往接受评价，朱诺（应为赫拉——引者注）对王子说：然，给你荣耀；雅典娜说：然，给你财产；维纳斯（应为阿佛洛狄忒——引者注）笑而不答，最后说：然，给你情人。王子大悦，指维纳斯最美，维纳斯得金苹果。从此，朱诺、雅典娜成了王子的敌人，长期争斗开始"②。也就是说，三位女神分别向帕里斯行贿：赫拉许诺他美名，雅典娜许诺他财富，阿佛洛狄忒许诺他美女——帮助他娶到古希腊半岛的"岛花"海伦。帕里斯答应了阿佛洛狄忒的条件。赫拉和雅典娜从此成了特洛伊人的死敌，在希腊人攻打特洛伊人的战争中，始终站在希腊人一方，出谋划策，加油鼓劲。

帕里斯在当裁判的时候其实还只是正在山里放羊的羊倌——只因为他出生时有异兆而被父亲普里阿摩斯（Priams）扔到了山里。但他毕竟是正

---

① 程志敏：《荷马史诗导读》，华东师范大学出版社2007年版，第292页。
② 木心：《文学回忆录》（上），广西师范大学出版社2015年版，第40页。

宗的特洛伊王子，最终还是恢复了本来的身份。做了王子的帕里斯出使斯巴达，在阿佛洛狄忒的帮助下，拐走了斯巴达国王墨涅拉奥斯的妻子海伦。墨涅拉奥斯向自己的兄长——迈锡尼国王阿伽门农申诉，阿伽门农便以"冲冠一怒为红颜"为由头，统帅以阿开奥斯人为主力的10万希腊联军进军特洛伊。按照神的预言，联军中如果缺少了阿基琉斯就不可能获得最终的胜利。阿伽门农委派奥德修斯去动员阿基琉斯参军。阿基琉斯出生时，神预言他要么在他乡获得巨大的荣誉，要么在家乡平安度过平庸的一生，二者只能选其一。他的母亲忒提斯像所有的母亲一样，只希望儿子平平安安，因此，在阿伽门农吹响"集结号"的时候，她便将阿基琉斯男扮女装，藏在一群女人中间。聪明的奥德修斯将女孩子们召集到一起，在她们面前放置了矛和盾，然后让人在宫门外假装敌人进攻，真的女孩子立刻四散逃命，阿基琉斯装扮的女孩子立刻露出英雄本色，同时他不得不踏上了征程。

第一节　阿基琉斯的愤怒①

《伊利亚特》有三条明显的故事线索，一是希腊人和特洛伊人的冲突；二是阿基琉斯和阿伽门农的冲突；三是天神之间的冲突。其中第二种冲突是最核心的冲突。因此，从字面意义上看，《伊利亚特》的故事就是围绕"阿基琉斯的愤怒"而展开。

史诗开篇便交代了阿基琉斯第一次愤怒的缘由。阿波罗的祭司克律塞斯请求希腊人释放自己的女儿。当然释放不是无条件的，他是带着"无数的赎礼"来的，而且也亮明了自己的身份：宙斯的儿子阿波罗的"生活秘书"。言下之意，你们希腊人就算不看我的面子，也得看阿波罗的面子，尤其得看宙斯的面子。希腊的将士们都知道，释放阿波罗祭司的女儿既得了实在的好处，又没有得罪两位大神，何乐而不为？于是"都发出同意的呼声"，唯独阿伽门农怒气冲冲，对着克律塞斯好一顿嘲讽：

---

① 概括作品的情节，是当教师的一项基本功。笔者按照自己讲故事的习惯，对荷马史诗的故事情节做了比较个性化的复述。对《荷马史诗》情节概括得比较饱满且清晰的，还有陈洪文先生，可参考他的《荷马和〈荷马史诗〉》，载《世界文学巅峰五人传》，中央编译出版社2007年版。

> 老汉，别让我在空心船旁边发现你，
> 不管你是现在逗留还是以后再来，
> 免得你的拐杖和天神的神圣花冠
> 保护不了你。你的女儿我不释放，
> 她将远离祖国，在我家，在阿尔戈斯
> 绕着织布机走动，为我铺床叠被，
> 直到衰老。你走吧，别气我，好平安回去。①

阿伽门农是个直性子，如果做知识分子，这可能算是个性体现。但他做联军统帅，这不免是个致命的缺陷。他一番冷嘲热讽、指桑骂槐之后，自己倒是痛快了，却没有想到得罪了神灵。阿波罗的祭司克律塞斯心里憋屈和愤怒，只能向阿波罗祈求帮助。阿波罗看到平时给自己辛辛苦苦建庙宇，任劳任怨送"牛羊的鲜美的大腿"的"生活秘书"受到欺辱，一下子来脾气了，他一连九天，向希腊联军射去了瘟疫。

第十天的时候，希腊人终于挺不住了。众人纷纷建议阿伽门农将克律塞斯的女儿送回去。阿伽门农又生气了，他说送回去可以，但你们谁提这个建议，谁就要给我一份价值相等的礼物作为补偿，刚才的建议阿基琉斯响应最热烈，那就你阿基琉斯补偿我一份合我心意的礼物吧，你如果不自己送来，我就派人去取。阿伽门农的无耻让阿基琉斯终于愤怒了（"捷足的阿基琉斯怒目而视"）。他第一次愤怒的理由很充分：第一，阿伽门农讲这番话太无耻，太狡诈；第二，阿伽门农讲这番话，完全不顾统帅形象和身份，以后没有人会听他的命令出战，最终损害的是希腊人的整体利益；第三，阿基琉斯远离故土，随军而来，并不是跟特洛伊人有什么深仇大恨，而是为了阿伽门农和他那个被戴绿帽子的弟弟墨涅拉奥斯的荣誉；第四，平时掠夺特洛伊人的城市，阿基琉斯出力最多，功劳最大，每次都累得要死，但分配战利品时，阿伽门农却分得最多，对这种自私的领导他早已经累积了一肚子的怨气。

阿伽门农不仅没有理会阿基琉斯的愤怒，反而讥讽他说，要愿意就在这里就留着，不愿意就从哪里来滚回哪里去。更过分的是，他真的派人

---

① ［古希腊］荷马：《荷马史诗·伊利亚特》，罗念生、王焕生译，人民文学出版社1994年版，第2页。

第二章 《荷马史诗》中的荣誉人生

将阿基琉斯的女俘布里塞伊斯给抢走了。"地中海第一猛男"像一个委屈伤心的孩子，向自己的母亲哭诉：

> 阿基琉斯却在流泪，远远地离开
> 他的伴侣，坐在灰色大海的岸边，
> 遥望那酒色的海水。他伸手向母亲祈祷：
> "母亲啊，你既然生下我这个短命的儿子，
> 奥林波斯的大神，在天空鸣雷的宙斯
> 就该赐我荣誉，却没有给我一点，
> 那位权力广泛的阿伽门农侮辱我，
> 他亲自动手，抢走我的荣誉礼物。"①

哀莫大于心死。当阿基琉斯表层的愤怒转为深层的绝望时，阿伽门农的好日子就到头了：阿基琉斯决定不再为希腊人出战了。而这结果，就好比乔丹因为生气不再为公牛队出战一样。乔丹休战了，比赛还得继续。阿基琉斯退战了，战争还得继续。帕里斯和墨涅拉奥斯在战场上不期而遇，一个复仇心切，一个做贼心虚。帕里斯完全被墨涅拉奥斯的气场给震慑住了（或者还因为做贼心虚）："他往后退，手脚颤抖，脸面发白"，最后居然躲到队伍中间。他的哥哥赫克托尔看到帕里斯这个怂样，只能用羞辱的话谴责和刺激他："不祥的帕里斯，相貌俊俏，诱惑者，好色狂，但愿你没有出生，没有结婚就死去。那样一来，正好合乎我的心意，比起你成为骂柄，受人鄙视好得多。"② 大意就是说，帕里斯你不仅中看不中用，还严重缺乏担当意识，不像个男人啊。

帕里斯羞愧难当，只好硬着头皮出战。为了证明自己有多勇敢，帕里斯居然提出了"决斗"，意思是：这祸既然是我闯的，那就让我自己来解决问题吧，从现在开始，这不是两个城邦之间的战争，而是两个男人之间的战争，就让我和墨涅拉奥斯一决胜负，胜者可以将海伦以及其他战利品带回家。这个提议正中墨涅拉奥斯的下怀，于是一场为了捍卫男人尊严的

---

① ［古希腊］荷马：《荷马史诗·伊利亚特》，罗念生、王焕生译，人民文学出版社1994年版，第15—16页。
② ［古希腊］荷马：《荷马史诗·伊利亚特》，罗念生、王焕生译，人民文学出版社1994年版，第62页。

决斗即将开始。有人将这个消息传给了海伦,海伦怀着愧疚和好奇的心情来城楼上观看,特洛伊的众长老们也终于看到了传说中的海伦,一致认为,两个城邦"为这样一个妇人长期遭受苦难,无可抱怨",因为"看起来她很像永生的女神"。①

众长老们丝毫没有责备海伦,还邀请她客串临时"主持人",向大家一一介绍城墙下的阿伽门农、奥德修斯等人的基本情况。在海伦的注视下,帕里斯和墨涅拉奥斯的决斗在复杂的仪式后终于开始。帕里斯长得帅,但的确不是战斗能力和战斗意识更强的墨涅拉奥斯的对手。在危难之际,阿佛洛狄忒将帕里斯救了下来。但是帕里斯承诺的"谁输了谁交出海伦和财产"却没有了下文。帕里斯的违约自然增添了希腊人的愤怒,也加速了特洛伊的毁灭。

帕里斯闯下的灾祸他自己终究没有能力承担。这时,他的哥哥赫克托尔,即史诗中的男二号站了出来。面对又一次出征的赫克托尔,妻子安德罗马克泪流满面:

> 不幸的人啊,你的勇武会害了你,
> 你也不可怜你的婴儿和将做寡妇的
> 苦命的我,因为阿开奥斯人很快
> 会一齐向你进攻,杀死你。我失去了你
> 不如下到坟土;你一旦遭了厄运,
> 我就得不到一点安慰,只剩下痛苦。②

安德罗马克说的这一切,赫克托尔都很清楚。但作为一个男人、一个特洛伊(罗念生译为特洛亚)人、一个战士、一个众望所归的王子,他此时已经别无选择:

> 夫人,这一切我也很关心,但是我羞于见
> 特洛亚人和那些穿拖地长袍的妇女,

---

① [古希腊]荷马:《荷马史诗·伊利亚特》,罗念生、王焕生译,人民文学出版社1994年版,第67页。

② [古希腊]荷马:《荷马史诗·伊利亚特》,罗念生、王焕生译,人民文学出版社1994年版,第151页。

第二章 《荷马史诗》中的荣誉人生

> 要是我像个胆怯的人逃避战争。
> 我的心也不容我逃避,我一向习惯于
> 勇敢杀敌,同特洛亚人并肩打头阵,
> 为父亲和我自己赢得莫大的荣誉。①

在史诗男一号阿基琉斯因为愤怒而休战的情况下,赫克托尔暂时还是安全的,不仅暂时安全,而且几乎以一己之力扭转了战场的局势。阿伽门农一看情势不对,只好向唯一能战胜赫克托尔的阿基琉斯求和,但遭到阿基琉斯断然的拒绝。阿基琉斯的男伴帕特罗克洛斯②,一个能力虽然有限,但非常勇敢和充满城邦荣誉感的小伙子,看到这种状况,内心感到无比的焦虑。他在劝说阿基琉斯复出无果的情况下,穿戴上阿基琉斯的盔甲,拿着自己的枪上了战场(因为阿基琉斯的枪是特制的,他拿不动)。山寨版的阿基琉斯借助阿基琉斯的神威,一时杀得兴起,不幸遭遇了赫克托尔,死在了赫克托尔的枪下。帕特罗克洛斯之死让阿基琉斯陷入了无尽的痛苦:

> 阿基琉斯一听陷进了痛苦的黑云,
> 他用双手抓起地上发黑的泥土,
> 撒到自己的头上,涂抹自己的脸面,
> 香气郁烈的袍褂被黑色的尘埃玷污。
> 他随即倒在地上,摊开魁梧的躯体,
> 弄脏了头发,伸出双手把它们扯乱。③

阿基琉斯再一次愤怒了。因为这次愤怒,他反而忘记了对阿伽门农的愤怒。他要找特洛伊人报仇,尤其要找直接凶手赫克托尔报仇。铁匠神赫

---

① [古希腊]荷马:《荷马史诗·伊利亚特》,罗念生、王焕生译,人民文学出版社1994年版,第152页。
② 帕特罗克洛斯与阿基琉斯从小一起长大,是他最亲密的侍伴和战友。日常生活中,两人几乎同吃共寝,影形不离,所以他们的关系不只是简单的臣—君、仆—主关系。这就可以更好地解释在帕特罗克洛斯被赫克托尔杀死后,阿基琉斯为何如此愤怒。参见陈戎女《替身之死——解读〈伊利亚特〉卷十六》,《国外文学》2018年第1期。
③ [古希腊]荷马:《荷马史诗·伊利亚特》,罗念生、王焕生译,人民文学出版社1994年版,第435页。

淮斯托斯（又译赫菲斯托斯）帮助他重新打造了铠甲。披挂上阵后，满腔怒火的阿基琉斯开始了对赫克托尔的追击：

> 捷足的阿基琉斯继续疯狂追赶赫克托尔，
> 有如猎狗在山间把小鹿逐出窝穴，
> 在后面紧紧追赶，赶过溪谷和沟壑，
> 即使小鹿转身窜进树丛躲藏，
> 也要寻踪觅迹地追赶把猎物逮住。①

杀死赫克托尔后，阿基琉斯还不解气，还要凌辱他的尸体：将尸体系在战车后面拖着狂奔。在城墙上目睹儿子的脑袋就这样在尘埃里翻滚，母亲赫卡柏（Hecuba）扯乱了头发，放声大哭，父亲普里阿摩斯也悲惨的痛哭，最后整座城市都陷入了哭泣。阿基琉斯的愤怒终于平息了，面对和自己父亲一样慈祥的普里阿摩斯，他答应让赫克托尔得到特洛伊人的安葬。

第二节　奥德修斯的回家

《奥德赛》中有四条故事线索：一是奥德修斯离开特洛伊，在返回故乡途中经历的种种艰难险阻；二是奥德修斯离开故乡后，一群求婚者赖在他家里向他妻子求婚的种种恶心"表演"；三是奥德修斯的复仇；四是奥德修斯的回忆——通过他的回忆将《伊利亚特》没有讲完的故事补叙完整，包括木马屠城、阿基琉斯之死、阿伽门农之死，以及墨涅拉奥斯和海伦的美好结局等。其中奥德修斯的回家是史诗最核心的部分。

《奥德赛》和《伊里亚特》虽然都和"漂泊"有关，但前者的"漂泊"是为了"返乡"，后者的"漂泊"是为了"远征"。主题的不同造成风格的差异。木心说，"《伊利亚特》阳刚，是写给男性看的"，而"没有暴烈的战争，没有震撼人心的描写"的《奥德赛》"是女性的，温和的，富人情味"②。

---

① ［古希腊］荷马：《荷马史诗·伊利亚特》，罗念生、王焕生译，人民文学出版社1994年版，第522—523页。
② 木心：《文学回忆录》（上），广西师范大学出版社2015年版，第42—43页。

第二章 《荷马史诗》中的荣誉人生

希腊人借助奥德修斯的"木马计",终于在第十年攻破了特洛伊。战争结束后,希腊人能回家的都回家了。阿伽门农回家了,但被妻子克吕泰墨涅斯特拉和她的情夫埃癸斯托合谋杀死了。墨涅拉奥斯和海伦经历了8年海上漂泊,最终也一起回家了,继续过着幸福的生活。奥德修斯的回家之路开始时是比较顺利的,却因为吃掉了太阳神阿波罗的宠物牛,得罪了太阳神,导致回家之路开始变得无比艰辛和悲壮。

话说特洛伊战争结束已经十个年头了,奥德修斯还被神女卡吕普索软禁在海岛上,因为她一心让他做自己的丈夫。奥德修斯却归心似箭,于是委婉地拒绝了卡吕普索的"好意":

> 尊敬的神女,请不要因此对我恼怒。
> 这些我全都清楚,审慎的佩涅洛佩
> 无论是容貌或身材都不能和你相比,
> 因为她是凡人,你却是长生不衰老。
> 不过我仍然每天怀念我的故土,
> 渴望返回家园,见到归返那一天。
> 即使有哪位神明在酒色的海上打击我,
> 我仍会无畏,胸中有一颗坚定的心灵。
> 我忍受过许多风险,经历过许多苦难,
> 在海上或在战场,不妨再加上这一次。①

卡吕普索一气之下将奥德修斯软禁了七年——没想到长得太帅也能给自己添这么多麻烦。奥林匹斯山上的神都看不下去了,开会讨论了一下,最终以"行政命令"的方式,派遣神使赫尔墨斯去通知神女,大意是强扭的瓜不甜,立刻放奥德修斯回去:

> 现在宙斯命令你立即释放此人,
> 因为他不该远离亲属亡命他乡,
> 命运注定他能够见到自己的亲人,

---

① [古希腊] 荷马:《荷马史诗·奥德赛》,王焕生译,人民文学出版社1997年版,第96页。

返回他那高大的宫宇和故土家园。①

奥德修斯离开了卡吕普索，再次踏上回乡之旅。第十八天的时候，被海神波塞冬发现了行踪。海神心生怨气，在海上掀起惊天骇浪，掀翻了奥德修斯的筏子。奥德修斯落难到了费埃克斯人的土地上，公主瑙西卡娅受雅典娜的托梦，拉了一大车衣服去河边洗涤，看到了野人一样的奥德修斯。奥德修斯洗漱一番后，终于露出"男神"本色：

> 这时神样的奥德修斯用河水洗净
> 后背和宽阔肩膀上海水留下的盐渍，
> 又洗去流动的海水残留发中的污垢。
> 待他把周身洗净，仔细抹完油膏，
> 把未婚少女给他的衣服一件件穿整齐，
> 宙斯的女儿雅典娜这时便使他显得
> 更加高大，更加壮健，让浓密的鬈发
> 从他头上披下，如同盛开的水仙。②

奥德修斯的俊美和气质让瑙西卡娅看得痴呆，第一个念头就是"我真希望有这样一个人在此居住，做我的夫君，他自己也称心如意留这里"③，问题是，奥德修斯既然不愿意留在神女卡吕普索的岛上，肯定也不愿意留在这同样不知为何处的异邦。

奥德修斯来到瑙西卡娅父亲的宫殿，受到国王阿尔基诺奥斯的盛情款待。阿尔基诺奥斯给奥德修斯重新制作了一套装备，送他回家。在欢送宴席上，专门请来的歌手开始了歌唱。歌手唱的正是特洛伊战争的故事。歌手唱到了木马计，唱到了奥德修斯的亲密战友阿基琉斯、阿伽门农，当然还唱到奥德修斯本人。初听不知曲中意，再听已是曲中人。忧伤的奥德修

---

① ［古希腊］荷马：《荷马史诗·奥德赛》，王焕生译，人民文学出版社1997年版，第92页。
② ［古希腊］荷马：《荷马史诗·奥德赛》，王焕生译，人民文学出版社1997年版，第115页。
③ ［古希腊］荷马：《荷马史诗·奥德赛》，王焕生译，人民文学出版社1997年版，第116页。

斯用袍子遮住脸部，以免被人发现他早已经泪流满面。但心思缜密的阿尔基诺奥斯还是发现了端倪。奥德修斯一看掩饰不了自己的真实身份，那不如就坦荡承认自己就是曲中人，并借机回忆起自己的回家之路。

1. 攻破基科涅斯人的城市伊斯马洛斯，屠杀居民，俘虏了很多女人和财物，但他的"猪队友"们没有听从劝告而及时撤离，导致受到基科涅斯人的反杀，每条船上损失了 6 名同伴。

2. 第十天来到了洛托法戈人的国土，三位同伴上岸探查情况，吃了"忘忧花"，相当于喝了一杯忘情水从而一生不伤悲一样，就忘记回乡了，被奥德修斯强行拉回到船上。

3. 误闯入独目巨人波吕斐摩斯的山洞。不讲理的巨人把奥德修斯的两个同伴抓起来，往地上一撞，撞得他们脑浆迸流，然后当晚餐给吃掉了，吃得干干净净，一点残渣都没有留。独目巨人问奥德修斯的名字，奥德修斯告诉他，自己名叫"无人"。洞里有一棵橄榄树，是独目巨人准备当拐杖用的。奥德修斯将橄榄树削尖，烧红，刺进了巨人的眼睛。独目巨人悲惨地呼救，路过的其他巨人在洞外问他：

> 波吕斐摩斯，你为何在这神圣的黑夜
> 如此悲惨地呼唤，打破我们的安眠？
> 是不是有人想强行赶走你的羊群，
> 还是有人想用阴谋或暴力伤害你？①

独目巨人回答："朋友们，无人用阴谋，不是用暴力杀害我。"其他巨人一听，就放心地走了。由于巨人智商低下，所以奥德修斯他们暂时安全了。但智商低下的巨人居然聪明地坐在洞口，伸出双手不停地摸索。奥德修斯他们躲在巨人那些比大象还大的羊的肚子下面，顺利躲过一劫。登上船后，奥德修斯突然智商下降，居然大声嘲讽独目巨人，更愚蠢的是，报出了自己的名字：刺瞎你眼睛的，正是我，行不改名坐不改姓的伊塔卡国王奥德修斯。独目巨人向父亲海神波塞冬哭诉，奥德修斯的返乡之路蒙上了阴影。

---

① ［古希腊］荷马：《荷马史诗·奥德赛》，王焕生译，人民文学出版社 1997 年版，第 170 页。

4. 路过艾奥利埃岛。岛主艾奥洛斯招待奥德修斯一行人整整一个月,还送了他们一个皮囊,皮囊里装满了风,意思是祝他们一路顺风。在风的助力下,航行九天后,故乡的土地已经清楚地浮现在奥德修斯眼前。奥德修斯的"猪队友"们心情一激动,打开了皮囊,想看看里面是什么黄金白银,不料却放出了里面的风,只不过这风是反方向的。反方向的风立刻将他们吹离了故乡的土地,吹回了艾奥利埃岛,但被害怕得罪神灵的艾奥洛斯劝离。

5. 路过莱斯特律戈涅斯人的城堡。奥德修斯的三个同伴到城堡里一探究竟,其中一个同伴被巨人安提法特斯抓起来当作午餐吃掉了。另外两个同伴逃回船上,又被巨人们用大叉子叉回去吃掉了。

6. 来到艾艾埃岛。岛主是魔女基尔克,上岸探路的22位同伴被她变成了猪(日本动漫家宫崎骏的《千与千寻》中,千寻的父母因为贪吃而变成猪的情节应该源自这里)。奥德修斯上岸去救同伴,被基尔克邀请做她的丈夫,和她在一起住了一年。一年后,基尔克允许奥德修斯回家,条件是他在出发前要去冥府看一看。在冥府里,奥德修斯看见了自己的母亲,三次想拥抱她,三次都抱空。奥德修斯还看到了西绪福斯:

> 我又见西绪福斯在那里忍受酷刑,
> 正用双手推动一块硕大的巨石,
> 伸开双手双脚一起用力支撑,
> 把它推向山顶,但当他正要把石块
> 推过山巅,重量便使石块滚动,
> 骗人的巨石向回滚落到山下平地。
> 他只好重新费力地向山上推动石块,
> 浑身汗水淋淋,头上沾满了尘土。①

冥府之行结束后,魔女基尔克履行了她的承诺,放奥德修斯回家。在回家的路上,奥德修斯团队路过塞壬盘踞的地盘。塞壬是人首鸟身的怪物,歌声迷人,聆听的人必然会坠海而亡。奥德修斯将自己和同伴绑在桅

---

① [古希腊]荷马:《荷马史诗·奥德赛》,王焕生译,人民文学出版社1997年版,第223—224页。

杆上，保证了不会坠海，又用蜡块封住耳朵，保证听不见歌声。"塞壬的歌声"从此成了一个成语，意思是指那些迷惑性、诱惑性极强的致命事物。奥德修斯的做法给我们的启发是：不要相信自己抗拒诱惑的能力，只相信制度的约束。

奥德修斯又路过一边盘踞着斯库拉，一边盘踞着卡律布狄斯的狭窄海峡，这相当于刚刚闯过了虎跳峡，马上又迎来了壶口瀑布。由此，才有了英文成语 Between Scylla and Charybdis，意为腹背受敌、进退两难。奥德修斯战胜了这样的艰难险阻，来到了太阳神阿波罗的人间领地赫利奥斯岛。奥德修斯的"猪队友"们不顾神的警告，吃掉了太阳神的牛，太阳神一生气，后果很严重，奥德修斯的船队被狂风暴雨打翻，奥德修斯漂流了九天，第十天漂到了神女卡吕普索的岛上。到此，奥德修斯的回忆结束。

阿尔基诺奥斯听完奥德修斯的回忆，感慨万千。然后他做了一番精心准备，将奥德修斯送上返乡的旅程。奥德修斯终于踏上了故乡的土地，但是已经无法辨认这是哪里。雅典娜化身的牧羊少年告诉他这里就是伊塔卡。奥德修斯内心狂喜，却不露声色，依然不承认自己就是伊塔卡国王奥德修斯。雅典娜笑他：我见过诡诈狡狯的，没见过像你这样诡诈狡狯的，我是雅典娜，不是别人，别再撒谎了。雅典娜拨云见日，奥德修斯终于守得云开，热烈亲吻着故乡的土地。

《奥德赛》真正动人的部分到此结束了。和"奥德修斯回家"并行的一条辅线就是，他的儿子特勒马科斯听从神的建议，逃脱求婚者的骚扰和阻拦外出寻找父亲。特勒马科斯的第一站，也是最后一站就是墨涅拉奥斯家。特勒马科斯恰逢墨涅拉奥斯给女儿举行盛大的婚礼——他的女儿嫁给了阿基琉斯的儿子，这对新人的婚约早在攻打特洛伊时就定下了，属于典型的娃娃亲。特勒马科斯刚到墨涅拉奥斯家里，神又告诉他，你父亲奥德修斯已经回到伊塔卡了，所以你也赶紧回去吧。特勒马科斯又赶回伊塔卡，在家里的猪场和父亲相见、相认，然后一起谋划向那些求婚者们复仇，他们在家里住了三年，将家里的猪吃得只剩下 360 头，由于奥德修斯生死不明，所以在他离家的第十六年，家里就住进了一帮向妻子佩涅洛佩求婚的男子。

第三节　体育是一种生活方式

《荷马史诗》的时代意义及由此产生的认识价值，早已经获得公认："一千年间希腊人以荷马作为青年的教育和成年的爱好和指导，他们所采纳的并不仅仅是古老的遗产，爱国主义的历史崇拜（Sagas）或充满魅力的童话故事，而是这样一些诗篇，它们已经包含了将希腊文明塑造成如此这般面貌的优异素质。"① 有论者更是认为，对于希腊人而言，荷马史诗不仅仅是一部文学作品，更是一部包罗万象的百科全书，蕴含着古希腊的政治、军事、经济、习俗、饮食、宗教、观念、思想等等方方面面，因此，其认识价值无比的丰富：

> 《伊利亚特》和《奥德赛》作为希腊人的"圣经"，在数百年的时间里都是希腊教育的基础，无论是正规的公民教育还是普通人的文化生活都离不开荷马史诗。无论是对受过教育还是未受教育的希腊人来说，荷马也都是一个耳熟能详的名字，以至他们只是简单而满怀敬意地称他为"诗人"。希腊人相信人们应该听从荷马的教导，以荷马所描绘的生活方式去生活。因此，在现实生活中，从荷马史诗中摘章引句，用以解答人们有关道德与行为的问题，对于希腊人来说就是一种再自然不过的方式。他们甚至在城邦纠纷中，也会引用荷马的某一句诗来作为对某项领土要求予以有力支持的证据。总之，对于希腊人而言，仿佛荷马史诗蕴含了全部的智慧和知识。而事实是，荷马史诗确实为希腊人所共知和喜爱，也深深影响了一代又一代的希腊人，可以说，荷马哺育了希腊人的心灵和想像。②

可以说，《荷马史诗》相当于古希腊的《论语》，荷马相当于古希腊的孔子。因此，通过《荷马史诗》的描绘去管窥"荷马时代"的社会、生活

---

① ［英］基托：《希腊人》，徐卫翔、黄韬译，上海人民出版社2006年版，第65页。
② 吴晓群：《论荷马史诗对希腊人及其文化的影响》，《历史教学问题》2009年第4期。

第二章 《荷马史诗》中的荣誉人生

和精神状况,已经成为一门显学,相关的论述也已经比较丰富①。在本书中,我想重点谈谈如何从这部作品窥见古希腊人对体育的热爱。

人类有两大本能,一是性本能,二是攻击本能。如果说古希腊神话中的爱情故事是人类性本能的隐喻,那么《荷马史诗》中的战争和体育则是人类攻击本能的隐喻。有论者认为,体育源于战争,也净化了战争,是不携带武器的战争,或模拟战争的游戏:"人类需要体育是出于人性中与生俱来的攻击性,这种攻击性不可遏制而且禀性难移,只能敞开释放的渠道,于是体育应运而生。希腊联军虽然大战方歇,却斗志犹酣,他们亢奋的肾上腺激素还需要尽兴发泄。"②对此,王以欣更是做了详实的阐述:

> 古希腊的各种赛会,尽管其起源和内容与古典宗教有着千丝万缕的联系,但在本质上却是世俗的。表面上看,赛会是宗教庆典的有机部分,具有神圣性质,但抛去这层神圣外衣,它与今天的体育比赛在很大程度上同趣同形,只是规则较原始,设施较简陋而已。这种赛会更多地满足了古希腊人的世俗需求。它满足了古希腊人的竞争天性:他们不仅醉心于体育竞技,也在诗歌、戏剧、音乐、武功和身体健美方面互争雄长;它激励着古希腊人努力追求竞技所带来的崇高荣誉与利益,去享受成功的喜悦,体验失败的痛苦;它成功地将人类的攻击天性转移到相对无害的体育竞技上,将人体淤积的能量在赛场上得到宣泄,也为消弭纷争,加强古希腊人的民族团结和认同感,强化城邦和集团的凝聚力,培养团队协作精神做出了贡献;它满足了古希腊人对美的事物的追求,对人体美的追求,为古典人体艺术提供了取用不竭的丰富素材。③

《伊利亚特》第二十三卷"为帕特罗克洛斯举行葬礼和竞技",可谓不厌其烦地描绘了古希腊的众英雄们如何在战场之外争取体育竞技场上的荣

---

① 可参考梁学全的论文《荷马史诗所反映的希腊上古社会》,载《福建师范大学学报》1988年第1期;汪连兴的论文《从荷马史诗看"荷马时代"的希腊社会性质》(上、下),载《铁道师院学报》1986年第1、2期。
② 理由:《荷马之旅——读书与远行》,生活·读书·新知三联书店2019年版,第274页。
③ 王以欣:《神话与竞技——古希腊体育活动与奥林匹克赛会起源》,天津人民出版社2008年版,第2页。

誉。在火葬完帕特罗克洛斯后，古希腊的众英雄没有立刻回到营帐，而是按照惯例，利用大家好不容易聚到一起的机会，举行了八场体育竞技比赛。

第一个项目是战车。这个比赛有点类似今天蒙古人的赛马，比拼的是速度和技术。参赛者有 5 人，即欧墨洛斯、狄奥墨得斯、安提洛科斯、墨里奥涅斯和墨涅拉奥斯。阿基琉斯担任主裁判，他一声令下，比赛正式开始：

> 参赛者同时向他们的马匹扬起响鞭，
> 抖动缰绳，威严地向它们大声吆喝，
> 催促起跑，马匹迅速奔上平原，
> 把船舶远远抛在后面，飞扬的尘土
> 在胸下盘旋，有如云团，有如迷雾，
> 鬃毛向后飞扬，顺着急速的风流。
> 辆辆战车一会儿接触丰饶的大地，
> 一会儿蹦跳空中如飞，御者在车上，
> 稳稳站立；他们不停地吆喝马匹，
> 快马扬起滚滚尘埃在平原上飞驰。①

可以想象一下，观众是掌声雷动，发出的欢呼声更是此起彼伏。最终，狄奥墨得斯获得冠军，安提洛科斯获得亚军，墨涅拉奥斯获得季军，墨里奥涅斯获得第四名，公认技术最好的欧墨洛斯因为小失误只获得最后一名。

第二个项目是拳击。精通拳术的埃佩奥斯第一个站出来，却只有欧律阿洛斯一人敢于应战，最终的结果是埃佩奥斯一拳 KO 了欧律阿洛斯，由此可见，埃佩奥斯就是古希腊联军中的泰森：

> 两人装束完毕，一起跳进圆心，
> 他们临面站开，挥动强劲的臂膀，

---

① ［古希腊］荷马：《荷马史诗·伊利亚特》，罗念生、王焕生译，人民文学出版社 1994 年版，第 548—549 页。

第二章 《荷马史诗》中的荣誉人生

> 对打起来，你来我往，一拳拳猛击，
> 牙齿被咬得不断可怕的咯咯作响，
> 全身汗水淋淋。欧律阿洛斯一愣神，
> 神样的埃佩奥斯一拳击中他的面颊，
> 他只觉站立不稳，四肢顿时瘫软。①

第三个项目是摔跤。参加者有奥德修斯和埃阿斯。大战两个回合后，阿基琉斯宣布两人打个平手。

第四个项目是赛跑。参加者有奥德修斯、埃阿斯和安提洛科斯。最后，奥德修斯获得第一名，颇有实力的埃阿斯因为中途摔倒，只获得第二名。

第五个项目是戎装持械比武。参加者有埃阿斯和狄奥墨得斯，最后两人平分秋色。

第六个项目是投掷铁饼。参加者有波吕波特斯、勒昂透斯、埃阿斯和埃佩奥斯，最后波吕波特斯勇夺第一名。

第七个项目是射箭。参加者是透克罗斯和墨里奥涅斯，墨里奥涅斯成功射中鸽子，赢得比赛。

第八个项目是投掷标枪。参加者是阿伽门农和墨涅奥涅斯。阿基琉斯一看最高统帅亲自参赛了，立刻打圆场说，我们都知道您力气大，投枪也出色，要不就不比了吧，这两份奖品你们一人一份。阿伽门农情商也比较高，立刻同意这个提议。

在《奥德赛》中，也有比较翔实的体育竞技比赛描写。奥德修斯落难到了费埃克斯人的城市，国王阿尔基诺奥斯准备送他踏上归程，并且举行盛大的欢送仪式。在歌唱环节结束后，阿尔基诺奥斯提议举行体育竞技比赛：

> 我们的心灵已尽情享受了美味的肴馔
> 和优美的歌唱，那是盛宴必备的部分。
> 现在让我们到外面去进行各种竞技，

---

① ［古希腊］荷马：《荷马史诗·伊利亚特》，罗念生、王焕生译，人民文学出版社1994年版，第560页。

> 等到我们的客人回到他的家乡后,
> 也好对他的亲人们说起,我们如何在
> 拳击、角力、跳远和赛跑上超越他人。①

他们比赛的第一个项目是赛跑,第二个项目是角力。然后是跳远、投掷石饼和拳击比赛。第一个项目结束后,有选手热情邀请奥德修斯参加一个他自认为最擅长的项目:

> 尊敬的外乡大伯,请你也参加竞赛,
> 如果你也有擅长,你显然也精通竞技。
> 须知人生在世,任何英名都莫过于
> 他靠自己的双脚和双手赢得的荣誉。
> 你也来试试,抛弃心中的一切忧虑。
> 你的归程绝不会被长久地推迟延误。
> 船只已下水,伴侣们也都准备就绪。②

但奥德修斯一心只想回家,不希望此时节外生枝,于是拒绝了邀请。不料却遭到欧律阿洛斯的讽刺。奥德修斯有点生气,抓起全场最大的石饼,扔出了全场最远的距离,然后开始了各种建立在实力基础上的吹牛:这个石饼,我再扔一次,还是刚才的距离(说明自己实力非常稳定);不瞒大家,其他项目,如拳击、角力或者赛跑我也非常擅长,不服气的可以比试一下;我最厉害的项目是射箭,在希腊半岛属于第二名的水平(第一名是射死帕里斯的箭神菲洛克特特斯);我投掷长枪比别人射箭还要远,我唯一担心的是赛跑,因为年龄大了,力不从心,可能有人会超过我。

不难看出,在古希腊,体育是日常仪式的重要组成部分:"这种健身娱乐活动与庄严的宗教活动更加密切地结合起来,转化为一种神圣的仪式行为,成为附属于葬礼和宗教节日的赛会,定期举办。古希腊人推己及人,相信他们的神灵、英雄先祖和亡灵同他们一样喜爱竞技活动,因而,

---

① [古希腊] 荷马:《荷马史诗·奥德赛》,王焕生译,人民文学出版社1997年版,第136页。

② [古希腊] 荷马:《荷马史诗·奥德赛》,王焕生译,人民文学出版社1997年版,第139页。

第二章 《荷马史诗》中的荣誉人生

竞技比赛成为愉悦神明与亡灵的神圣活动,而古希腊人也借此获得无穷乐趣与荣耀。而一旦转化为神圣仪式,各种竞技项目也随之获得持久的地位,不再随社会生活的需要而变化。"[1] 因此可以说,在古希腊,体育锻炼就像吃饭和睡觉一样,成为古希腊人日常生活的一部分,裸体的体育训练成为古希腊教育最基本的内容,体育馆和摔跤学校成为古希腊每座城市的标志性建筑:"具有一副强壮而矫健的身躯,这对于古希腊人来说是莫大的光荣。对人的自然形体的热爱与赞美使古希腊青年将大多数时间都用在练身场和运动场上,参加各种体育竞技活动,目的是要练成一幅最结实、最健美的身体。这样一副健壮的体魄,对于曾经作为征服者而入主希腊地区,而后又经常面对着战争威胁的古希腊人来说是十分重要的。对人的自然形体即肉体的重视使得裸体竞技活动在古希腊成为一种非常普遍的现象。"[2]

丹纳在《艺术哲学》中也曾描绘到,在古希腊,青年人大半时间都在练身场(相当于如今的健身房)上角斗、跳跃、拳击、赛跑、掷铁饼,把赤裸的肉练得又强壮又柔软,目的是要练成一个最结实、最轻灵、最健美的身体。丹纳由此认为,"希腊人这种特有的风气产生了特殊的观念。在他们眼中,理想的人物不是善于思索的头脑或者感觉敏锐的心灵,而是血统好,发育好,比例匀称,身手矫健,擅长各种运动的裸体。"[3] 正因为古希腊人将体育当作一种生活方式,所以,古奥运会公元前776年产生于古希腊就有其必然性。古奥运会自产生到公元393年被罗马皇帝塞奥多希斯禁止,历时1169年,共举办了293届。古奥运会不仅只是一出体育盛会,更成为古希腊的文化符号之一,它将古希腊人崇尚力量、赞美人体、强调竞争、追求卓越和渴望和平的精神展现得淋漓尽致。

古希腊人将体育当作一种生活方式,不只是丰富了我的知识和谈资,更是改变了我的生活方式。换句话说,《伊利亚特》《奥德赛》中关于体育竞技的描写,不仅帮助我认识了古希腊人一种奇妙和美好的生活,更是帮助我自己重新认识了生命、认识了生活,认识了我自己。我曾经写过一篇文章,叫《篮球与人生》,开头是这样写的:

---

[1] 王以欣:《神话与竞技——古希腊体育活动与奥林匹克赛会起源》,天津人民出版社2008年版,第2页。

[2] 陈鹤鸣:《古希腊神话传说的文化精神》,《外国文学研究》1999年第3期。

[3] [法]丹纳:《艺术哲学》,傅雷译,安徽文艺出版社1991年版,第89页。

课堂上，我讲得最多、最好、最有感觉的是篮球，其实我只是个文学老师。我21岁步入"篮坛"，那之前，从未有人告诉我体育之于人生的作用。大三那年，因为要考外国文学研究生，我读完了《荷马史诗》。史诗中的一个情节，彻底颠覆了我的业余生活。史诗男主人公，"地中海第一猛男"阿喀琉斯参加好友的葬礼，在等待的过程中，召集来宾举行了8项体育运动比赛，选出了8个冠军。我终于明白，古希腊人不仅好"健"而且好"美"的身材，源于后天自觉的、长期的、系统的体育锻炼。我瞬间领悟到了什么。于是，读研究生开始，我将日常生活的顺序，按重要程度调整为：运动、写论文。我选择了一项最适合自己的运动：打篮球。这样，在21岁的时候，正式开始了篮球生涯。①

读大学之前，从没有人告诉我们体育对于幸福生活的意义——我的父母是农民，他们不知道；我的老师虽然知道，但认为我们的主要矛盾是考大学，为了考上大学，我们就算牺牲身体也在所不惜。因此，在读大学之前，我没有从事任何体育运动，我也就成了一个体弱多病的人——差不多是一年感冒三次，每次感冒四个月。在从事运动之后，我的身体越来越健壮，越来越健康，精神、气质也随之发生了很大的改观。推己及人，我将个人打篮球的经历上升到体育文化和体育哲学的高度，只要有机会，便会推广这样的观点："世间一切事物中，人体最美。体育就在于让这种美进一步得到升华，而这也是生命的升华。体育关注体型美，也必然关注心灵美。因而，体育体现的是充分的人文关怀，体育体现的是生命的意义和价值。体育需要智慧，也给人以智慧，因而，智慧也需要体育。强健的体魄和纯净的心灵，是智力发展的基础，也是道德的条件。没有强健的体魄和丰富的知识，我们拿什么去奉献他人？没有德，不完善；没有智，不完满；没有美，不完美；没有体，不完整。没有体，就没有一切。在德智体美中，体育的作用是全方位的，体育让人与天、与地、与人保持良好的平衡。"②

毋庸讳言，我们的教育中，最受重视的是智育和德育。智育的效果无

---

① 宋德发：《篮球与人生》，《湘潭大学报》2016年5月5日。
② 张楚廷：《体育与人》，西南师范大学出版社2014年版，第139页。

疑最好，德育却由于方法不得当，效果一直难以让人满意。我们的教育中，最不受重视的是体育、美育和劳育。为了培养立体的人、完整的人和幸福的人，寻求智育、德育、体育、美育和劳育的均衡发展已经成为当务之急。因此，重温 1929 年陶行知在《这一年》一文中倡导的教育理念，就显得意义非凡："生活教育的目标，分析开来，在乡村小学里，应当包含五种：一、康健的体魄；二、农人的身手；三、科学的头脑；四、艺术的兴趣；五、改造社会的精神。我主张以国术来培养康健的体魄，以园艺来培养农人的身手，以生物学来培养科学的头脑，以戏剧来培养艺术的兴趣，以团体自治来培养改造社会的精神。"[①] 康健的体魄、农人的身手、科学的大脑、艺术的兴趣和改造社会的精神，这五点显然不仅仅是乡村小学生活教育的目标，而是所有学校生活教育的目标。

第四节　力量、荣誉和智慧

虽然荷马是一位盲人，但是，他可以通过《荷马史诗》帮助我们看到很多他自己看不到，我们也看不到的东西。换言之，虽然《荷马史诗》描绘的时代早已经远离我们，但那个时代英雄们荡气回肠的故事却已经融化为人类普遍向往和追寻的气质：一种是力量；一种是荣誉；一种是智慧。力量、荣誉、智慧，在史诗的三大男主角身上均有体现，但是，三大男主角所呈现的气质又各有侧重：阿基琉斯侧重呈现"力量"；赫克托尔侧重呈现"荣誉"；奥德修斯侧重呈现"智慧"。

阿基琉斯呈现出古希腊人对力量的顶礼膜拜。这位性感得让女人窒息的男人，因为是凡人珀琉斯和女神忒提斯的爱情结晶而拥有高贵的血统。或者说，混血儿的身份让他在凡人的世界中鹤立鸡群，成为地中海地区无可争议的第一勇士。战争从来就是英雄的战争，所以尽管《荷马史诗》中的参战双方动用了成千上万的军队，但有名有姓的还是可以屈指可数。而这些屈指可数的勇士们最后还只是衬托阿基琉斯勇猛的道具，换言之，希腊的将士们都是观望阿基琉斯收放自如的表演的啦啦队，而希腊联军的统

[①] 陶行知：《这一年》，载董宝良主编《陶行知教育论著选》，人民教育出版社 2015 年版，第 267 页。

帅阿伽门农就是这个啦啦队的队长,因为一个阿基琉斯就足以决定整个战争的走向。

为了突出阿基琉斯这种独一无二的作用,阿基琉斯的经纪人——史诗的作者,特意为他设计了退战——复出的策略。阿基琉斯一旦退出战场,整个希腊联军被史诗的男二号,一个叫赫克托尔的特洛伊男人打得抱头鼠窜、丢盔弃甲、哭爹喊娘。在赫克托尔得到充分表演后,人们似乎渐渐遗忘了阿基琉斯,还以为地中海地区步入了"后阿基琉斯"时代。可是就像华雄的出场不过是为了陪衬关羽的神勇一样,赫克托尔也只是阿基琉斯荣登战神宝座的跳板。命运让这两个惺惺相惜的男人遭遇了,此前战无不胜的赫克托尔死在了阿基琉斯的剑下,所用时间似乎没有超过关羽温酒斩华雄的时间。看来地中海的第二勇士和第一勇士之间的差距还不是一点点——根源在于第一勇士的母亲是神,而第二勇士是百分之百的凡人。阿基琉斯的光辉形象充分体现出了西方文化对个人英雄主义的崇拜。由此,我们就不难理解,为什么在那么多好莱坞大片中(如《第一滴血》《钢铁侠》《金刚狼》《空军一号》《蜘蛛侠》《蝙蝠侠》《超人》《绿巨人》《真实的谎言》《X战警》),主角可以凭借一己之力拯救美国乃至世界了。他们不过是热兵器时代的阿基琉斯罢了。

赫克托尔体现出古希腊人对荣誉的理解和寻求。阿基琉斯也是冲了"荣誉"两字来到特洛伊的,这正像普希金在诗歌中写的那样:"我不寻求黄金,寻求荣誉,在那刀光剑影的战场。"[1] 但是最后他却发现,在没有获得荣誉之前,自己的荣誉已经受到阿伽门农的损害了——阿伽门农夺走了他心爱的女俘,还用语言羞辱了他一番。所以,阿基琉斯参战是为了荣誉,退战也是为了荣誉,当然复出战场更是为了捍卫自己的荣誉。可是,阿基琉斯的"荣誉"和赫克托尔的"荣誉"还是有些差别,正像赫克托尔的力量和阿基琉斯的力量无法媲美一样。

赫克托尔虽然不及阿基琉斯武艺高强,但依然不失为一个真男人,尤其是特定的身份让他更比阿基琉斯敢于担当。阿基琉斯之所以只为自己而战,是因为他无法为希腊而战。希腊的军队只是阿伽门农和他的弟弟墨涅拉奥斯的。迈锡尼国王阿伽门农发动希腊的军事力量是为了实现自己的政

---

[1] [俄]普希金:《无题诗》(残稿,1832),张铁夫译,载《普希金的生活与创作》,北京燕山出版社1997年版,第215页。

治野心，而斯巴达国王墨涅拉奥斯鼓动希腊的勇士们远征是为了发泄自己被帕里斯羞辱的委屈和愤怒。在这样动机不纯的军队中，阿基琉斯也只能为显摆一下自己的力量而杀人放火了。如果心情不好，他不仅可以在帐篷里睡觉，还可以随时动身回家。可是赫克托尔不一样，他是特洛伊的"太子"，特洛伊未来的领袖，特洛伊就是他自己的家。所以，他的个人荣誉不是抢几个女人，或者在战场上耍酷，而是要捍卫完全属于自己的家园。因为他知道，一旦特洛伊完了，老婆就会沦为希腊人的奴隶，儿子就会被希腊人扔进火堆。所以他必须和家人诀别，头也不回地走上战场。

赫克托尔不顾妻子哭求的场景让多愁善感的读者们感动得一塌糊涂，这也让他比阿基琉斯更具有一种完美无缺的气质。阿基琉斯是一个性情中人，年轻、多情，具有那喀索斯情结（自恋情结），过于在乎自己的感受，所以在追寻个人荣誉的过程中，在客观上确实损害了整个希腊人的利益。而赫克托尔一方面因为是特洛伊的主人，另一方面因为早已经成家立业，所以比阿基琉斯成熟稳重许多，说话做事，颇有大哥风范。更重要的是，他将自己的荣誉和城邦的荣誉紧紧联系在一起，以至于中国读者用一个颇具中国特色的词来形容他："集体主义英雄"。他的形象塑造象征了古希腊人对那种自恋情结过重的荣誉观的进一步的修正和完善：个人荣誉的实现需要建立在为他人工作和服务的基础上。

阿基琉斯和赫克托尔一起，开启了西方文学特别重视荣誉和着力描写荣誉的先河。在此后的西方文学作品中，荣誉大致可以分为三个层次：第一个层次是阿基琉斯式的个人荣誉。普希金的小说《射击》和《叶甫盖尼·奥涅金》中的决斗，便是为个人荣誉而战；第二个层次是赫克托尔式的家族荣誉（由于古希腊的城邦并非现代意义上的国家，因此赫克托尔为特洛伊而战只能说是为家族而战而非为国家而战）。如高乃依《熙德》中的唐·罗狄克为了捍卫家族荣誉，杀死了自己的准岳父；第三个层次是国家荣誉。《战争与和平》中的安德烈公爵为了捍卫俄罗斯的荣誉最终战死了沙场。

奥德修斯则体现了古希腊人对智慧的痴迷和赞美。由于既在《伊利亚特》中担任重要男配角，又在《奥德赛》中担任男一号，所以奥德修斯的生活得到最充分的展示，他的性格也由此得到最充分的塑造。按照如今的眼光衡量，他是一位缺点明显，但性格真实而饱满的绝世好男人："我们在这里看见的奥德修斯，算得上一位后特洛亚时代的'真心英雄'，一个想要挽救同伴而无能为力的首领,一个机敏灵活坚强隐忍的英雄,一个善于讲述也懂得倾听的吟游诗人,一个历经磨难而雄风犹在的国君,一个忧伤的儿子,一个坚强的父亲,一个懂得和妻子分享的丈夫,一个恩怨分明有仇必报的男人。"①

奥德修斯的优点远不止这些。他的"多才多艺"超乎人的想象。他的军事素养是超一流的,而且属于"靠脑子打仗"的那种;他的体育水平是超一流的,当时主流的体育运动他都能玩到炉火纯青(由于年龄大,跑步稍微弱一些);他的音乐修养是超一流的,游吟歌手的歌唱他能听到灵魂深处;他的航海经验是超一流的,是一位信得过的水手或老船长;他的日常生活技能是超一流的,结婚用的婚床都是亲自手工打造;他创造财富的能力是超一流的,他家里的养猪场在被108位求婚者吃了整整三年后,依然还剩下360头大肥猪,至于家里仓库里堆积的金银财宝更是数不胜数;他对妻子在精神层面始终是忠诚的,能够抗拒一切美色的诱惑或威胁;他还低调、成熟、稳重、谨慎,从不轻易表露情绪,其理性和理智与阿基琉斯的感性和任性形成鲜明的对照。

当然,奥德修斯最光辉的形象还在于他的聪明和智慧。当年,为了逃避兵役,他不惜装疯卖傻,将牛马套在一起耕田。被迫参军到部队后,他立刻发挥自己的聪明才智为希腊人献计献策。当希腊人的船队靠近特洛伊海岸后,所有的英雄们都不敢轻举妄动,因为他们知道一个神谕:谁第一个踏上特洛伊的土地,谁必死无疑。奥德修斯将自己的盾牌扔到特洛伊的海岸上,然后跳上自己的盾牌。一个傻里傻气的希腊勇士以为奥德修斯是第一个踏上特洛伊海岸的人,却没想到奥德修斯偷换概念,他踏上的只是自己的盾牌。这个倒霉的希腊勇士怀揣着建功立业的梦想来到特洛伊,却连特洛伊人是什么样子都没有看清,就被迎面飞来的一支长矛送到了阴曹地府;他略施小计(木马计),特洛伊便成了一片火海。

可惜,在《伊里亚特》中,他的光芒被阿基琉斯的勇猛和赫克托尔的大义凛然所掩盖。在《奥德赛》中,奥德修斯悄然晋级为领衔主演。在这部关于"回家"的大片中,他用自己的智慧开辟出一条返回家园的道路。当然,换个角度看,智慧就是阴谋和诡计:"《奥德赛》整个诗篇都显示着

---

① 杜佳:《真心英雄——奥德修斯》,《中国图书评论》2009年第1期。

第二章 《荷马史诗》中的荣誉人生

伪装和诡计的印记。"① 弄瞎独目巨人波吕斐摩斯的眼睛可谓是奥德修斯的经典战役。他等波吕斐摩斯睡着后，用烧红的橄榄树钻瞎了他的眼睛，然后告诉被害者，自己的名字叫"无人"。独目巨人的惨叫唤来了他的同伴们。他们问：是否有人用阴谋或者暴力杀害你？独目巨人回应道：无人用阴谋，不是用暴力杀害我。奥德修斯用计策逃过了九九八十一难。有点遗憾的是，他通过计谋赢得了胜利，也失去了对这个世界的信任（这或许是所有聪明人共同的遗憾），以至于踏上故乡的土地后，他也要欺骗微服私访的雅典娜：自己是克里特人，因为海难漂流到这里。雅典娜心中暗笑：你骗人居然骗到无所不知的神的面前。

雅典娜拨云见日，奥德修斯也终于守得云开。可是他尽管内心已经心急如焚，却不着急和家人相见。他要化装成乞丐对付求婚者，还要试探一下仆人们是否忠诚，最重要的是，还要学庄子戏妻，考验一下妻子"今天是否依然爱我"。中国成为人学的故乡、古希伯来成为神学的故乡，都各有其道理。从奥德修斯身上，我们也能看到古希腊成为哲学发源地的理由。奥德修斯确实是聪明的，可是处处隐藏自己，算计别人，生活还有多大意义？

---

① ［法］皮埃尔·维达尔-纳杰：《荷马的世界》，王莹译，中国人民大学出版社2007年版，第41页。

第三章

《埃涅阿斯纪》中的责任人生

西方文化的一大源头是希伯来—基督教文化。这一说法告诉我们,希伯来文化和基督教文化具有内在的相通性。原因很简单,"基督教是犹太教的私生子"①。"私生子"是和父亲有血缘关系的真正意义上的儿子。儿子和父亲有相似的地方是正常的,儿子和父亲不像那才不正常。希伯来文化和基督教文化最大的相通性被命名为"基督精神","基督精神"的核心是"理性"。

西方文化的另一大源头是古希腊—罗马文化。这一说法告诉我们,古希腊文化和古罗马文化具有内在的相通性,原因也很简单,"人们常说罗马的军队征服了希腊,而希腊的学问最终又征服了罗马"②。古希腊文化和古罗马文化最大的相通性被命名为"希腊情感","希腊情感"的核心是"原欲"。"理性"和"原欲"构成西方文化的两大基因。

希伯来文化和基督教文化只有相通性吗?如果是这样的话,我们说西方文化的一大源头是"希伯来文化"不就行了吗?为何还要加上一个"基督教文化"呢?因为"基督教文化"和"希伯来文化"还是有区别的。希伯来文化的核心是犹太教,基督教文化的核心是基督教,二者的区别至少包括③:1. 犹太教是犹太人的犹太教,是民族的宗教,基督教则面向全世界;2. 犹太教的核心是律法和祭祀,强调外在的强制和规范;基督教的核心是信仰和道德,侧重内心的自觉和信仰。3. 犹太教虽然明令禁止淫

---

① 恩格斯:《致保·拉法格》,《马克思恩格斯全集》第 38 卷,人民出版社 2016 年版,第 27 页。
② [美] 罗德·W. 霍尔顿、文森特·F. 霍普尔:《欧洲文学的背景》,王光林译,重庆出版社 1991 年版,第 109 页。
③ 参见赵林《西方文化概论》,高等教育出版社 2008 年版,第 130—135 页。

乱，但从未提倡禁欲，且鼓励"要繁殖和增多"，但在基督教中，禁欲被当作一种崇高德行而获得赞美。4. 在贫富问题上，犹太教认为贫穷固然让上帝愉悦，但富裕也不是邪恶，不会让上帝动怒，基督教则将贫穷和富裕对立起来，认为贫穷是一种美德，富裕则是罪恶的象征。5. 犹太教的上帝对世人爱憎分明，常常动怒要铲除恶人，基督教的上帝则对一切人充满爱，包括对恶人也要仁慈和宽容。

古希腊文化和古罗马文化只有相通性吗？如果是这样的话，我们说西方文化的另一大源头是"古希腊文化"岂不是更省事？为什么还要加一个"古罗马文化"？因为"古罗马文化"和"古希腊文化"还是有区别的：

> 教授们习惯于将希腊和罗马文明融合成一个共同文化，称之为古典主义。在某种意义上来说，这是一种使人误解的做法，是将油掺和到水里。因为罗马人确实在勇敢地模仿希腊方式，他们的姿态也相当适合，就像乡村新娘所租用的华丽服饰一样……不错，罗马对西方世界的成长所做出的贡献有许多，而且惊人，但他们是罗马人，不是希腊人。罗马人有自己的个性。他们呼吸的是自己的空气，传播的是自己的精神。这种精神确实没有希腊人的那么崇高。它所给人的印象是散文而不是像希腊先驱者那样给人以诗。但是，如果说它贡献的是散文，那么这就是一种优美而稳健的散文，丰富而感人，其本身就值得人们的注重。①

那么，古罗马文化和古希腊文化最主要的区别是什么呢？不妨从古罗马文化的文学象征——史诗《埃涅阿斯纪》谈起。

第一节　埃涅阿斯的绝情

史诗开篇第一句话是："我要说的是战争和一个人的故事。"② 研究维吉尔的权威阿德勒这样理解这句话潜藏的含义：

---

① ［美］罗德·W. 霍尔顿、文森特·F. 霍普尔：《欧洲文学的背景》，王光林译，重庆出版社1991年版，第103—104页。

② ［古罗马］维吉尔：《埃涅阿斯纪》，杨周翰译，上海译文出版社1999年版，第1页。

Arma virumque cano（我歌唱的是战争和一个人），在《埃涅阿斯纪》最初的这三个词语中，维吉尔便已经表明，他的对手是荷马：《埃涅阿斯纪》将通过涵括《伊利亚特》和《奥德赛》，将它们合为一体，从而超越这两部史诗。Arma（战争）代表的是阿喀琉斯和《伊利亚特》，virum（人）代表的是奥德修斯和《奥德赛》。《埃涅阿斯纪》将在一部作品里面既展现出"伊利亚特式"的战争英雄，也展现出"奥德赛式"的流浪英雄。[①]

阿德勒的解释很清晰地揭示了《埃涅阿斯纪》对《荷马史诗》的模仿与改编，并且通过这种模仿与改变，创造一个全新的人物、一个全新的故事、一个全新的主题。这个全新的人物便是埃涅阿斯，这个全新的故事便是埃涅阿斯创建一个新的特洛伊的故事；这个全新的主题便是对罗马精神的塑造和传播。

埃涅阿斯又是谁呢？他的几个亲戚我们比较熟悉。他的叔叔是特洛伊国王普里阿摩斯；他的堂兄是普里阿摩斯的第二个儿子，即著名的帕里斯；他的妈妈更是大名鼎鼎的爱神维纳斯；他的父亲是维纳斯的情人安基塞斯（又译安奇塞斯）。

特洛伊城被希腊人攻破后，赫克托尔的亡魂托梦给埃涅阿斯，劝他赶快逃离特洛伊（又译为特洛亚），并且告诉他，他的逃亡不是渺小的贪生怕死，而是伟大的保存"革命的火种"："现在特洛亚把它的一切圣物，把它的神祇，都托付给你了；把它们带着，和你同命运，再给它们找一个城邦，当你漂洋过海之后，最终你是要建立一个伟大城邦的。"[②] 醒来的埃涅阿斯并没有立刻领悟赫克托尔亡魂的良苦用心，他抱着"杀一个保本，杀两个赚一个"的心态，要留下来和希腊人拼个鱼死网破。这时爱神就哄他：孩子，别意气用事了，死了可以证明你的勇敢，但活着更能证明你的无畏。你死了，你的父亲、你的儿子、你的妻子怎么办？更重要的是，伟大的特洛伊怎么办？留得青山在，不怕没柴烧，赶快逃走吧，你肩负着重建特洛伊的神圣使命。

于是，埃涅阿斯背着父亲安基塞斯，牵着儿子阿斯卡钮斯，带着妻子

[①] ［美］阿德勒：《维吉尔的帝国——〈埃涅阿斯纪〉中的政治思想》，王承教、朱战炜译，华夏出版社2012年版，第19页。

[②] ［古罗马］维吉尔：《埃涅阿斯纪》，杨周翰译，上海译文出版社1999年版，第37页。

第三章 《埃涅阿斯纪》中的责任人生

克列乌莎,踏上了重建特洛伊的旅程。当他穿越战火,拍拍身上的烟尘,清点人数的时候,听到的却是来自克列乌莎亡魂的祝福:

> 亲爱的丈夫,你为什么要这样任性悲伤,失去节制?这一切没有神的认可是不会发生的;命运不允许你带克列乌莎一起离去,奥林普斯山上众神的主宰也不答应。你将要流放到远方,在广阔的大海上漂泊,最后到达"西土",那里,吕底亚的第表河缓缓地流经人们耕种的肥沃土地;在那里,你将获得幸福,获得一个国家和一位公主作为妻子。不要为你心爱的克列乌莎流泪;我是不会看到傲慢的希腊人的宫廷的,也不会给希腊的主妇们当家奴,我是特洛亚人的后裔,我是女神维纳斯的儿媳;伟大的众神之母库别列把我留在特洛亚土地上了。再见吧,好好疼爱咱们俩的儿子。①

埃涅阿斯率领着逃亡的队伍继续前行,闯入北非迦太基女王狄多的地盘。狄多不是女神,却是女神一样的女人:"狄多女王来到了神庙,容貌无比娟美,由一大批妙年的随从陪伴着。"② 狄多刚刚失去了挚爱的丈夫,她发誓此生自己的心只属于这一个男人,她要像爱着丈夫一样爱着这个正在新建的城邦。她胸怀大志,要将一个繁荣富强的迦太基献给亡故的爱人。

可是,狄多依然年轻,对死人的誓言终究敌不过爱神丘比特的神箭。当埃涅阿斯出现在他面前的时候,她义无反顾地爱上了这个不速之客。她发现自己原本只是一个渴望爱情的小女人。假如这是一部电影,此时此刻非常适合响起这样的背景音乐:"想要问问你敢不敢,像我这样为爱痴狂"或者"我不要你的承诺,不要你的永远,只要你真真切切爱我一遍,就算虚荣也好,贪心也好,最怕你把沉默,当作对我的回答"。可是狄多怕什么就来什么,命运注定让她爱上一个不该爱的人。埃涅阿斯是一个优秀的男人,却不属于任何一个女人,当然也包括风情万种、情深意切的狄多。尤比特(又译作朱庇特,希腊神话中的宙斯)派遣神使麦丘利(希腊神话中的赫尔墨斯)提醒埃涅阿斯:

---

① [古罗马] 维吉尔:《埃涅阿斯纪》,杨周翰译,上海译文出版社1999年版,第52—53页。

② [古罗马] 维吉尔:《埃涅阿斯纪》,杨周翰译,上海译文出版社1999年版,第18页。

你怎么在给高傲的迦太基的建设奠基,要在这里建造一座美丽的城市呢?真不愧为好丈夫!你把你自己的王国和自己的命运忘得一干二净了!万神之王亲自从光辉的奥林普斯派我十万火急穿过天宇带来他的命令。你打算干什么!你在利比亚的土地上逍遥岁月,你希望的是什么?如果未来的如此伟大光荣的事业一点也不能使你激动,如果你也不想努力去赢得令名,那你也该想一想阿斯卡钮斯,他已经长大了,他是你的继承人,你的希望,他是注定要统治意大利和罗马的大地的。①

一语惊醒梦中人!已经和在狄多在山洞里临时结为夫妻的埃涅阿斯决定立刻离开迦太基:"但是埃涅阿斯很快就摆脱了爱情的枷锁;他不能因为爱情忘记自己的使命,于是瞒着女王下令做好离开迦太基的准备。"② 只是他还不知道如何向陷入热恋的女王狄多告别,最后想出一个绝佳的办法,那就是不辞而别。但是谁能瞒骗一个热恋中的人呢?狄多很快得知埃涅阿斯将要偷偷开溜:"女王听了,如疯如狂,失去了理智,激愤之下,满城狂奔。"③ 狄多甚至由爱生恨,直接由仙女变成了怨妇:

忘恩负义的人,你当真相信你能够掩盖这么大的一件罪恶勾当而悄悄地离开我的国土吗?难道我对你的爱情,不久前的山盟海誓,以及等待我狄多的惨死——难道这些都留你不住吗?你就一定要在隆冬季节准备船只,冒着北风匆匆忙忙地出航吗?你好狠心啊!④

埃涅阿斯虽然想安慰一下狄多,解除她的痛苦,但是他不得不服从神的命令,踏上旅程。绝望的狄多将一把利剑刺进自己的胸膛,然后栽倒在自焚用的火堆里。为什么明明相爱,到最后还是要分开?奥维德将狄多爱情悲剧的原因归结为狄多不懂得爱的艺术:"不幸的人们啊,我将告诉你们惨遇的原因:你们不懂得恋爱。你们缺少艺术,而那使爱情持久的正是

---

① [古罗马]维吉尔:《埃涅阿斯纪》,杨周翰译,上海译文出版社1999年版,第89页。
② [德]奥托·基弗:《古罗马风化史》,姜瑞璋译,辽宁教育出版社2000年版,第224页。
③ [古罗马]维吉尔:《埃涅阿斯纪》,杨周翰译,上海译文出版社1999年版,第90页。
④ [古罗马]维吉尔:《埃涅阿斯纪》,杨周翰译,上海译文出版社1999年版,第90页。

第三章 《埃涅阿斯纪》中的责任人生 75

艺术。"① 此言差矣。狄多是世界上最懂爱的艺术的女子之一，但这同样无法避免要空爱一场。悲剧真正的原因还在于她在一个错误的时间遇到一个对的人，对此，《罗马文学史》用潇洒又悲情的文字做出这样精彩绝伦的分析：

> 当落难的埃涅阿斯带着其他逃亡者来到迦太基的时候，由狄多统治的这个城邦是如此有活力。这个出色的女王正在指挥她的臣民们修筑城墙，立祀庙、建剧院。在维吉尔的笔下，她被赋予了一个出色的女性所拥有的一切：权力、财富、美貌、智慧，还有她如火的爱情。在爱情面前，女王愿意付出一切。然而，丘比特的神箭敌不过朱庇特的权杖，她的狂热的恋情无法得到回报。埃涅阿斯不是一个普通的男人，或者说，埃涅阿斯已经无法像一个普通人那样去追求自己的爱情，他个人的命运已经和一个民族的兴亡荣辱结合在一起，狄多的爱情从一开始就注定是悲剧的结局。当绝情的埃涅阿斯悄悄离去时，狄多用利刃刺进了自己的胸膛，栽倒在自焚的柴堆旁，用一种可怕的方式结束了自己的生命，同时也结束了这爱之不能的痛苦。狄多的死，宣告了一个理性时代的到来。这是维吉尔痛苦的发现，他把狄多写得这样美艳生动，把她的性格刻画得如此丰满妖娆，只是想把激情和欲望赋予狄多，以此和埃涅阿斯的冷漠克制形成对比。让埃涅阿斯在这样的诱惑面前保持着他那高贵的理性吧！他不会被任何东西所诱惑，他也决不会为任何困难和失败所击倒，他心中只有远大的理想、预定的目标，除此之外，他不会为任何眼前的美景所陶醉，也不会留恋任何唾手可得的幸福。而狄多却被情欲迷惑而失去了自己，她忘记了自己的责任，辜负了她的臣民，荒废了她正在成就的事业。荷马时代阿喀琉斯式的英雄已经一去不再有了。②

狄多死了，这个故事最动人的情节也就过去了。所以，后面的故事我们可以长话短说了。埃涅阿斯历经千辛万苦，终于抵达了意大利的拉丁姆地区。拉提努斯王统治这一带已经有很多年，如今他已经老了，却没有儿

---

① [古罗马] 奥维德：《爱经》，戴望舒译，哈尔滨出版社2004年版，第117页。
② 刘文孝主编：《罗马文学史》，云南人民出版社2003年版，第131—132页。

子，女儿倒是有一个，叫拉维尼亚。拉维尼亚有一个未婚夫，是鲁图利亚王图尔努斯，一位典型的高富帅。如果没有埃涅阿斯这个半路杀出的程咬金，图尔努斯和拉维尼亚将很快结婚生子，过上幸福的生活。但是神却安排埃涅阿斯迎娶拉维尼亚这个原本属于别人的新娘，因为这样就可以为创建新的特洛伊少奋斗二十年。神不管埃涅阿斯喜欢不喜欢，拉提努斯王答应不答应，拉维尼亚愿不愿意，图尔努斯痛不痛苦，只要是对创建新的特洛伊有利的事情，她一定要做到底。

埃涅阿斯为了创建新的特洛伊，丢弃了老婆，抛弃了爱情，又娶了一个毫无感觉可言的拉维尼亚。他终于踏着三个女人对自己的情感，登上了神的宝座，因为他所开创的那个新特洛伊，也就是伟大罗马的前身，换言之，没有他的开创之功，也就没有后来的罗马的伟大。

埃涅阿斯的儿子继承和拓展了埃涅阿斯的事业，在台伯河出海口附近创建了阿尔巴城。约公元前8世纪，到第十五代国王努米托雷在位时，变故发生了：弟弟阿姆利奥发动兵变，废黜了他的王位，自己取而代之。为了根绝后患，阿姆利奥囚禁了哥哥，杀死了哥哥家的男丁，将哥哥的女儿西尔维娅送去做了灶神的祭司——这是一个不能结婚的职位。但西尔维娅怀孕了，是战神玛尔斯播下的种子。西尔维娅生下了一对孪生兄弟。阿姆利奥既愤怒又恐慌，将这对孪生兄弟扔进台伯河。但河水将他们冲上了岸。一头母狼发现和收留了他们，并用自己的乳汁将他们喂养长大。兄弟俩长大后，推翻了阿姆利奥的统治，将王位还给了外公努米托雷，他们自己则回到当初被母狼喂养的地方——"七丘之地"，创建了一座新城市。为了这座新城的命名问题，兄弟俩发生了矛盾，最终哥哥罗慕路斯杀死了弟弟勒莫斯，新城也顺理成章以他的名字命名，这就是罗马。根据罗马人推算，新城建城日是公元前753年4月21日。[①]

第二节　罗马精神的内涵

黑格尔说，"作为这样一种原始整体，史诗就是一个民族的'传奇故事'，'书'或'圣经'。每一个伟大的民族都有这样绝对原始的书，来表

[①] 参见［英］纳撒尼尔·哈里斯《古罗马生活》，希望出版社2007年版，第10页。

现全民族的原始精神"。黑格尔还认为,"不同的民族精神须由相应的不同的英雄人物来表现,这些不同的英雄人物的斗争生活就各自为政地造成历史及其进展"①。如果说《荷马史诗》的男主人公阿基琉斯表现的是古希腊尊重个体原始欲望的民族精神,那么《埃涅阿斯纪》的男主人公埃涅阿斯表现的则是古罗马压制个体原始欲望的民族精神:"他带着我们走进了罗马人的精神世界却让我们无法进入他的内心,他隐藏了他的个性、他的情感,以及他对这个世界的感受。他只是神的工具、神意的执行者,他不是一个活生生的人,他只是罗马精神的象征。从特洛伊陷落的那一刻起,作为个体的埃涅阿斯就被埋葬在废墟里了。"② 透过埃涅阿斯的故事,我们发现:古希腊时代的原欲英雄已经一去不返了!那么,到底是谁让埃涅阿斯变得如此深沉理性呢?表面上是维纳斯、尤比特(朱庇特)等诸神,实质上正是史诗的作者维吉尔。而维吉尔的背后,正是罗马的最高统治者屋大维。

维吉尔,公元前70年10月15日出生,公元前30年以后开始创作《埃涅阿斯纪》,经过十年的辛苦,初稿基本完成。他还准备用三年时间修改,但公元前19年9月21日,因病医治无效离开人世,享年51岁。他的墓碑上刻有:"我歌唱过牧场、田园和领袖"。维吉尔歌唱牧场的诗作是《牧歌》,歌唱田园的诗作是《农事诗》,歌唱领袖的诗作是《埃涅阿斯纪》,而领袖正是屋大维。《埃涅阿斯纪》刚开始创作的时候就获得了巨大的声誉,同时代的普罗佩提乌斯(Propertius,公元前约50—约15)信心满满地预言:"罗马作家们,请走开,希腊人,你们也走开!一部比《伊利亚特》更伟大的著作正在诞生。"③ 但是,在临终前,维吉尔自己却感到《埃涅阿斯纪》对罗马最高领导的赞美有些肉麻,会给自己留下拍马屁的恶名,因此嘱咐朋友焚毁诗稿,以免被天下英雄所耻笑。但朋友没有遵照他的遗嘱,而是遵照屋大维的命令,整理编辑这部史诗,并将之公布于世。这个背景也说明,《埃涅阿斯纪》融入了屋大维主政时的诸多想法和观念。

---

① [德]黑格尔:《美学》第三卷(下),朱光潜译,商务印书馆1982年版,第108、133页。
② 刘文孝主编:《罗马文学史》,云南人民出版社2003年版,第131页。
③ [古罗马]斯维托尼乌斯:《维吉尔传》,王焕生译,载《牧歌》,上海人民出版社2009年版,第97—99页。

屋大维是恺撒的养子。公元前44年，有着独裁倾向的恺撒被刺杀，罗马实际的权力落到了安东尼手上。安东尼是一个厉害角色，如果不犯错误的话，当时年仅18岁的屋大维是没有任何翻盘机会的。但安东尼犯了男人都容易犯的错误——投入了埃及艳后的怀抱，乐不思蜀了。在安东尼迷恋女色的过程中，屋大维渐渐获得了主动权。公元前31年，屋大维于阿克兴海角击败了安东尼和埃及艳后，又于公元前27年创建了罗马帝国。因此说，维吉尔写作《埃涅阿斯纪》的年代，正处于罗马共和国的末期和罗马帝国的初期。

屋大维是一个既有能力又有梦想的人，他的梦想就是建立一个和平、富饶、伟大和"大一统"的罗马："屋大维足智多谋，从而使奥古斯都时代或黄金时代文明得到高度的发展。他不再寻求新的征服，而是巩固过去的成果，巩固罗马的政权和威望。为了罗马的利益，他所关注的是城市的改观和公民的福利。最好的建筑师、艺术家、学者和文人云集罗马，他们的努力得到了相应的报酬。他们的薪水和荣誉由屋大维本人或支持他的计划的富有保护人授予。"① 也就是说，执政之后的屋大维，开始采取一系列有力、有效的措施来实现自己的宏图大业。而他所做的种种努力被史学家们称为"恢复秩序"："奥古斯都（这是谄媚之徒给予屋大维的称号）恢复了秩序，这就是说，一种持久的奴役，因为在人们刚刚篡夺了统治权的自由国家里，凡是可以建立起一个人的无限威信的东西都被称为秩序。凡是可以支持臣民的正直的自由的东西都被称为骚动、倾轧和不良的统治。"② 为了恢复秩序，屋大维做了种种有效的努力。

一是"以经济建设为中心"。此举是为了振兴被长期内战破坏了的经济，让老百姓安居乐业；二是实行"政治体制改革"。他知道他的养父恺撒是因为想搞独裁而被热爱共和的罗马人刺杀的，所以"他为避免重蹈过去统治者的覆辙，称自己是'第一公民'。"③ 他还做出还政于元老院的姿态，搞得元老院的人有点不好意思了，又将权力还给了他。也就是说，他以"共和"之名行"独裁"之实，独揽罗马的军事、政治、司法和宗教大

---

① [美] 罗德·W. 霍尔顿、文森特·F. 霍普尔：《欧洲文学的背景》，王光林译，重庆出版社1991年版，第118页。

② [法] 孟德斯鸠：《罗马盛衰原因论》，婉玲译，商务印书馆2005年版，第70页。

③ [荷兰] 彼得·李伯庚：《欧洲文化史》（上），赵复三译，上海社会科学院出版社2004年版，第53—54页。

权,可罗马人对他的独裁一点都不反感。三是加强法律建设,做到有法可依、有法必依。罗马曾三次征服世界,第一次是军事,第二次是宗教,第三次是法律,而第三次征服也是最和平、最持久的"征服"。四是倡导一种朴素的"以德治国"。为此,他修复庙宇,借助宗教来纯洁人心;他倡导被破坏已久的古罗马的道德观念,整肃败坏了的社会道德。

在屋大维上台之初,威胁他统治的一个内部因素就是罗马贵族的腐化堕落。孟德斯鸠说,"我以为在共和国末期传入罗马的伊壁鸠鲁学派大大地有助于腐蚀罗马人的心灵和精神。在他们之前,希腊早已受到了这个学派的侵蚀:因而他们腐化堕落得更早些。"[①] 只能说伊壁鸠鲁学派的影响加快了罗马人的腐化堕落,而不是说它是罗马人腐化堕落的根源。罗马的腐化堕落根源在于财富在短时间内激增,同时社会又缺乏必要的信仰和约束:"帝国的扩张也给文化带来了破坏性影响。原先,罗马人传统的美德也就是贫穷、勤勉的农民所具有的美德,但是,当大量财富开始源源涌入首都时,有关节俭、禁欲和勤劳的古老说教很快给遗忘了。疯狂地争夺金钱,暴发户故意炫耀的挥霍浪费,以及对人类一切社会准则的冷漠无视,成为共和国末期的主要特征。当时有人曾抱怨说:'罗马已成了这样一个城市,在那里,情妇的价格高于耕地,一盆腌鱼的价格高于耕地人。'"[②] 杨俊明进一步认为,"众多财富流入罗马,对习于清贫、惯于节俭的罗马人的冲击可想而知。巨额的财富摆在他们面前,使他们目瞪口呆,不知如何消费这些财富。先祖只教给他们如何节俭持家,过标准的农夫生活。而且罗马人并没有希腊人那样从事绘画、雕刻、诗歌与艺术创作和哲学研究的传统,他们在国内找不到任何客观的满足,导致他们在巨额财富面前惊慌失措。于是,他们通过观察或是道听途说希腊人和东方人的生活方式与习惯,开始笨拙地模仿。然后恍然大悟,不用灌溉,不用修剪葡萄枝就可以悠闲地享受东方美食,席间还可以欣赏古希腊艺术家的表演。平时也可以去广场听希腊哲学家的讲演,去竞技场观赏角斗。酒馆、剧场、浴室是很好的消遣之处。由此人们对这种生活迷恋不已,不加判断地全部吸收并

[①] [法]孟德斯鸠:《罗马盛衰原因论》,婉玲译,商务印书馆2005年版,第53页。
[②] [美]斯塔夫里阿诺斯:《全球通史——1500年以前的世界》,吴象婴、梁赤民译,上海社会科学院出版社1999年版,第234页。

加以模仿与追求。"①

到了罗马共和国的末期,道德每况愈下,"不论是剧院、神庙或者竞技场等众人聚集的地方,娼妓都可以公开去拉客。罗马人相信肉体本质上只是性的工具,只要男女双方认为合适,房子里、拱廊上、寺庙内、竞技场,都可以作为幽会和私通的场所,妓女们更毫不顾忌地经常在圆拱下招揽客人"②。到了帝国早期,罗马社会道德沦丧的状况愈加严重,"的确,财产越少,贪欲越小。晚近,财富带来了贪婪,泛滥的逸乐带来了因奢靡、纵欲而毁灭自身与毁坏一切的欲望"③。为了纯洁罗马的道德,屋大维个人清心寡欲,一直居住在一个简陋的老房子里,以达到以身作则的效果。他还特别重视文学的示范作用,希望借助文学的力量来加强罗马的精神文明建设。为此,他树立了一反一正两个典型。

一个是反面的典型,便是奥维德及其《爱经》。有论者指出,"如果说维吉尔属于'文以载道'一类的诗人,那么奥维德就更接近于'为艺术而艺术'一类诗人了。维吉尔写的是沉重的史诗,以及严肃的教谕诗;奥维德则以机智活泼的爱情诗以及戏拟史诗、戏拟教谕诗与之对峙"④。奥维德写的《爱经》又名《爱的艺术》,专门告诉罗马的男人和女人如何勾引异性,可谓是古罗马的"爱情三十六计":"应该说,古罗马诗人奥维德的《爱经》是古代西方最有价值的一本性爱指导书籍。这是一本为当时粗鄙、低俗、不知温情与科学为何物的罗马人写的启示性读物,格调高雅,笔触轻松,又不流于淫逸。"⑤ 奥维德自以为做了一件天大的好事,自以为自己的作品不是着力于宏大叙事,而是着眼于人间爱恋的暖香,多生活,多浪漫,多实用啊!可是,这部作品在屋大维上台前问世没有问题,因为那时的罗马继承了古希腊人的世俗享乐;在屋大维去世后发表问题也不大,因为那时的罗马发展了古希腊人的世俗享乐。遗憾的是,奥维德显然不是一个"与时俱进"的人,他偏偏在屋大维搞"严打"的时候出版一本教人谈

---

① 杨俊明:《社会道德的变迁与罗马帝国的兴亡——古罗马公民社会道德研究》,湖南人民出版社2015年版,第144页。

② 余凤高:《西方性观念的变迁——西方性解放的由来与发展》,湖南文艺出版社2004年版,第23—244页。

③ [古罗马]李维:《建城以来史》(前言·卷一),穆启乐等译,上海人民出版社2005年版,第21页。

④ 飞白编:《古罗马诗选》,飞白译,花城出版社2001年版,第163页。

⑤ 参见[英]纳撒尼尔·哈里斯《古罗马生活》,希望出版社2007年版,第174页。

恋爱的书，这不是顶风作案，自己往枪口上撞吗？这样，《爱经》就变成了毒害青年人，有伤风化的反面教材。

公元8年，古罗马发生的一件风化案成为《爱经》被禁的导火索。奥古斯都的外孙女小朱莉娅（Julia）与情人西拉奴思（Silanus）在月神祠堂幽会时被人告密，奥古斯都一怒之下，颁布《朱莉娅法令》，将小朱莉娅流放到一个名叫特莱梅罗的荒岛上。与此同时，他又迁怒于社会上广为流传的《爱经》，不仅将它列为禁书，而且将它的作者奥维德流放到蛮荒之地："奥维德度过10年痛苦的流放生活之后，死于黑海之滨的托弥。他怀着痛苦的心情给妻子、朋友和皇帝写过许多信，但那些信全都无济于事。一位富有天才而生活放荡的诗人就这样了结一生。"①

另一个典型是正面的，便是维吉尔及其《埃涅阿斯纪》。尽管维吉尔对屋大维的诚意持有戒心，但面对这位雄才伟略的一代枭雄的赏识，他缺乏拒绝的勇气。他多少有些不由自主地成为屋大维的御用文人（宫廷文人），开始为屋大维的意志摇旗呐喊。也就是说，维吉尔没有时间歌唱"牧场"和"田园"了，他必须为领袖屋大维歌唱罗马的颂歌。《埃涅阿斯纪》已经不再是《荷马史诗》那样的民间史诗，而是一部典型的文人史诗了，意识形态的成分明显加重。《埃涅阿斯纪》最明显、最直接的政治意义在于它倡导了屋大维正在着力倡导和推行的道德生活："维吉尔的《埃涅阿斯纪》和李维的《历史》不仅称赞了罗马，而且恢复了古代罗马的美德，引导一个堕落而且过于世故的民族回归到合理而健全的道德生活中去。"②但它的意识形态内涵远不止如此。在这部史诗中，罗马的源头上溯到远古伟大的特洛伊文明，说明罗马文明不仅不是"暴发户"，而且源远流长；罗马的前身是爱神维纳斯的儿子埃涅阿斯创立的，因此，罗马人身上流淌的是高贵的而非野蛮的血；罗马的祖宗是神的儿子，那屋大维也就是神的后裔，他的统治自然是天命所归，神圣不可侵犯。可见，这部作品虽然无一字歌颂屋大维，却又字字在歌颂屋大维。

作为一部歌颂屋大维，贯穿屋大维个人意志的作品，史诗的主人公埃涅阿斯自然不能像《荷马史诗》中的主人公阿基琉斯那样想哭就哭，想笑

---

① ［德］奥托·基弗：《古罗马风化史》，姜瑞璋译，辽宁教育出版社2000年版，第302页。
② ［美］罗德·W. 霍尔顿、文森特·F. 霍普尔：《欧洲文学的背景》，王光林译，重庆出版社1991年版，第118页。

就笑,想发怒就发怒、想不打仗就不打仗,想睡觉就睡觉了,他必须是懂得克制、隐忍、虔敬、牺牲和担负责任的罗马民族英雄,他的人生已经是一种"超我"的人生:

> 维吉尔清醒地认识到了这一点,因此,他不允许自己去写埃涅阿斯的情感、欲望、犹豫、痛苦、矛盾等诸如此类的内容,他要求自己笔下的埃涅阿斯始终处于理性克制状态,不能流露出太多的个性和个体需要。如果说荷马的伟大,在于他肯定了人的个体需求和主体精神,那么,维吉尔的伟大之处就在于他肯定了人的自我牺牲,强调了服从于责任、义务、忠诚而敬神的国家要求,尽管在这个过程中,人们会遭受丧失个体的痛苦,这却是人类文明发展的足迹必经的路途,是社会发展要求人类必须付出的代价。①

埃涅阿斯是一个将阿基琉斯的勇武、奥德修斯的智慧和赫克托尔的担当融于一身的英雄,而他的勇武和智慧归根结底又是为他的担当服务的。他近乎完美的形象体现了屋大维所要倡导的"罗马精神"。从这个角度看,罗马精神和基督教精神是有相通之处的,只不过,罗马精神强调的是此岸的理性,而基督教精神强调的是彼岸的理性。当我们明白了罗马精神与基督精神的相通性后,就可以确信一点,西方文化中的理性精神不仅来自希伯来—基督教文化,还来自古罗马文化。而这种比较明确的、坚定的理性也正是古罗马文化不同于古希腊文化的地方。因此,当我们说西方文化的一个源头时,一定要说是"古希腊—罗马文化",而不能只说"古希腊文化"。

说到这里,我们还可以顺便解答一个疑问:为什么在但丁的《神曲》中,荷马和维吉尔的安排不尽相同?但丁作为虔诚的基督徒,在创作《神曲》时,是按照基督教的标准来评判笔下人物的。荷马不是基督徒,维吉尔也不是基督徒,所以他们同时被安排到地狱之中,但是,维吉尔却能作为但丁的人生导师,暂时离开地狱,引导但丁参观了地狱和炼狱——尽管作为异教徒,他没有资格进入天堂。原因在于,古希腊人荷马在《荷马史诗》中倡导的是原欲,而这种原欲与基督教的理性精神是相悖的,古罗马

---

① 刘文孝主编:《罗马文学史》,云南人民出版社2003年版,第131页。

人维吉尔在《埃涅阿斯纪》中倡导的是"理性",而这种理性与基督教精神有着相通之处,因此,在但丁的《神曲》中,维吉尔的地位要远远高于荷马。

第三节 罗马精神的正能量

不可否认的是,罗马精神对欲望的节制,对责任的张扬,是具有正能量的,从历史上看,它有效地纠正了罗马贵族社会穷奢极欲、纸醉金迷和声色犬马的生活,极大地加强了早期罗马帝国的精神文明建设,为罗马帝国接下来的二百年和平与繁荣富强打下了扎实的基础。

奥古斯都活着的时候,他还可以运用自己的政治权威和影响力来限制罗马的腐败。正是由于他建立起一套行之有效的行政管理体系,并且采取了一系列限制腐败的改革措施,如严惩贪污受贿,整饬社会风气,重振传统道德,恢复宗教信仰等等,才使得那个危机四伏的罗马社会能够在其后的200年间相对稳定地延续下去。奥古斯都死后,相继的四位皇帝——提庇留乌斯、卡里古拉、克劳狄和尼禄都是一些不称职的暴君,但是罗马帝国却由于奥古斯都奠定的良好基础而幸免于难,并且在其后安东尼王朝的"五贤帝"治理期间重振雄风。[1]

假如古罗马人一直奉行这种罗马精神的话,那么古罗马帝国的光辉和荣耀会持续得更久。遗憾的是,屋大维倡导的这种罗马精神在他去世后渐渐弱化了:"公元14年,屋大维去世。由他所建立的政府繁荣富强,后世仍可看到一个兴旺发达的帝国,只是奥古斯都的继承人既没有他的能力,又没有他的理想,所以这个帝国的荣誉多多少少地受到了一些削弱。"[2] 尤其是晚期的罗马帝国,变成了一个极为放荡和淫秽的场所,比如"洗桑拿"成风——当时的罗马城有1000多家豪华的澡堂,罗马人的斗志和进取之心在泡澡的过程中都被泡掉了:

古罗马人很热衷于洗浴活动,曾经有人问古罗马的一位国王为什么每天都要洗一次澡,这位国王很无奈地回答:"因为我太忙了,所以不能每

---

[1] 赵林:《西方文化概论》,高等教育出版社2008年版,第91页。
[2] [美]罗德·W. 霍尔顿、文森特·F. 霍普尔:《欧洲文学的背景》,王光林译,重庆出版社1991年版,第119页。

天洗两次啊！"由此可见，洗浴成了罗马人最基本的日常活动。同时，古罗马人认为在公共浴室沐浴会得到健康女神的保佑。所以，某种程度上讲，古罗马的洗浴已经大大超出了卫生学上的意义，逐渐演变成了一种社会行为，进而慢慢地被提升为精致的消遣活动……

而对于有钱有闲阶层来说，到公共浴室则纯粹是一种比富逗乐的消遣。大约到了罗马帝国初期，或者更早一些，那些高尚的人渐渐堕落成了纵欲者，十分喜欢炫耀财富，时常穿戴着最漂亮的衣饰来到公共澡堂，有一群奴隶随从在身边。他们在豪华浴厅的热水里一泡就是几个小时，然后往身上洒香水，还要有情妇为他们梳妆打扮，涂脂抹粉，极尽享乐之能事。

总之，整个罗马帝国时代，澡堂成了人人趋之若鹜的休息、娱乐及欢宴叙旧的场所，一位匿名的艺术家曾对浴室中的穷人富人的百态用挽歌体的诗句做了描述："浴室、酒色腐蚀了我们的躯体，但是它却使我们今生无憾。"①

古罗马享受和享乐的方式还包括：角斗成风——这实际上是一种非常变态的娱乐方式；放假成风——共和时期，一年放假约120天，4世纪初，假日则超过了175天，而这也只是为了更好的娱乐；赌博成风——他们的赌博无所不包，甚至连吃饭都赌，看谁吃得多。

在罗马帝国时期，具有理想色彩的罗马英雄主义已经无可拯救地衰颓了，罗马人既不愿意再去流血，也不愿去流汗，他们像鼹鼠一样躺在"往昔的光荣"的阴影下享受着前辈的鲜血换来的财富。追逐物质财富，本是罗马英雄主义的重要动力之一，但是物质财富一旦过于丰盛，就成为诱惑英雄主义堕落的罪恶渊薮。在整个罗马时代，英雄主义既不断地被物质目标所激发，又时时面临着被它腐蚀的可能性。在共和国的大部分时间里，由于受到荣誉动机和传统道德的制约，英雄主义在物质的诱惑面前始终能保持一种节制，没有滑向享乐主义和纵欲主义的泥淖。但是到了帝国时期，随着外省源源不断的巨大财富的流入，随着柔靡颓废的东方文化的传入，罗马人严肃而朴素的心灵开始发生蜕变。②

罗马帝国在公元476年被异邦人所灭也成了"水到渠成"的事情。尽

---

① 参见［英］纳撒尼尔·哈里斯《古罗马生活》，希望出版社2007年版，第139—140页。
② 赵林：《西方文化概论》，高等教育出版社2008年版，第101页。

管罗马人未能一直遵循罗马精神,但罗马精神的的确确地存在过,因为这种存在,让罗马文化获得了与古希腊文化不一样的特质。

古希腊神话中神的生活给我们积极的启发在于:人是人,不是神,因此,人的原始欲望,人的自然情感,该尊重的时候就要尊重;该释放的时候就要释放,唯有这样,我们才能拥有愉快、潇洒和惬意的人生。古罗马史诗中英雄的生活给我们积极的启发在于:人是堕落在地上的天使,但他无时无刻不在向往天空;人犯的一大错误是拒绝承认人的动物本性,而犯的另一个更大的错误是拒绝承认人的天使本性。即是说,人不是神,但人具有神性,因此,人的原始欲望该节制的时候就要节制;人对集体、民族和国家的责任,该承担的时候就要承担,唯有如此,我们才能拥有高贵、虔敬和担当的人生。

正像古希腊神话为了强调"本我"而不幸走向"唯我"一样,古罗马史诗为了强调"超我"而不幸走向了"无我"。"唯我"是容易造成伤害的,比如说宙斯因为太好色而伤害了很多无辜的女性;"无我"也是容易造成伤害的,比如说埃涅阿斯因为太不好色而伤害了很多无辜的女性。在人类的发展过程中,也经常会因过于强调个体对神、对集体的责任而抹杀了个人的情感、欲望和幸福。

理想的社会和理想的人生,应该是"本我"和"超我"的调和;"生物性"和"神性"的调和;"肉体"与"灵魂"的调和;"利己性"与"利他性"的调和,然后呈现出一种"自我"的状态,一种"人性"的状态。当然,现实与理想总是有差距的。就西方历史发展来看,"本我"和"超我"的对立似乎也从未消停过,"本我"和"超我"的力量似乎从未真正平衡过。在彼此对抗的过程中,要么是"本我"占主导,要么是"超我"占主导,当"本我"占主导而开始走向"唯我"时,"超我"就出来进行"纠偏"——比如为了拯救罗马帝国晚期的享乐主义之风,基督教在中世纪蓬勃发展起来;当"超我"占主导而开始走向"无我"时,就提倡"本我"——比如为了纠正中世纪基督教的禁欲主义,人文主义思想登上了历史舞台。

那么,当今社会,我们应该提倡什么?希腊情感还是罗马精神?或许,应该是要多提倡一些"罗马精神"。存天理灭人欲可怕,存人欲灭天理更可怕。当今社会,人们一个普遍的感受是:欲望横流,道德滑坡,个人主义、拜金主义、享乐主义"骄横跋扈",很多人过着连上帝都无法想象的奢华生活，怀着"我是流氓我怕谁""千万别把我当人"的心态，既不害怕法律，也不害怕别人的议论和谴责。在这样一个精致的利己主义者不断涌现的时代，再去倡导向古希腊诸神学习，那岂不是火上浇油？在这个时代，像埃涅阿斯、唐僧那样具有道德意识的英雄更应该成为人类的榜样。

第四章

骑士文学中的优雅人生

1993年，年仅19岁的皮耶罗加盟尤文图斯。此后，他五次与尤文图斯续约，最后一次续约是2011年到期。2011年的皮耶罗37岁，作为职业球员很难找到"下家"了，这就意味着，完全有实力随时"跳槽"的皮耶罗决定将整个职业生涯都献给尤文图斯这一家俱乐部。《体坛周报》当年在报道这则消息时，用了一个意味深长的标题：骑士永不离开老妇人。"老妇人"指的是"尤文图斯"，"骑士"指的是"皮耶罗"。为何皮耶罗将整个职业生涯献给尤文图斯的决定被媒体赞誉为"骑士永不离开老妇人"呢？答案就在中世纪的骑士文学和骑士文化中。

第一节 骑士文学

反映校园生活的文学叫校园文学；反映军人生活的文学叫军事文学；反映打工人生活的文学叫打工文学；反映西欧中世纪骑士生活的文学自然叫骑士文学："骑士文学，也可以称为'侠士'文学，实在是欧洲中世纪文学的综合；当然也是代表该时代背景的文学。骑士文学的时代亘长至三百多年，即自十二世纪至十六世纪中。他自身的源泉是上古的神话和传说，而他的内容又成了此后古典派文学的源泉。"[①]

骑士文学的第一种常见样式是"骑士传奇"。骑士传奇的基本内容是讲述骑士冒险的故事，其中最著名的当属《亚瑟王和他的圆桌骑士》。话说亚瑟很小的时候，父亲尤瑟就将他托付给魔法师梅林抚养，只是希望他

---

① 玄珠：《骑士文学ABC·例言》，世界书局1929年版（上海书店1990年影印）。

从基层做起，一步步成长起来。亚瑟12岁的时候，坎特伯雷大主教召开"武林大会"。诸多有实力、有梦想的骑士都来了。他们发现教堂的庭院中有一块大石头，石头上插着一把宝剑，剑柄上刻着一行字："能把宝剑从此石中拔出者，为不列颠王"。骑士们都想一试身手，无奈宝剑却纹丝不动。在一旁看热闹的亚瑟说了句："那我来试试"，便轻轻松松地拔出了这把剑。众骑士被吓蒙了，他们单膝下跪："亚瑟，你的血统比我们想象的还要高贵，你是我们真正的国王，这是上帝的旨意。"就这样，亚瑟从"亚瑟小子"直接变成了亚瑟王。

亚瑟王后来迎娶了父亲生前好友的女儿桂妮薇（Guinevere）。岳父大人很喜欢这个女婿，便把一张圆桌和100位骑士作为嫁妆送给了他。此圆桌设150个座位，只有那些被公认为最优秀的骑士才有资格坐上去。当然，圆桌骑士的人数并非固定不变，有牺牲者，其位置可由新人替代；有因未履行职责、违背骑士精神而年终考核未通过者，也将被剔除出队伍。亚瑟王成家之后便开始了立业，他率领他的骑士们开始了冒险之旅。他们的短期目标是惩强除恶、伸张正义，长期目标是寻找圣杯。圣杯原来只是耶稣在吃最后的晚餐时和信徒们喝酒时用过的一个杯子，当他在十字架上被罗马士兵刺伤后，他的秘密信徒约瑟用这个杯子接盛了他的血，这个杯子自然就成了圣杯。当然，在西方文学和文化中，圣杯只是一种象征，象征着爱情、婚姻、事业、信仰等一切与幸福有关的美好事物。而我们每一个人，自从来到这个世界，自从有了生命意识，自从对人生有了诉求、有了渴望、有了期待、有了追寻后，都在寻找自己心目中的圣杯，只不过每个人心目中的圣杯所代表的东西并不一样。

英雄的冒险之旅中少不了爱情的佐料。亚瑟王手下有一个很出色的骑士兰斯洛（Lancelot）。兰斯洛居然爱上了亚瑟的王后桂妮薇，而桂妮薇居然跟他走了。亚瑟王想把王后带回家，兰斯洛却拿着一把剑守在城堡外面，还对亚瑟王说：你可以把王后带回去，但先得问我手上这把剑答不答应。桂妮薇被另一个追求者绑架了，兰斯洛为了保存体力解救她，就坐上了囚车，被天下英雄所耻笑。兰斯洛还做了一件出尽洋相的事情——为了过一条湍急的河流，他从架在两岸的一把巨型长剑上爬过去。按照我们中国人的理解，这哪里是什么英雄，这分明是一头狗熊。但兰斯洛并不在乎，或许在他看来，一个骑士在恋爱的过程中，不能为心爱的女人做几件丢脸的事情才是最大的丢脸。

第四章 骑士文学中的优雅人生

骑士的爱情在骑士的生活中渐渐成为一道别样的风景。围绕着骑士的爱情,又产生了骑士文学的第二种样式:骑士抒情诗。由于骑士抒情诗发源于法国南部的普罗旺斯,因此又被称作"普罗旺斯抒情诗"。普罗旺斯抒情诗最早产生于11世纪下半叶,到了13世纪已经相当繁荣,13世纪中叶以后开始衰落。普鲁旺斯抒情诗中最有代表性的是破晓歌。破晓歌是歌不是诗,遗憾的是,现存的19首破晓歌有乐谱的只有两首。没有乐谱而只有词的"破晓歌"只能当作"破晓诗"去读了,就像中国古代的"歌诗"在乐谱失传后,都被当作"诗歌"去欣赏一样。考虑到读者查找的困难,特抄录三首比较有代表性的破晓歌,以便赏析。

第一首是《光荣的君王》,作者是吉罗·德·波内尔(Guiraut de Borneill,约1140—1200)。

> 光荣的君王,真正的光明使者和启蒙者,
> 强大的上帝,它啊,如果它能使你高兴,
> 请做我伴侣的忠实朋友吧,
> 从黑夜来临我就没有看到她;
> 不久天就要亮。
>
> 我的美丽伴侣,你睡着了还是醒着?
> 不要再睡了,需要时时警惕,因为我看到了东方的晨星,
> 我知道很清楚,它会带来白昼;
> 不久天就要亮。
>
> 我的漂亮伴侣,我用歌声来呼唤你,
> 不要再睡了,因为我已经听到鸟在歌唱
> 它们在整座村子里找寻白昼;
> 我害怕你那爱嫉妒的对手会碰到你;
> 不久天就要亮。
>
> 我的美丽伴侣,打开你的窗子吧,
> 看看天上的星星,
> 你就能看到我的话是否真实。

如果再不采取行动，过错就在于你；
不久天就要亮。

我的漂亮伴侣，由于离开了你，
我就没有睡觉，没有停止祷告，
我祈求上帝，圣母马利亚的儿子，
还我忠实的伴侣；
天不久就要亮。

我的美丽伴侣，在这座城堡的外面，
你要求我不要睡去，
从夜里到白天都为你守望；
我知道我的忠诚和歌唱都不能取悦于你；
不久天就要亮。

我漂亮而可爱的伴侣，我尝到了如此的快乐，
我永远也不要再看到黎明或白昼，
因为最可爱的女人已经来临。
我拥抱着她，不再理睬那该死的发疯的对手，
也不在意黎明的到来！①

第二首没有题目，作者是贝特朗·阿拉玛农（Bertrand d'Alamano, 1230—1260）。

一名骑士睡在他心仪的女人身边，
在亲吻间发出询问，情意绵绵：
亲人啊，我该怎么办呢，亲人？
黑夜即将终结，白昼就要降临。
我听到巡夜人在高喊"离开"，

---

① ［美］杰里米·尤德金：《欧洲中世纪音乐》，余志刚译，中央音乐学院出版社 2005 年版，第 264—265 页。

破晓之后,白昼便接踵而来。

亲人啊,倘若白昼和破晓
不再迫使情侣分道扬镳,
那么最好的祝福就是真挚的骑士
躺在他最动心的女人的怀里。
我听到巡夜人在高喊"离开",
破晓之后,白昼便接踵而来。

亲人啊,世界上的任何痛苦和悲戚,
都比不上情侣之间的别离;
我自己能够根据短暂的残夜
来计算我们遭受的痛苦何等剧烈。
我听到巡夜人在高喊"离开",
破晓之后,白昼便接踵而来

亲人啊,我得走了,可你必须记住:
我属于你,无论我走到何处;
请把我永远铭刻在你的心头,
因为我虽然离去,心却在此处存留。
我听到巡夜人在高喊"离开",
破晓之后,白昼便接踵而来。

亲爱的,没有你,死神就会将我追寻,
是爱情让我忘记了我的全部生命。
我一定会回来的,尽一切力量,
因为没有你,我如同死了一样。
我听到巡夜人在高喊"离开",
破晓之后,白昼便接踵而来。[①]

[①] 吴笛主编:《世界名诗欣赏》,浙江大学出版社2008年版,第31—32页。

第三首依然没有题目，作者也不详，但形式上比较独特，大致属于情歌对唱：

（女）再见了，我心爱的人，／黎明要将我们驱散，／保护你我免受灾难，／我听见哨兵在歌唱，／他在向我们报晓，／我的心为此破碎，／倘若我们被人告发，／我的心将更加痛苦。

（男）我忠诚的心充满忧伤，／黎明在悄悄降临，／我为此要忍受痛苦，／欢乐将弃我而去。

（女）哦，痛苦啊，／我不得不离开你／我宁愿不要白天，／他带来的尽是痛苦。／再也得不到欢乐，／苦楚遥遥无期。／黎明夺走了一切，／留下我孤苦伶仃。

她用白皙的手臂，／把他搂在怀里，／两人心心相印，／情意绵绵难舍难分，／她说：走吧，我的情人，／离别令我心伤，／把我的心也带走吧，／它永远伴随着你。①

这首破晓歌写的是骑士和贵妇人约会后的三种情感：缠绵、痛苦、害怕。一对情侣，夜晚约会，黎明时要分开却又不想分开，缠绵一番是人之常情。不想分开却不得不分开，痛苦一番是人之常情。可他们为什么还要害怕？并且害怕被告发呢？其实他们害怕的是被贵妇人的丈夫撞见。这就更奇怪了：一个男子，为什么要和一个有丈夫的女子约会？一个有丈夫的女子为何要和一个没有结婚的男孩约会？这是不是不道德的爱情？可是在中世纪，这样的爱情却被称作"典雅的爱情"而非"不道德的爱情"，这又是为什么？

第二节　骑士精神

赵林说："在用基督教的唯灵主义圣水浇灌的蛮族文化园圃里，生长出来一支绚丽夺目的花朵，这就是中世纪骑士文学中所表现出的那种忠

---

① 汪丽红：《骑士——且歌且战的西欧贵族》，上海辞书出版社2006年版，第139—140页。

诚、勇敢、高尚、纯洁的骑士精神（Chivalry）。"① 在中世纪，阿拉伯的骑兵曾驰骋于亚非拉三大洲所向无敌；蒙古人的骑兵曾席卷了辽阔的欧亚大陆让敌人闻风丧胆。他们的勇武、战功和作战的方式为他们赢得了"铁骑"的称号。唯有欧洲中世纪那些马背上的战士才被称为"骑士"。"骑兵"和"骑士"相比，就像"男士"和"绅士"的差距一样，欠缺的是一份潇洒、一份浪漫、一份气质和一份神秘感："骑士在中世纪背负多重身份，骑士无论是作为一个概念还是作为一个群体都负载了当时社会和人们太多美好，有时是晦暗的情绪，它总是唤起人们一些非常美好的断想：激动人心的决斗，闺帏里美丽慵懒的贵妇人，人生鼎沸的比武场，悲壮艰难的攻城战。"② "骑士"虽然与"骑兵"有所不同，但其前身却是"骑兵"。714年，法兰克王国新宫相查理·马特为了拯救危在旦夕的法兰克王国，创建了一个新兵种：骑兵。在步兵占主流的时代，骑兵就相当于特种部队了。经过几代人的发展，骑兵逐渐成为法兰克王国的常规军事力量，以至于到9世纪末的时候，法兰克人已经不知道如何步行打仗了。

"骑兵"升级为"骑士"，十字军东征起到了至关重要的推动作用。十字军东征（1096—1291）是罗马天主教教皇乌尔班二世发动的，持续了近200年的一系列宗教性军事行动。它由西欧的封建领主和骑士以收复被阿拉伯、突厥等穆斯林入侵占领的土地的名义对地中海东岸国家发动的战争，前后共计九次。十字军东征的实质是西欧的封建领主和骑士对伊斯兰教世界的军事征服和经济掠夺行为，但其喊出的出征口号却是"高尚"的：收回圣地耶路撒冷。

耶路撒冷是一个非常特殊的地方：公元前10世纪，所罗门在耶路撒冷的锡山上修建了圣殿，耶路撒冷成了犹太教圣地；公元前63年，罗马人占领了耶路撒冷，耶路撒冷变成了基督教的圣地；公元636年，阿拉伯人打败了罗马人，耶路撒冷变成了伊斯兰教的圣地。因此，中世纪的时候，当西欧的封建领主和骑士通过有效宣传，夸大基督教徒在朝圣耶路撒冷的过程中受到伊斯兰教徒的歧视甚至迫害时，收回圣地耶路撒冷的口号就具有了相当的煽动性和蛊惑性。也正是借助这场漫长的战争，骑士打出了自己的名号，成为一个奇特的阶层："每当人们的思绪停驻于中世纪时，

---

① 赵林：《西方文化概论》，高等教育出版社2008年版，第212页。
② 汪丽红：《骑士——且歌且战的西欧贵族》，上海辞书出版社2006年版，第2页。

首先跃入眼帘的是身着闪光铁甲的勇猛骑士，历史的遐思也总是萦绕着犹如幽灵般游荡的骑士，然而，骑士留给人们的不只是刀光剑影、喋血嗜战的武夫之壮举，而是侠肝义胆、浩然之正气，且散发着诱人的风雅气息，使人们的思绪留恋和沉浸于那挥之不去的、令人神往的中世纪历史的幻影之中，难以抽身回神。"① 作为一个奇特的阶层，骑士慢慢拥有了自己独特的行为准则和行为方式，即通常所言的"骑士精神"。

骑士精神的第一部分是骑士信条：忠君、护教、行侠、尚武。忠君即忠于国君；护教，即保护基督教——从原则上说，一个人要想成为骑士，首先必须成为基督教教徒，而一个基督教教徒保护自己的信仰也是理所当然的事情；行侠，即骑士像中国古代的大侠一样，承担着惩强除恶、维护社会正义的责任，要路见不平一声吼啊，该出手时就出手："骑士呀，要对你的敌人残忍，对你的朋友和善，对弱者谦逊，并且时时要记着去扶助公道，去惩罚那些欺侮寡妇孤儿以及穷苦女子的人们；并且时时要尽你的全力去爱穷苦的人，和神圣的教会。"② 尚武，即保护国君、保护基督教和保护弱者不是靠英俊的脸或能说会道的嘴，而是靠高超的本领，所以说，骑士应该是爱武之人、习武之人，是名副其实的武林高手："在中世纪，骑士以战争为职业，战争被视为骑士最崇高最神圣的职业，而比武则是骑士仅次于战争的事业，如果说没有战争就没有骑士，那么，同样没有比武也就没有骑士，比武是骑士职业的延续和发展。战争与比武不仅仅被骑士视为最崇高的职业，而且正是在战争与比武中，骑士的精神品质得到孕育和打造。骑士对比武的执迷，甚至是痴迷，不仅仅是展现了骑士的情趣和追求，而且也促进了骑士的英勇、慷慨、荣誉等精神品质的培育与发展。"③

骑士精神的第二部分是骑士荣誉。骑士是贵族，所以骑士的荣誉包括追求和实现家族的荣誉；骑士是军人，所以骑士的荣誉包括在战场上建功立业；骑士是大侠，所以骑士的荣誉包括通过高超的本领获得同行的认可；骑士是男人，所以骑士的荣誉包括通过前面诸多荣誉的获得赢得心上人的认可和赞美。

骑士精神的第三部分骑士风度。简单地说，骑士看起来要像一个骑

---

① 朱伟奇：《中世纪骑士精神》，陕西人民出版社2004年版，第1页。
② 玄珠：《骑士文学 ABC》，世界书局1929年版（上海书店1990年影印），第9页。
③ 朱伟奇：《中世纪骑士精神》，陕西人民出版社2004年版，第86—87页。

士，他有自己与众不同的形象和气质。这同军人要站如松、坐如钟、行如风、卧如弓是一个道理。骑士的风度体现在方方面面，其中特别值得一提的是对待女性要有风度。

第三节　骑士爱情

保护弱者是骑士的职责所在，"弱者"包括老人、儿童、鳏寡、孤独，以及女性。骑士在保护"女性"的同时，往往是"同情"和"爱情"纠缠不清。适龄的、美貌的女性，骑士在保护的同时，有可能就产生了仰慕之心和爱慕之情，这大概就是所谓的"英雄救美"吧，从中也可以看出骑士保护女性的动机有时候不是那么纯粹——在"救"之前，还要看美不美，美就救，救了以后，还期待着有故事发生，难道说一个女性长得难看点，遇到危险了你就要掉头走掉吗？

骑士所心仪的女性一般符合三个基本条件，第一是"美"；第二是有相当的物质条件；第三是有一定的社会地位，用今天的话说，是典型的"白富美"。同时符合这三个基本条件的女性基本上都是"贵妇人"，其实就是封建领主的妻子。

骑士爱别人的妻子，按照今天的道德标准来衡量，自然不值得表扬，更不应该公开表扬，但是，在历史上，骑士对贵妇人的爱情为何被当成了浪漫的典范？甚至被誉为开启了西方文化尊重妇女的大幕？

在骑士的爱产生之前，西方已经形成古典的爱情观和基督教的爱情观。古典的爱情观包括古希腊的爱情观和古罗马的爱情观。在古希腊，爱情虽然备受重视，但由于女性和奴隶基本属于一个级别，因此女性在恋爱中并没有享受自由，更不可能让男人为自己肝脑涂地。在古罗马，奥维德在《爱的艺术》中专辟一章谈论女性如何获得和保存爱情，证明当时女性在爱情中具有一定的自由。但女性的这种自由被奥维德写得过于直接、主动、放荡和轻佻，缺少了点含蓄和庄重。基督教的爱情观则认为，在世间唯一能够被放纵的爱就是对上帝的爱，而男女之间的爱，不可被称赞，更不可被放纵。换言之，在基督教的爱情观中，被歧视的不仅是爱情，还有女性。

以古典的爱情观和基督教的爱情观作为参照，骑士的爱情观自然难能可贵，而且也算是一种"典雅的爱情"："骑士之爱是历史上首次冲破基督教精神的禁锢、封建社会的等级压迫，摆脱了物质利益对爱情、婚姻限制的爱情，是中世纪人们大胆追求现世爱情、展现人性、试图理解人际关系、个人情感，建立爱情关系的尝试……典雅爱情的盛行，使得男性对妇女（至少是贵夫人）的态度和行为发生了明显的改变。骑士们不再只关心战马、武器、猎狗，开始将对女性的行为作为一名合格骑士的准则，并逐渐学习上流社会的风俗礼节，尊重、仰慕贵妇，这一系列的行为无形中提高了女性的社会地位，开'女士优先'、尊重女性之先河。"① 可以说，正是在骑士的爱情中，不仅爱情受到了前所未有的尊重，而且女性魅力也第一次得到如此的重视、受到如此的崇拜、获得如此的讴歌：

> 女性的能力以及女性魅力在男性缺失的社会背景下得到了充分展示，女性第一次不是因为丈夫，也不是因为生育功能，更不是因为谨守男权原则（贞节）而是因为本身得到社会尊重。这一点至关重要，为女性在17、18世纪成为一切美和时尚的仲裁者，成为贵族沙龙的主宰埋下了伏笔……被压抑了许久的女性魅力破茧而出。女性突然间绽放的魅力迫使男人不由自主放松手中杀人利器，眯起被刺痛的双眼，重新审视从厨房间走出来的女人们，为她们拥有如此白皙娇美的外表，又具有这样高尚优雅的品行惊叹不已。②

骑士的爱情唯一需要"批评"的是他们爱的是有夫之妇。但这也是历史和时代的特殊情况所造成的："在中世纪，女孩子的青春非常短暂，因为她们很早就要出嫁。7岁的女孩就可以订立婚约，14—15岁便可结婚，如不发生意外，20岁当母亲，30多岁当祖母并无问题。"③ 14—15岁的女孩当然不懂得什么是爱情。当她们懂得爱情，想要"问世间情为何物"的时候，已经嫁做人妇多年，因此，想要获得恋爱的感觉，只能到婚姻之外去寻找了。骑士们要想谈一场真正的恋爱，而不是娶一个媳妇，也只能将目标锁定在这些已婚却又企盼爱情的贵妇人身上。这就可以解释，为什么

---

① 叶红艳、陈瑶：《西欧中世纪的典雅爱情——骑士之爱探析》，《哈尔滨学院学报》2017年第12期。
② 汪丽红：《骑士——且歌且战的西欧贵族》，上海辞书出版社2006年版，第113—114页。
③ 陈志强等：《城堡·骑士·贵族》，云南人民出版社2002年版，第200页。

第四章 骑士文学中的优雅人生

《破晓歌》唱的是一个未婚男孩和一个已婚女子约会时难舍难分的场景。

贵妇人不仅是成熟美丽的女性，还是财富、地位和高贵教养的象征，所以，在除了未婚而一无所长的骑士们心目中，她们就成了完美的偶像。地位低下的骑士为了能够博红颜一笑，也必须动一动脑筋，甚至动一动"歪脑筋"了。

首先，骑士要在贵妇人面前假装得非常卑微。其实，一个古代的底层男孩遇到一个古代的"白富美"，不用假装，就已经很卑微了。因此，一个骑士在一个贵妇人面前，就像一个仆人在一个主人面前一样，全是仰视和崇拜。不妨读一读一位"骑士"写给贵妇人的信：

> 尊贵无比的小姐：
> 　　一别至今，肝肠寸断。我身不安，心不宁，但愿最甜蜜的杜尔西内娅·台尔·托波索身心安宁。如果你凭貌美而小看我，你仗高贵而鄙视我，你对我的轻蔑使我尝遍了辛酸，我尽管有能耐，也受不起这样的苦，因为苦得太厉害，也太长久了。哎，冷酷的美人，亲爱的冤家啊！我为了你落到什么田地，我的好侍从桑丘会一一告诉你。假如你愿意救我，我就是你的人了，不然呢，也就随你吧。反正我只要一死，就随了你的狠心，也了了我的心愿。
>
> 　　　　　　　　　　　　　　　　　　　至死是你的，
> 　　　　　　　　　　　　　　　　　　哭丧着脸的骑士①

其实写这封信的堂吉诃德本是一个极为迂腐的人，但因为读"骑士文学"读得太多了，也能写出如此多情，如此文雅，如此风骚的情书来。情书里的女子杜尔西内娅并不是林青霞这样的美女，而是一个养猪的姑娘，腿上还长满了毛。可是在爱她的堂吉诃德心目中，她却是完美的女人。这就给我们一个启发，在给心爱的女子写情书的时候，一定要将对方当作西施一样赞美，千万不能说"你腿上都长毛了，没有人要了，快点嫁给我吧，不然就嫁不出去了"之类的话。否则就算对方真嫁不出去也不会嫁给你。我们应该说这样的话："对世界而言，你是一个人，对我而言，你就

---

① ［西班牙］塞万提斯：《堂吉诃德》（上），杨绛译，人民文学出版社1987年版，第190页。

是整个世界。""你的腿一定很累了吧，因为你已经在我的脑海里跑了一个世纪。""如果爱上你也算是一种错，我深信这会是生命中最美丽的错，我情愿错一辈子。""你知道这世界最冷的地方是什么吗？既不是南极，也不是北极，而是没有你的地方。""你会弹钢琴吗？不会？那你怎么拨动了我的心弦？""现在几点？九点？不对，现在是我们幸福的起点。""你住在哪里？长沙。不，你住在我的心里。""向您问个路。请问到您的心里怎么走？""你的前半生我无法参与，我的后半生我'奉陪到底'。"

其次，骑士要时时刻刻在贵妇人面前表达自己的专一和忠心。骑士对已婚女性的爱，今天看来是要不得的，但是把这个"已婚"去掉，他们对女性的爱，是值得我们借鉴和学习的。因为，骑士在追寻爱情的过程中信奉一个基本的准则：既要专一于爱情，又要专一于爱情的具体对象。三心二意、半途而废，脚踩两只船是骑士的爱情所唾弃的行为。可见，"执着""专一""真诚"是骑士爱情的核心所在。正是从这个角度出发，《体坛周报》才将皮耶罗对尤文图斯的忠诚赞誉为"骑士永不离开老妇人"。当然有的骑士追求女性的过程已经不能叫执着，而是有变态的嫌疑了。比如骑士尤瑞奇，就像《唐伯虎点秋香》中的唐伯虎一样，跑到贵妇人的城堡中当扈从，触摸她触摸过的东西，偷偷地喝她的洗脚水，甚至砍下自己的手指送给她。

第四节　骑士风度

骑士这个阶层虽然已经消亡，但骑士的风度却通过转化为绅士风度而永远地保留了下来："作为中世纪的一种军事制度的骑士，伴随着中世纪的衰落而消亡，被湮没于历史的尘埃中，但是作为一种文化现象和西方社会的伦理精神，骑士的存在发展脉络并不是以中世纪为局限，而是远远摆脱了中世纪历史和文化的框架和局限，超越了中世纪的时空，随着历史长河的延伸而顽强地延续发展，并深深地影响到西方社会近现代的历史和文化。"[1] 换言之，骑士制度并没有随着中世纪而逝去，而是随着时光的推移，转化为今天西方文明的绅士教育。在现实生活中，一个男士在与女性

---

[1] 朱伟奇：《中世纪骑士精神》，陕西人民出版社2004年版，第1页。

相处的过程中，处处遵从女性优先的原则，便是典型的骑士风度（绅士风度）。一位大学校长，接到学生反映学校问题的投诉信，在第一时间回信，表示歉意，解答疑问，信末的署名是"您忠实的仆人"，这是典型的骑士风度（绅士风度）。2013年四川雅安发生地震时，一所中学高三班的学生正在上英语课。地动山摇之际，班上的男生大喊道："让女生先走！"等女生都安全了，男生才离开教室；等所有的学生都安全了，老师易志强才离开了教室，这是典型的骑士风度（绅士风度）。

骑士风度也好，绅士风度也罢，不仅仅体现在外在，更体现在内心；不仅仅体现为形式，更体现在本质。如今不少人过于看重外在的骑士风度，刻意追求乃至有意炫耀所谓雅致的生活，常常引发他人的不适甚至反感。要知道，在正式场合西装革履是一种优雅，在日常生活中以舒服为原则的穿衣打扮不见得就是低俗。比如，公认的非常有绅士风度的教育家张楚廷，在穿衣打扮方面就非常的"土气"："我穿的是球鞋，一般的校长是西装革履。我不穿西装，土里土气的，确实不像校长。我走到外面，没有一个人说我像校长。"① 张楚廷什么时候才穿西装呢？那就是出国访问需要代表国家形象的时候。但出国的时间总不会太多，所以他每年西装革履的时间累计不超过一个月。西装通常是要匹配皮鞋的，因为很少穿西装，所以张楚廷也很少穿皮鞋："我一生中穿过的皮鞋不过三四双，且大多时候闲置着只偶尔穿穿。"② 当然，他还有比只穿球鞋更"土气"的时候，那就是身上穿着西装，脚上再穿一双球鞋。总之，张楚廷给人的第一印象是"土气"，而且是"土得掉渣"，怎么看都不像大学校长，但这依然不影响他成为最有绅士风度的人之一。

林语堂的《生活的艺术》以"绅士"眼光和标准，向西方人介绍中国人如何品茗、行酒令，如何观山、玩水、看云，如何鉴石、养花、蓄鸟，如何赏雪、听雨、吟风、弄月……从而将一种旷怀达观、陶情遣兴的东方生活情趣呈现在世界面前。但如今看来，这些最多算是上流社会和雅士文人的生活方式罢了，或者说是中国传统主流文化所倡导的审美范式罢了。一百个中国人中，有一个人拥有这样的生活，就不错了。因此，我更喜欢谢宗玉对普通老百姓日常生活的理解：

---

① 张楚廷：《院校论》，西南师范大学出版社2015年版，第105页。
② 张楚廷：《人生格言——一位教师的感悟》，西南师范大学出版社2016年版，第27页。

什么是艺术的生活？什么是生活的艺术？其实是不应该有定论的。吾之蜜糖，彼之砒霜。艺不艺术，不该以事件和形式定论，而应该以主人公内心的丰盈与安详来分辨。

这样说好了，你们情侣摇着香扇，品着茗茶，吟诗作对，是艺术的生活。我们夫妻，在灰黑的蚊帐内，笑作一团，讨论在方寸之内灭蚊的N种方法，同样是生活的艺术。

你在雅室内，挥毫泼墨，叠山延水，写意人生，是艺术的生活。我在槐树下，搓着脚丫，胡吹海侃，笑骂社会，同样是生活的艺术。

你行万里路，读万卷书，上下求索，立志要为生民立命，为天地立心，为往圣继绝学，为万世开太平，是艺术的生活。我甘于平庸，耽于玩乐，上班做好工作，下班打好麻将，今朝有酒今朝醉，明日愁来明日忧，同样也是生活的艺术。

你把琴弹得好比高山流水，我把钱数得有如风卷残云；你把民歌唱得好比春风十里，我把菜刀剁得有如奔雷骤雨；你登山千丈，仍不回头，我对饮三日，鏖战犹酣；你读书学士硕士博士，我打游戏一级二级三级；你种花成癖，我好财如痴；你常高朋满座，我常闭门冥想。如此，都可以是一种艺术的生活。

我们的生活需要的，是惬意、轻盈、满足和安详，不是痛苦、沉重、阴暗和扭曲，你的艺术不是我的艺术，寻找一种与自身合拍、与段位接轨、与心灵相融的生活方式，那就是生活的艺术。让林黛玉去干焦大的事，或者反过来，都会让他们的心灵处在煎迫之中。每个人的才智、性情、品格、喜好，都不相同。也正是有这种不同，才构成这个形形色色、丰富多彩的社会，才有这样百般美好、万般知乐的人生。

……

总而言之，什么是生活的艺术，如何艺术地去生活，不应以事件论，得以人以心而论。人感觉充实了，心感觉祥和了，每一个日子都春光灿烂，什么样的工作生活，都是艺术的。

我发誓，下回再碰到广场舞了，我定会像游鱼一般滑进去，轻盈旋转。才不管你们鄙夷的眼神和口吻呢。①

---

① 谢宗玉：《随笔四则》，《湖南文学》2019年第1期。

骑士风度或者绅士风度，不只是所谓上流社会的标配，也可以成为每一个有教养的普通人可以拥有的气质。与此密切相关的便是贵族精神。随着传统贵族阶层的衰落乃至消失，贵族精神渐渐完成了与贵族阶层的剥离，从贵族才能拥有的精神演变为所有品德高贵的人都可以拥有的一种修养，即贵族不再是一种地位、一个头衔和一个阶层，而是指一种行为准则和价值标准。在现代社会，人们无法通过后天的努力成为传统意义上的"人为贵族"，却可以通过后天的修炼，成为"自然贵族"，成为有贵族精神的平民。

贵族精神有三个重要标志：一是看重荣誉（包括个人的尊严）；二是注重言谈、举止、仪表方面的风度；三是尊重规则。这三点，其实也是有教养之人的基本修养。遗憾的是，这样的贵族精神日益失落，也日益稀缺。不少富人崇尚贵族及其生活方式。但不幸的是，他们对贵族生活的理解出现了偏差，将贵族生活等同于住别墅、开豪车、打高尔夫、喝拉菲葡萄酒。这种挥金如土、花天酒地的生活体现的不是贵族精神，而是暴发户精神。所以人们慨叹，当今社会，物质的富裕掩盖了精神的贫乏，感官的享乐取代了思想的追求，低俗的时尚排挤了高雅的趣味。一位外国学者写了一本书，批评了当下一些暴发户们"伪绅士"和"伪优雅"的生活：

>那些质地优良的衣服被折腾得不成样子。
>
>他们穿的裤子往往太长，结果拥在了脚踝周围。
>
>穿着非常昂贵的鞋子，却不擦干净。
>
>在汽车、金表、项链、名牌服装、昂贵皮鞋上一掷千金，却穿着廉价、粗短的袜子，更为糟糕的是，将白袜子、黑皮鞋与深色裤子搭配。
>
>所系领带的长度也很少恰到好处。
>
>在餐馆吃饭时的吸烟者点烟之前，根本不去征得其他就餐者的同意。
>
>昂贵的拉菲堡红酒里掺上雪碧，加上一些西瓜片、柑橘片，然后喊着"干杯"。
>
>坐在宝马745或奔驰600的豪华汽车里，衣着光鲜的主人落下车窗，向马路上吐痰。
>
>吃饭时，习惯于张着嘴巴大嚼特嚼，不时发出"吧唧吧唧"或

"嗯噜嗯噜"的声音。

经过 10 天的海外旅行，回来第一件事是会见客户而不是回家与妻子相会。

手机作为现代的"香烟"，不注意在女士面前"熄灭"它，还在用餐时放在桌头。①

其实，真正的贵族与金钱无关，与权势无关，和西洋酒纯种马、名车名表、私人飞机豪华游艇、别墅城堡无关。"贵族"之"贵"，不在于物质上的"贵"，而是精神上的"贵"。如果贵族只代表着血统、特权和等级，那么贵族的消亡自有其合理之处。如果贵族是指品德、精神高贵的人，那么贵族的消亡将是社会的重大损失。因此，我们呼吁重建贵族精神。

一是尊重规则。几十年间我们虽然过上了富裕的生活，但有时候在一定程度上破坏了规则。我们原本想让一部分人先富起来，然后让他们带动大家共同致富，却发现先富起来的人中，有一些是不讲规则的，发展就是硬道理，可有些人为了发展而不择手段，从而严重破坏了自然生态和社会生态。所以，我们要重建规则，并且通过重建规则，建设一个人与人、人与自然和谐相处的和谐社会。

二是有风度。有风度的第一个层次是重仪表。不少暴发户参加各种礼仪培训班，借此提升自己的仪表，这种学习的精神非常值得表扬。其实普通民众也应该重视自己的仪表。就像杨澜在《作为女人，你必须精致》中写的那样："没有人有义务必须透过连你自己都毫不在意的邋遢外表去发现你优秀的内在。"② 也就是说，虽然我们平常一再强调不要因为过分关注一个人的外表而忽视了他/她内在的品质，但我们也要认识到：一个人的名字是一个品牌，一个人的形象也是一张名片。我们有理由相信："漂亮是先天的，美丽是后天的！女士是先天的，女神是后天的！美男是先天的，型男是后天的！男士是先天的，绅士是后天的！"其实，衣着得体、外表端庄是对他人的尊重，也是内心成熟的表现之一。张爱玲在《公寓生

---

① ［英］爱德华·伯曼：《像新绅士一样生活——与中国新富探讨从物质富有跨越到精神高贵》，李钊平、张跣译，当代中国出版社 2011 年版，第 2—12 页。

② 杨澜：《作为女人，必须精致》，载梁小琳选编《世间最深的情，皆是久别后的重逢》，长江文艺出版社 2017 年版，第 172 页。

活记趣》中写了一个颇受绅士文化熏陶的开电梯的服务生:"再热的天,任凭人家将铃揿得震天响,他也得在汗衫背心上加上一件熨得溜平的纺绸小褂,方肯出现。他拒绝替不修边幅的客人开电梯。他的思想也许缙绅气太重,然而他究竟是个有思想的人。"① 这位让张爱玲无比感动的服务生也提醒我们:"绅士形象、绅士风度往往体现在一些细节上,而与他刻意彰显出来的富贵与权势没有多大关系。真正的绅士气派会在一些不大为人注意的细微之处流露出来,诸如鞋子的品质、衣袋手绢的精妙搭配、风格低调的汽车、不事张扬却让人过目不忘的出场等细节上面。"② 曾经热播的一台求职节目曾来过一个男性求职者,他穿着大裤衩就上了台,被老板们认为缺乏基本的礼仪和尊重。但他的辩解是"我平时就是这样,我要做真实的自己。"如果他学习过骑士文学和骑士文化,可能不会有这样奇特的想法和行为。

有风度的第二个层次是谈吐不俗。让人能够谈吐不俗甚至高雅的,一是有质量的阅历,二是有质量的阅读。旅行、冒险、奋斗等都可以增加人的阅历。在阅历简单的情况下,可以通过阅读来丰富思想和语言。黄庭坚说,人不读书,一日则尘俗其间;二日则照镜面目可憎;三日则对人言语无味。读书显然可以让人的谈吐变得更绅士。

有风度的第三个层次是行为举止得体。其实,每个愿意尊重规则的人,他的行为举止就是得体的。比如行人过马路要走斑马线,司机开车时在斑马线附近要礼让行人,烟民抽烟后不乱扔烟头,酒徒喝酒后不耍酒疯,学生见到老师要热情打招呼,男士要谦让女士等。行为举止在得体的同时,还有可能向优雅和高贵迈进。电影《泰坦尼克号》便展示了种种优雅和高贵的行为举止:在船撞上冰山即将下沉时,船长走进驾驶舱和他的船一起沉没;船的设计师对女主人公说了一句"我没能为你造一艘足够坚固的船",然后选择了和船共存亡;船上的八位音乐家在最后一刻依然沉着平静地演奏音乐;亿万富翁阿斯德没有找史密斯船长走走"后门",也没有借助怀孕五个月的妻子打掩护,而是选择像一个真正的男人那样死去。

有风度的第四个层次是精神的高洁。"富贵不能不淫,威武不能不

---

① 张爱玲:《公寓生活记趣》,载《张爱玲文萃》,文化艺术出版社2003年版,第33页。
② [英]爱德华·伯曼:《像新绅士一样生活——与中国新富探讨从物质富有跨越到精神高贵》,李钊平、张跣译,当代中国出版社2011年版,第15页。

屈。"这有两个角度的解读。第一个角度是对富豪权贵说的：你富贵了不可变淫荡，你有权了不可以权屈人。第二个角度是对平民百姓说的：我们不富贵，可我们不会被富贵所诱惑而放弃高尚；我们没有权，可我们不会向权力屈服，我们只服从于公义与真理。达到了这种境界，我们即使身处平民阶层也具备了贵族精神。

第五章

《神曲》中的幸福人生

"走自己的路,让人们去说罢!"这是中国青年朋友们耳熟能详的一句名言。这句话到底是谁说的呢?一种说法是马克思,另一种说法是但丁。那到底是马克思还是但丁呢?追寻答案,需要从《资本论》的初版序言出发:"任何的科学批评的意见我都是欢迎的。而对于我从来就不让步的所谓舆论的偏见,我仍然遵守伟大的佛罗伦萨诗人的格言:走你的路,让人们去说罢!"①

"佛罗伦萨诗人"毫无疑问是指但丁。那但丁何时何地说过这样的格言呢?原来在《炼狱》第五章,维吉尔对正在犹豫徘徊的"但丁"说了这么一段话,"你的心为什么这样分散,使得你放慢了脚步?他们在那里嘀咕什么,与你何干你?你跟着我走,让人们去说吧"②。由于《神曲》中的维吉尔是但丁创造出来的人物形象,所以这句话应该记在但丁的名下。

综合上述分析,可以得出这样的结论:"走你的路,让人们去说罢!"是马克思对《神曲》中那句"你跟着我走,让人们去说吧"的"套用"和"化用"。也就是说,这句名言既是马克思说的,又不是马克思说的;既是但丁说的,又不是但丁说的。或许,将这句名言视为马克思、但丁以及读者共同创造出来的,是一个比较合适的解释。

既然青年朋友都熟知但丁的这句名言并且深受其影响,那我们更应该"顺藤摸瓜",一同走进《神曲》的世界。"神曲"又名"神圣的喜剧"。在但丁看来,高雅的作品是"悲剧",低俗的作品是"哀歌",介于两者之间的是"喜剧"。《神曲》是写给一般文化水平的人看的,所以是"喜

---

① 马克思:《资本论》,人民出版社1972年版,第13页。
② [意大利]但丁:《神曲·炼狱篇》,田德望译,人民文学出版社2002年版,第283页。

剧"。同时,《神曲》开篇是"地狱",结局却是"天堂",故从结尾来看,也可以称之为"喜剧"。

第一节 但丁梦游地狱、炼狱和天堂

从字面意义上看,《神曲》讲述了35岁的但丁梦游地狱、炼狱和天堂的故事。

按照《旧约·诗篇》的说法,人生可以活70岁。但丁自己在《飨宴篇》中则把人生比作一座穹门。综合两种说法,35岁通常是人生这道穹门的顶点、中点和转折点。但丁本人出生于1265年,因此可以推测,在1300年,《神曲》中那个35岁的但丁做了一个梦,这个梦隐喻了他对一个人后半生该如何度过的理解和建议。

在一座黑暗的森林里,但丁迷失了方向:"在人生的中途,我发现我已经迷失了正路,走进了一座幽暗的森林,啊!要说明这座森林多么荒野、艰险、难行,是一件多么困难的事啊!"① 黎明时分,但丁连滚带爬,好不容易走出了森林,来到一座洒满阳光的小山脚下。诗剧借维吉尔之口,指明这座山就是"幸福的山"。但丁正欲登山,却猛然发现三只张牙舞爪的野兽——豹、狮、狼拦住了去路。看来但丁不仅要迷失前进的道路,恐怕连性命也难以保全。贝雅特丽齐在天堂里将这一切看得真切,她为爱人的命运而担忧,哭求圣母马利亚给想想办法。被感动得一塌糊涂的马利亚便委托古罗马伟大的诗人维吉尔出面将但丁从危难中解救出来。

作为但丁的精神导师,维吉尔获得但丁这样的赞誉:"啊,其他诗人的光荣和明灯啊,但愿我长久学习和怀着深爱研寻你的诗卷能使我博得你的同情和援助。你是我的老师,我的权威作家,只是从你那里我才学来了使我成名的优美风格。"② 维吉尔不辱使命,帮助但丁顺利脱险,还顺便当了回导游,带领但丁参观了一下传说中的地狱和炼狱。对于维吉尔成为但丁导游的原因和意义,有论者做出比较翔实的分析:

---

① [意大利]但丁:《神曲·地狱篇》,田德望译,人民文学出版社2002年版,第5页。
② [意大利]但丁:《神曲·地狱篇》,田德望译,人民文学出版社2002年版,第6页。

第五章 《神曲》中的幸福人生

维吉尔作为但丁的引路人，具有多重重要的意义：首先，维吉尔就是历史上的那个维吉尔，他德性良善，才智卓越（这些都体现在他的诗作里）；次之，维吉尔是诗人，是语言大师（这一点激发但丁写出了《神曲》）；再次之，维吉尔是罗马帝国的预言者；复次，维吉尔是意大利的爱国者，他渴望在奥古斯都的领导下实现意大利半岛的统一，并以此为中心建立起新的世界秩序（但丁也希望意大利能够重拾罗马帝国的辉煌）；最后，维吉尔代表着人性凭借理性、道德尊严和对人类及自然的深刻同情所能达至的一切——但丁认为，这是人类在没有基督启示的情况下可以达到的最高境界。①

但丁的第一站是地狱。地狱第一层，候判所，居住的是生前未受洗礼的婴儿和信奉异教的伟人。包括古希腊诗人荷马、古罗马诗人贺拉斯、古罗马诗人奥维德，还有赫克托尔、埃涅阿斯、恺撒、苏格拉底和柏拉图等人，当然还包括正带着但丁参观的维吉尔。他们都是德才兼备的好人，至少都没有什么罪过，只因活着的时候还没有基督教，才被当作"异教徒"而被安排到地狱第一层。

地狱第二层居住的是生前犯淫邪罪的人，包括著名的埃及艳后克利奥帕特拉和古希腊半岛的"岛花"海伦，以及悲情的狄多。在这一层，黑暗无光的日子折磨着他们，无休止的暴风雨鞭打着他们。在这一层，但丁还遇到了弗兰齐斯嘉。弗兰齐斯嘉因为政治的缘由嫁给了一个残疾的丈夫。十年后，她和丈夫的弟弟保罗的私情被撞破，她被残忍地杀害了。但丁为此感到惋惜和痛苦，"弗兰齐斯嘉，你的痛苦使得我因悲伤和怜悯而流泪"②，但丁因无法评价这对情人偷情的行为，只能用晕过去作为解脱。

地狱第三层居住的是生前犯贪食罪的人。但丁的一位同时代人，没有真名，外号"恰科"（在意大利文中是"猪"的意思），便是这样的饕餮者。这一层的环境更加恐怖了：寒冷的大雨、巨大的冰雹、浑浊的水和雪，从那昏暗的天空向下倾倒，有三个喉咙、像狗一样的刻尔勃路斯对着那些浸没在水里的幽魂狂吠。

地狱第四层居住的是生前犯吝啬罪和浪费罪的人。这两种人都不能正

---

① 王承教：《维吉尔〈埃涅阿斯纪〉的解释传统》，《求是学刊》2010年第2期。
② [意大利] 但丁：《神曲·地狱篇》，田德望译，人民文学出版社2002年版，第33页。

当地使用他们的钱财:一个不善于守财,一个不善于用财。在地狱中,他们的灵魂相互碰撞,但丁看着都感到疼。

地狱第五层居住的是生前犯易怒罪的人,他们所受的惩罚是永远和哭泣、烦恼待在一起,还不停用牙齿咬自己的身体。但丁在这里遇见了弗列居阿斯,他因为阿波罗奸淫了他的女儿,一怒之下放火烧了阿波罗神庙。但丁还碰到了邻居菲利浦·阿尔津蒂,生前常因为一点小事就发火,有一次还和但丁吵了一架。

地狱第六层居住着生前是异端邪说信徒和伊壁鸠鲁学派信徒的人。在这里,但丁看见复仇女神一边用爪撕扯自己的胸膛,用手掌打击自己,一边在那里高声叫喊。但丁惊魂未定之时,又目睹了异教徒们的惨状:"坟墓的盖子全都掀起来靠在一边,从里面发出那样悲惨的哭声,明确地显示出是不幸者和受苦者的哭声。"① 居住在这一层的"异端邪说信徒"和"候判所"中的灵魂不同:前者生于耶稣基督之后,是不肯信奉基督教的邪教徒,属于"能而不愿";后者生于耶稣基督之前,未来得及信仰基督教,属于"愿而不能",因此他们所受的待遇也不一样。

地狱第七层第一环居住着生前对他人施暴力的人,包括杀人者和抢劫者。那些生前爱杀戮掠夺的暴君,如亚历山大、匈奴王阿提拉等人,就在这里被沸腾的血河烧煮。地狱第七层第二环居住着生前对自己施暴力的人,包括自杀者和挥霍无度者。自杀者在这里全部变成了树木,因此但丁明明听到四周发出的哀鸣,却看不到一个人,因此吓得不敢动了。地狱七层第三环居住者生前对上帝、自然以及艺术施加暴力的人,包括渎神者、鸡奸者、高利贷者,他们所受的惩罚让但丁印象深刻:"我看见许多群裸体的鬼魂,他们都哭得十分凄惨,似乎受着不同方式的惩罚。有些人在地上仰卧着,有的蜷作一团坐在那里,有的不住地走。"②

地狱第八层第1囊(第一断层)居住着生前做淫媒的人和诱奸者。《水浒传》中的王婆如果生在西方,那死后肯定就在这里接受惩罚。在《神曲》中,但丁心目中的"诱奸者"是伊阿宋。如果艺人陈冠希、罗志祥生在西方,那死后肯定以"诱奸者"身份到这里安家。

地狱第八层第2囊(第二断层)居住着生前阿谀奉承的人。这些人的

---

① [意大利]但丁:《神曲·地狱篇》,田德望译,人民文学出版社2002年版,第55页。
② [意大利]但丁:《神曲·地狱篇》,田德望译,人民文学出版社2002年版,第87页。

第五章 《神曲》中的幸福人生

鬼魂在粪水里浮沉，他们告诉但丁："我的舌头说不够的阿谀谄媚话，使我沉没在这里了。"① 但丁对他们死后惨状的描写提醒世人平时做人要不卑不亢，少拍点马屁。

地狱第八层第3囊（第三断层）居住着生前买卖圣职的人。但丁看到，这里有很多青灰色的石头，上面布满了孔洞，"每个洞口都露出一个罪人的两只脚，两条腿直到大腿都露着，身体其余部分全在洞里。所有的罪人两脚的脚掌都在燃烧；因此，他们的膝关节抖动得那样厉害，会把柳条绳和草绳挣断"②。

地狱第八层第4囊（第四断层）居住者生前的预言者（占卜家）。这里的预言者并不是现在那些街头算命的，而是指那些可以预言战争结果和人类命运的人，如卡珊德拉和拉奥孔。

地狱第八层第5囊（第五断层）居住着生前贪污的人。他们的鬼魂被放在沥青里煎煮，恶鬼在一边守着。如果他们把头露出来，恶鬼就用钢叉给摁下去，这就像厨师炼猪油一样，猪油浮起来的时候，厨师就用铁铲给摁下去。

地狱第八层第6囊（第六断层）居住着生前伪善的人。但丁看见他们迈着十分缓慢的脚步绕着圈子走去，一边走，一边哭，样子疲惫不堪。

地狱第八层第7囊（第七断层）居住着生前偷盗财物的人。在一群可怕的大蛇中间，他们赤身裸体，惊恐万状地奔窜。

地狱第八层第8囊（第八断层）居住着生前出阴谋诡计的人。最著名的便是尤利西斯（奥德修斯），因为他设计了木马计，帮助希腊人攻破了特洛伊城。

地狱第八层第9囊（第九断层）居住者生前制造分裂不和的人。穆罕默德不幸被放到了这里。那但丁为何没有将这位伊斯兰教创始人作为"异端邪说信徒"放入地狱第六层？一种说法是，穆罕默德原本是基督教徒，所以算不得"异端邪说信徒"。但他后来背叛基督教，另起了炉灶创立了伊斯兰教，实质就是阻碍基督教一统天下，所以算是犯有分裂人类社会的罪过。

地狱第八层第10囊（第十断层）居住着生前那些假冒伪造者。在这

---

① ［意大利］但丁：《神曲·地狱篇》，田德望译，人民文学出版社2002年版，第115页。
② ［意大利］但丁：《神曲·地狱篇》，田德望译，人民文学出版社2002年版，第119页。

里，他们浑身奇痒，不停地用指甲在身上抓，越抓越痒，越痒越抓。如果艺人翟天临生在西方，就会因为是假博士而入地狱。

地狱第九层第一环居住着生前叛卖亲属的人。但丁看到两个罪人彼此紧紧地挨着，头发都纠缠在一起。当他们抬起头的时候，但丁发现他们泪水夺眶而出，一直流到嘴唇上。

地狱第九层第二环居住着生前叛卖国家的人。按照但丁的理解，卖国贼汪精卫肯定要在这里受罚。

地狱第九层第三环居住着生前叛卖宾客者。但丁在这里碰到了勃朗卡·多利亚，此人生前为了夺取罗戈多罗省的统治权，设了鸿门宴，杀死了自己的岳父。

地狱第九层第四环居住着生前叛卖恩人者，其中最"杰出代表"便是犹大。犹大因为出卖耶稣，罪大恶极而被判处最重的刑罚：头被魔鬼衔在嘴里，身子被魔鬼的牙咬碎，皮被魔鬼的爪子剥光。

地狱之旅结束后，但丁又被维吉尔带到了炼狱。在但丁之前，基督教义中虽有炼狱，但常常与地狱混淆。但丁把两者严格区别开来："地狱为恶人所居，炼狱为有罪世人赎罪的场所；地狱为恶，炼狱却是人由恶向善的通途。"① 通俗地说，两者的区别在于：炼狱中的灵魂生前虽有罪过，但他们在临终前已经作了忏悔，表达了弃恶从善的愿望，而地狱中的灵魂则是作恶多端而死不悔改的家伙；炼狱中的灵魂被判的是有期徒刑，地狱中的灵魂被判的是无期徒刑；炼狱中的灵魂所受的痛苦是忏悔型的，方式是接受正反两方面的教育，一旦他们用心祈祷和自省，消除七大罪恶，矫正从前在人世间的恶习，即可升入天堂，而地狱中的灵魂所受的惩罚报复型的，如贪色者肉体受到撞击，邪教徒遭受火刑，伪君子身穿铅制的衣帽，预言者眼睛盯住屁股，暗杀者被斩断双手，离间者被刀割裂。②

炼狱的核心部分有七层，可称之为七层炼狱山，每一层净化一种罪。这里罪的分类，关键在于一个"爱"字。其一是爱的反常。爱的反常有三种表现：第一种是"骄"。此种人过于自爱，以至于夜郎自大，目中无人；第二种是"妒"，此种人为保持自己的尊容富贵，唯恐他人强于自己，于是忧心如焚，巴望他人遭祸得殃；第三种是"怒"。此种人肝火旺盛，刚

---

① 徐葆耕：《西方文学——心灵的历史》，清华大学出版社1990年版，第75页。
② 炼狱和地狱的区别，可参考李玉悌《但丁与神曲》，陕西人民出版社1989年版，第82—83页。

愎自用，稍有不如意便勃然大怒，立刻要施行报复。其二是爱的欠缺，表现为"惰"。其三是爱的过度，从而招致"贪"，具体表现为贪食、贪财、贪色。

第一层需要净化的是傲慢。第二层需要净化的是嫉妒。嫉妒有两种含义：一是因他人的幸运而感到悲伤；二是因他人的不幸而感到快乐，比如人们常说："你有什么不开心的事，说出来让大家开心一下。"生前嫉妒的人，死后在炼狱中被铁丝刺穿和缝住了眼皮，这样他们就因为看不见而不再嫉妒了。第三层需要净化的是愤怒。第四层需要净化的是懒惰。第五层需要净化的是贪婪。第六层需要净化的是暴食。第七层需要净化的是色欲。有论者指出："在显示炼狱山上的悔罪活动时，但丁描述了人的灵魂为得到拯救而必须具备的能力。总共有七项：视觉能力、听觉能力、想象力、理解力、作诗的能力、渴望不朽和爱上帝。"①

长话短说，但丁的炼狱之旅也结束了。维吉尔对但丁说声抱歉，便回去了。维吉尔是一位称职的导游，但他的导游等级有限。这时，贝雅特丽齐及时现身，她要亲自引导但丁参观天堂。尽管维吉尔是伟大的智者，是但丁的精神导师，贝雅特丽齐只是一位普通的女子，但在但丁的心目中，贝雅特丽齐的地位明显高于维吉尔。贝雅特丽齐对别人来说确实没有特殊之处，可她却是但丁的初恋，这个初恋是甜蜜又痛苦的，以没有结果作为结果，以短暂的相见换来终生的别离。因此，在但丁的生命中，贝雅特丽齐就是圣母玛利亚："但丁对贝雅特里齐的感情达到了偶像崇拜的程度，这是无可反驳的事实……贝雅特里齐死后，但丁永远失去了她，为了缓解忧伤，便虚构了同她相遇的情节。"② 我们由此可以说，在西方文化中，人们像对待心中的上帝一样对待心中的女人；像对待心中的女人一样对待心中的上帝。

在贝雅特丽齐的引导下，但丁参观了天堂。天堂是不需要任何物质的，这里是光的世界，一切都由光来构成。此光非自然之光，乃上帝仁爱之光。如果说地狱和炼狱里恶劣的居住环境和遭尽折磨的孤魂野鬼们让但丁胆战心惊，浑身冒冷汗，那么天堂则是另一番景象，这里风景迷人、阳光明媚。凡行善的灵魂、多情的灵魂、对于神学和哲学有研究和贡献的灵

---

① ［美］雅各布·克莱因：《但丁的炼狱山》，载《雅各布·克莱因思想史文集》，张卜天译，湖南科学技术出版社2015年版，第243页。
② ［阿根廷］博尔赫斯：《但丁九篇》，王永年译，上海译文出版社2015年版，第52页。

魂、为信仰而战死的殉基督教的灵魂、公正贤明的君主、隐逸寡欲者，以及基督、圣母、圣彼得、圣约翰、圣雅谷、亚当等都居住在天堂。但丁自然也心旷神怡起来。

天堂有九重天，第一重天是月天，居住的是未能坚守信誓的修女。她们生前因为强力所迫，放弃了自己皈依宗教的誓言，中途退出了修道院，但和背离宗教的叛徒有着本质的区别。第二重天是水星天，居住的是力行善事的灵魂。第三重天是金星天，居住的是多情的灵魂。第四重天是日天，居住着哲学家和神学家的灵魂。第五重天是火星天，居住着为信仰而战死者的灵魂。第六重天是木星天，居住着公正贤明的君主的灵魂，如以色列王大卫等。第七重天是土星天，居住着隐逸寡欲者的灵魂。第八重天是恒星天，居住着胜利者的灵魂。在这里，但丁见到了圣母玛丽亚、圣彼得、圣约翰、圣雅各、亚当等人的幻象。第九重天是水晶天，居住着九种天使。在参观完九重天后，但丁似乎看到了上帝，但好像又没有看到。

第二节　世纪交替时代的诗人

《神曲》的时代意义无比丰富和复杂。所以，木心说："《神曲》涵盖甚大，中世纪哲学、神学、军事、伦理。以现代观点看，《神曲》是立体的《离骚》，《离骚》是平面的《神曲》。"① 既然《神曲》是意大利的《离骚》，那么但丁就是意大利的屈原。将但丁和屈原并置研究，将《神曲》和《离骚》并置阅读，别有一番滋味在心头。和《离骚》一样，《神曲》看似梦幻的背后隐喻了但丁的心路历程。比如，"悲愤"的情绪在《神曲》中就一览无余。"悲愤"的情绪全由但丁对故国佛罗伦萨深沉的爱所引发：

> 唉，奴隶般的意大利，苦难的旅舍，暴风雨中无舵手的船，你不是各省的女主，而是妓院！那个高贵的灵魂只因为听到故乡城市的甜蜜的名字，就急切地在这里向他的同乡表示欢迎；然而如今你境内的活人却无时无刻不处于战争状态，同一城墙、同一城壕圈子里的人都

---

① 木心：《文学回忆录》（上），广西师范大学出版社2015年版，第247页。

自相残杀。可怜虫啊,你环顾你沿海各省,然后看一看你的腹地,是否境内有享受和平的部分。①

《炼狱》第六章里这段独白,很自然让我们想起艾青的著名诗句:"为何我的眼里常含泪水?因为我对这土地爱得深沉……"②但丁压抑不住的"悲愤",源于他忧国忧民的情怀和英雄无用武之地的绝望。当时的意大利,头上顶着"第一个资本主义民族"的光环,却又在遭受封建城邦割据,教皇染指政治,党派纷争的困窘。这一切,但丁看在眼里,急在心里。

林贤治把知识分子分成三种类型:"一、幕僚知识分子,葛兰西称为'统治集团的管家';二、技术知识分子,也称'技术专家';三、人文知识分子。"③人文知识分子杰出代表的但丁,在早期秉着"不能将这个美好的世界让给我们鄙视的人"的信念,积极参政议政,勇做"幕僚知识分子",只是为了用实际行动"拯救"意大利。但太纯真、太有情怀的人可能真不适合从政,所以但丁的从政之路崎岖坎坷。当时的佛罗伦萨有两个政党,一个代表贵族利益,叫吉伯林党;一个代表新兴资产者和中小贵族诉求,叫圭尔弗党。为了反封建,但丁成了圭尔弗党"党员"。1300年,圭尔弗党掌权,但丁"反封建"的目标初步达成。但圭尔弗党又分裂为黑党和白党,黑党拥护政教合一,白党主张政教分离,但丁属于后者,所以加入白党。但丁政教分离的政治主张,在《炼狱》第十六章里交代得很清楚:

> 造福于世界的罗马向来有两个太阳,分别照亮两条道路,一条是尘世的道路,另一条是上帝的道路。如今一个太阳已经消灭了另一个;宝剑和牧杖已经连接起来,二者强行结合,必然领导不好,因为结合在一起,它们就不互相畏惧了。④

---

① [意大利]但丁:《神曲·炼狱篇》,田德望译,人民文学出版社2002年版,第295页。
② 艾青:《我爱这土地》,张贤明编:《百年新诗代表作·现代卷》,现代出版社2017年版,第136页。
③ 林贤治:《五四之魂——中国知识分子精神史》,漓江出版社2012年版,第208页。
④ [意大利]但丁:《神曲·炼狱篇》,田德望译,人民文学出版社2002年版,第398页。

"两个太阳",一个是指代表世俗权力的皇帝,一个是指象征宗教权力的教皇。"两个太阳"的合理性在于,万物之中,只有人既具有可毁灭的肉体部分,又具有不可毁灭的灵魂部分,因此人生有两个目的,一是享受现世生活的幸福,二是获得来世天国的荣光,前者由皇帝根据哲学的道理加以引导,后者由教皇根据启示的真理加以引导。遗憾的是,在罗马,教皇的权威已经消灭了皇帝的权威,腓特烈二世死后到亨利七世当选之前,还没有一个皇帝来罗马加冕,而教皇卜尼法斯八世直接将教权和皇权统一于一身,即象征皇权的"宝剑"和象征教权的"牧杖"被一个人攥在了手里。作为力主政教分离的"白党"党员,但丁由于势单力薄,最终被力主政教合一的"黑党"赶出了佛罗伦萨:"他个人的生活很动荡,是两派之争的牺牲品。一派拥护教皇,一派拥护帝皇,他想调和而不成,终靠近宗教派。帝派得势后,被逐出佛罗伦萨,据说甚至远及巴黎、牛津。一度要他回故乡,以持烛忏悔为条件,为他坚拒。流亡途中,成《神曲》。"① 充满想象力又有些煽情的散文家余秋雨,这样描写但丁悲情的流亡:

> 被驱逐那天,但丁也应该是在深夜或清晨离开的吧?小巷中的马蹄声响得突然,百叶窗里有几位老妇人在疑惑地张望。放逐他的是一座他不愿离开的城市,他当然不能选择在白天。
>
> 被判处死刑后的但丁在流亡地进入了创作的黄金时代,不仅写出了学术著作《飨宴》《论俗语》和《帝制论》,而且开始了伟大史诗《神曲》的创作,他背着死刑的十字架而成了历史巨人。
>
> 佛罗伦萨当局传信给他,说如果能够忏悔,就能给予赦免。忏悔?但丁一声冷笑,佛罗伦萨当局于一三一五年又一次判处他死刑。
>
> 但丁回不了心中深爱的城市了,只能在黑夜的睡梦和白天的痴想中怀念。最后,五十六岁客死异乡。佛罗伦萨就这样失去了但丁,但是最终还是没有失去,后世崇拜者总是顺口把这座城市与这位诗人紧紧地连在一起,例如马克思在引用但丁诗句时就不提他的名字,只说"佛罗伦萨大诗人",全然合成一体,拉也拉不开。
>
> 佛罗伦萨终究是佛罗伦萨,它排斥但丁的时间并不长。我在科西莫·美第奇的住所见到过但丁临终时的脸模拓坯,被供奉得如同神

---

① 木心:《文学回忆录》(上),广西师范大学出版社2015年版,第248页。

灵。科西莫可称之为佛罗伦萨历史上伟大的统治者，那么，他的供奉也代表着整座城市的心意。

最让我感动的是一件小事。但丁最后是在佛罗伦萨东北部的城市拉文纳去世的，于是也就安葬在那里了。佛罗伦萨多么希望把他的墓葬隆重请回，但拉文纳怎么会放？于是两城商定，但丁墓前设一盏长明灯，灯油由佛罗伦萨提供。一盏灯的灯油能有多少呢？但佛罗伦萨执意把这一粒光亮、一丝温暖，永久地供奉在受委屈的游子身旁。①

《神曲》的时代意义自然远不止如此。作为中世纪和文艺复兴两种文化交织纠缠时期的作品，《神曲》无疑处处体现了两种文化的碰撞和交融。木心说："读欧洲历史，别忘了两种思潮：希伯来思潮、希腊思潮。希伯来思潮以基督教为代表，注重未来，希望在天堂，忽略现世，讲禁欲。组织上，教会统治一切；希腊思潮以雅典文化为代表，讲现世，享乐，直觉，组织上讲自由民主。"②

又如恩格斯所言："封建的中世纪的终结和现代资本主义纪元的开端，是以一位大人物为标志的。这位人物就是意大利人但丁。他是中世纪的最后一位诗人，同时又是新时代的最初一位诗人。"③ 由于我国的外国文学研究是在马克思主义思想直接指导下进行的，因此，恩格斯这段论述成为学者们理解和阐释《神曲》时代意义最好的切入口。换言之，《神曲》作为世纪交替时代诗人的作品，希伯来思潮（基督精神）和希腊思潮（希腊情感）在其中的碰撞和交融早已经获得学界高度的关注和认可。比如徐葆耕认为，《神曲》的两重性主要体现在五点：

1. 宗教之爱与人间智慧相结合。（通往天国之路，靠爱来推动，知识来导引）

2. 天国审判与人间审判相结合。（依靠上帝权威，进行人间审判，以人间审判填充上帝观念的空虚）

3. 禁欲意识与升华意识相结合。（一仰一抑，相辅相成）

---

① 余秋雨：《稀释但丁》，载《行者无疆》，作家出版社2011年版，第33—34页。
② 木心：《文学回忆录》（上），广西师范大学出版社2015年版，第398页。
③ 恩格斯：《致意大利读者——〈共产党宣言〉1893年意大利文版序言》，《马克斯恩格斯全集》第22卷，人民出版社2016年版，第430页。

4. 赎罪意识与追求完美人性结合。（赎罪是为了个人的完美，个人的完美必须靠忏悔）

5. 神秘主义与写实主义结合。（神秘主义为写实主义增加力度、厚度，写实主义为神秘主义提供血肉基础）①

蒋承勇先生认为，但丁作为"中世纪最后一位诗人"，让《神曲》具有"总结性"；但丁作为"新时代最初一位诗人"，让《神曲》具有"前瞻性"。《神曲》既"瞻前"，又"顾后"，既"承前"，又"启后"，让两种看似水火不容、完全对立的思想因素在互补之后，巧妙地融为一体，升华为一种新的思想因素："正因为但丁思想的包容性、历史延续性和总结性，所以，他批判他所处的时代的基督教文化体系，但又不弃之一净；他倡导人文主义思想，但也不盲目认同，一味肯定。在他看来，教会对人的肉体与灵魂的双重压抑是有悖人性的，但早期人文主义一味的个性自由又使他感到它缺少了基督教的理性约束意识，这会招致人欲放纵带来的社会混乱。传承于古希腊传统的人文主义自然有自己的人文性，但它在肯定人的'自然爱欲'的合理性的同时，又偏离了理性的轨道，因此，但丁在肯定其合理性的同时又强调理性对自然爱欲的'守护'，并让其在理性引导下升华为至善至爱，使人由爱己走向博爱。"②

第三节　有爱，才叫生活

薄伽丘认为，"无论你是否认为《神曲》带有道德说教或神学的意味，也不管你最喜欢这本书的哪一个部分，它里面包含的那些简单而永恒的真理，不但不会腐烂衰败，而且越是经过多次的考验，带给人甘甜芬芳的香味也就越淳厚"③。在我看来，这本书最打动人的"简单而永恒的真理"就在于"揭秘"了幸福的秘密。

---

① 徐葆耕：《西方文学——心灵的历史》，清华大学出版社1990年版，第81—82页。
② 蒋承勇：《人性探微——蒋承勇教授讲西方文学与人文传统》，中央编译出版社2014年版，第204页。
③ ［意大利］薄伽丘·布鲁尼：《但丁传》，周施廷译，广西师范大学出版社2008年版，第94页。

第五章　《神曲》中的幸福人生

心灵哲学家周国平先生认为,"在世上一切东西中,好像只有幸福是人人都想要的。其他的东西,例如结婚、生孩子甚或升官发财,肯定有一些不想要,可是大约没有人会拒绝幸福"①。幸福学专家柳博米尔斯基认为,"人人都希望得到幸福——也许有些人不会公开承认,有些人则选择用各种各样的言辞掩盖自己对幸福的渴望。不管我们的梦想是什么——事业的成功、精神的满足、和谐的人际关系、明确的人生目标,以及爱情与欲望,我们之所以垂涎这些,无非是因为我们坚持它们会让我们更幸福"②。

湖南省宁乡实验中学的校训是"培养幸福的人",可谓道出了生命的真谛和教育的真谛,因此它称得上是世界上最好的校训之一。人生在世,我们唯一能确定的是"每个人都渴望幸福",但我们却无法确定"什么是幸福"以及"如何获得幸福"。其实关于幸福的理论成果已经比较丰富,比如《西方幸福论》③、《论幸福——幸福的艺术》④、《罗素论幸福》⑤、《论幸福生活》⑥、《托尔斯泰谈幸福》⑦、《幸福,一次哲学之旅》⑧、《幸福的方法——哈佛大学最受欢迎的幸福课》⑨ 等著作,其中任何一本都可以帮助我们从理论上了解幸福的概念和获得幸福的基本方法。但是,幸福学的一个重要特征就是幸福理论和幸福实践之间常常存在不可调和的矛盾,换言之,这些写作幸福学著作的人本人未必就活得幸福,那些将这些幸福学著作熟读的人也未必能活得幸福。

文学家就是讲故事的伦理学家,因此,探寻幸福的秘密也是他们的终极目标之一。从这个角度看,《神曲》是一部不可多得的将"什么是幸福"以及"如何获得幸福"的问题解释得比较通透的文学作品。为了更好

---

① 周国平:《只是眷念这人间烟火》,湖南文艺出版社2017年版,第257页。
② [美]索尼娅·柳博米尔斯基:《幸福有方法·前言》,周芳芳译,中信出版社2014年版,第X页。
③ 冯俊科:《西方幸福论》,吉林人民出版社1992年版。
④ [法]阿兰:《论幸福——幸福的艺术》,施清嘉译,译林出版社1988年版。
⑤ [英]罗素:《罗素论幸福》,傅雷译,团结出版社2005年版。
⑥ [古罗马]塞涅卡:《论幸福生活》,覃学岚译,译林出版社2015年版。
⑦ [俄]列夫·托尔斯泰:《托尔斯泰谈幸福》,王志耕译,商务印书馆2016年版。
⑧ [法]弗雷德里克·勒诺瓦:《幸福,一次哲学之旅》,袁筱一译,南海出版公司2015年版。
⑨ [美]泰勒·本-沙哈尔:《幸福的方法——哈佛大学最受欢迎的幸福课》,汪冰、刘骏杰译,中信出版社2013年版。

地解答这一点，自然要联系《神曲》的象征性来谈。《神曲》是一部随处都是象征的作品。但丁是人类的象征，所以但丁其实代表着你和我。35岁是中年的象征，所以有一定人生阅历和体验的中年人更容易读懂《神曲》。人到中年，人生面临一个转折。如果说前半生，人生的内容只有一个：奋斗，那么，"功成名就"之后呢？即后半生又该有怎样不同的生活呢？这是一个容易让中年人迷惘的问题，就像诗剧中黑暗森林所隐喻的那样：每一个中年人都可能迷失在人生的黑暗森林。

中年人不仅要面对迷惘，还要面对直指人性弱点的各种诱惑，即诗剧中豹所象征的"淫欲"、狮子所象征的"骄傲"和狼所象征的"贪婪"（狼又是由"嫉妒"放出来的）。没有比这更充满生活气息的象征了。试想一下，一个通过不断奋斗而获得相当成就的中年人，阻碍他继续前进的主要因素是什么？恐怕既不是能力不足也不是机会有限吧？而是潜藏在人性深处的各种诱惑：有的栽倒在"淫欲"上——迷恋女色或男色；有的栽倒在"骄傲"上——自以为是单位最聪明、功劳最大的；有的栽倒在"贪婪"上——一个科级干部可能会贪污几个亿；有的栽倒在"嫉妒"上——贬低和打压同事和同行。这四大恶习最危险的地方在于，它们并不存在外部世界，而是存在于人的内心深处。这意味着一个人只有自己批判自己、自己帮助自己、自己拯救自己，才能让后半生过得更好。那么，中年人该如何走出黑暗的森林，又该如何冲破四大恶习的阻碍去攀登那座叫幸福的山呢？诗剧通过整体的象征，给出了近乎完美的答案。

人生要幸福，首先需要维吉尔的引导。维吉尔显然是知识（以及思想、智慧）的象征。正是维吉尔带领但丁走出黑暗的森林，冲破三只"野兽"的阻拦，开始向幸福的山进发。但攀登幸福的山又怎会那么轻松？要知道有多少人在追寻自己所理解的幸福的过程中走上了歧路，其结果不是被打入地狱，就是被罚进了炼狱。维吉尔作为人生的导游带领但丁，其实也就是带领我们，亲眼见证了步入歧路的人生要遭受怎样的惩罚，同时也告诫我们，一个缺乏知识的人是无法穿越地狱、也无法穿越炼狱的。但知识的力量毕竟是有限的，一个仅有知识的人，穿过地狱和炼狱之后，也无法抵达天堂。这时候，就需要贝雅特丽齐即"爱"的引导："但丁生于1265年，9岁遇到贝雅特丽齐，从此爱情主宰了他的灵魂。未通音讯，又九年，但丁再遇到她，仍无语。后来贝雅特丽齐出嫁，25岁死时，一直不知道但丁爱她。《新生》就是写这一段爱——每个人都经历过一段无望的爱情，'爱在心里，死在心里'。"① 除了直接将《新生》献给贝雅特丽齐，但丁还将《神曲》中天堂导游的位置留给了她。因此，《神曲》的情节及其象征意义就是：

天堂之路 = 维吉尔 + 贝雅特丽齐
天堂之路 = 人智 + 爱
幸福 = 知识 + 爱②

关于幸福的定义很多，能打动我们的也不少。列夫·托尔斯泰说，"人只有在为他人服务中才能找到自己幸福。而他之所以能在为他人服务中找到幸福，是由于在为他人服务时，他就与那存在于他们身上的上帝的灵魂结合在一起。"③ 泰勒·本－沙哈尔说："我认为，幸福的定义应该是'快乐与意义的结合'。真正快乐的人，能够在自己觉得有意义的生活方式里享受它的点点滴滴。这种解释绝不仅限于生命里的某些时刻，而是人生的全过程。即使有时经历痛苦，人在总体上仍然是幸福的。"④ 柳博米尔斯基说，"在我看来，幸福指的是一种快乐、满足、积极的体验，同时能够让人感受到生命的美好、意义和价值。"⑤ 弗雷德里克·勒诺瓦认为："幸福，就是学会选择。不仅仅是选择合适的愉悦，而且要学会选择道路、职业，选择生活与爱的方式。选择娱乐，选择朋友，选择生活得以建立的价值。"⑥ 周国平说："幸福究竟是一种主观感受，还是一种客观状态？如果只是前者，狂喜型妄想症患者就是最幸福的人了。如果只是后者，世上多的是拥有别人羡慕的条件而自己并不觉得幸福的人。有一点可以确定：外在的条件如果不转化为内在的体验和心情，便不成其为幸福。所以，比较

---

① 木心：《文学回忆录》（上），广西师范大学出版社 2015 年版，第 247 页。
② 徐葆耕：《西方文学——心灵的历史》，清华大学出版社 1990 年版，第 64 页。
③ ［俄］列夫·托尔斯泰：《托尔斯泰谈幸福》，王志耕译，商务印书馆 2016 年版，第 34 页。
④ ［美］泰勒·本－沙哈尔：《幸福的方法——哈佛大学最受欢迎的幸福课》，汪冰、刘骏杰译，中信出版社 2013 年版，第 32 页。
⑤ ［美］索尼娅·柳博米尔斯基：《幸福有方法》，周芳芳译，中信出版社 2014 年版，第 23 页。
⑥ ［法］弗雷德里克·勒诺瓦：《幸福，一次哲学之旅》，袁筱一译，南海出版公司 2015 年版，第 35 页。

恰当的是把它看作令人满意的生活与愉快的心情的统一。"① 而我们通过解读《神曲》，发现但丁的幸福密码是"幸福 = 知识 + 爱"，这是一个让人茅塞顿开、醍醐灌顶的幸福定义。这个定义既能让我们明白"幸福是什么"，又能让我们知道"如何获得幸福"。

根据但丁的幸福密码，引导人生最终抵达幸福终点的，除了知识，还有爱。所以要跟读者们分享两句话。第一句话：一个人没有爱，叫生存；有爱，才叫生活。第二句话：没有知识而活得不幸的人很多，有知识而活得不幸的人同样很多，为何？因为缺爱。所以说："一个人活在世界上，一定要有相爱的伴侣、和睦的家庭、知心的朋友。你再忙也一定要和自己的家人一起吃晚饭，餐桌上一定要有欢声笑语，这比有钱、有车、有房重要得多。你钱再多，车再名贵，房再豪华，可是没有这些，和谁之间都没有真爱，那你其实是非常可怜的，你在这个世界上是一个孤魂野鬼。相反，即使穷一点儿，但是有这些，你就是在过一个活人的正常生活。"②

在大学一年的时候，我现场听过疯狂英语创始人李阳的演讲，感觉他对事业的执着、坚韧和投入是非常值得我学习的。但家暴事件爆发后，他对媒体说的一番话说明他是一个严重缺爱的人：

记者：（你妻子）最不能忍受的是你对外说你不爱她？
李阳：对，当时说我跟她在一起是为了做家庭教育的实验。
记者：你说成立这个家庭是为了中美教育的这个实验。
李阳：对。
记者：那小孩会觉得，我只是一个实验品。
李阳：挺好啊，有好的实验品和不好的实验品啊，如果我们把他实验得很好。
记者：那是一个生命啊。
李阳：生命也是一个实验品啊，小白鼠不是拿来实验的吗？

在此，我想对李阳说两句话。第一句话是：在和平年代，任何人不要高估自己的存在对人类的价值（对于世界而言，少了谁都照转）。第二句

---

① 周国平：《只是眷念这人间烟火》，湖南文艺出版社2017年版，第256—257页。
② 周国平：《我喜欢生命本来的样子》，作家出版社2017年版，第273页。

话是：在任何年代，任何人不要低估自己的存在对家庭的意义（对于家庭而言，少了谁都不行）。

爱，包括对世界的爱。从人本主义的角度出发，"人"才值得我们去爱。但世界发展到今天，真正的人文主义者都发现，人类最大的问题是太爱自己了，以至于竭尽全力去满足自己一切的欲望。我们需要警惕，这个地球可以满足人类的需要（Need），却无法满足人类的欲望（Want）。人类的贪婪和狂妄已经开始遭到大自然的报复。从人文主义的角度出发，世界万物都值得我们去爱。如果人人都有此境界，相信，人与自然的和谐指日可待。

爱，包括对国家的爱。约翰·洛克说："我认为，尽力为祖国服务，乃是每一个人责无旁贷的义务；一个人活着如果没有这种思想，那我就看不出他与他家里的牲口还有什么区别了。"① 爱国，这是人的一种本能，我们的身体中都静静流淌着爱国的血液。我听过前外交部部长李肇星的讲座。他提到两个观点，一个观点是："一个人不爱国，不仅自己国家的人看不起，别的国家的人更看不起。"② 另一个观点是："一个人不爱国，不如死了算了。"他虽然说得很冷静、很舒缓，但我这个中年男人听闻后却突然全身震震颤颤了一下。祖国就像自己的家庭一样，可能很富有，也可能很贫穷，可是，生在这样的家庭，是无法改变的。总不能隔壁邻居家有钱，就住他们家吧?! 邻居家有钱，可以赞叹，可以羡慕，可以欣赏，但那毕竟是别人家。我们能够做的，是尽最大的努力让自己的家庭变得更好!

爱，还包括对家庭的爱。人们常说，家是讲爱的地方而不是讲道理的地方。在家里讲道理，并且还要论个输赢，结果却是双输而不是双赢。因此，家庭幸福的人建议，在居家生活中，"爱语"很重要，亲人之间要多讲爱而不是光讲理。亲人遇到苦难了，通过语言乃至表情和行为的宽慰都能化解矛盾。比如，丈夫因为公务回家晚了，妻子心有怨言，如果报之以

---

① ［英］约翰·洛克：《教育漫话》，徐大建译，商务印书馆2018年版，第59页。
② 2017年5月21日，中国女留学生杨舒平在美国大学毕业典礼上演讲，称美国的空气又新鲜又甜美，说中国历史课学到的东西对她毫无意义，还表示自己在中国每天戴口罩出门。杨舒平未能在美国找到工作，当然更未能拿到美国绿卡和加入美国国籍。几经转辗，杨舒平去了韩国，就业依然不顺。不得已，杨舒平回到了中国找工作，但没有任何一家单位敢用她。杨舒平用她的实际经历印证了"一个人不爱国，不仅自己国家的人看不起，别的国家的人更看不起"。

冷眼，丈夫即刻起烦恼，心里可能就会想："我这么辛苦挣钱养家，你还……"于是，也还之以冷眼，然后便是口角或冷战，把过往陈芝麻烂谷子的事情都翻出来互相伤害一番。反之，丈夫回来晚了，觉察到妻子内心有怨言，立刻为自己回家晚了让妻子担心而感到愧疚，以后也用实际行动调整工作和生活的时间。对家庭的爱，体现在细节上，便是不仅对外人很好，说话客气，而且对家人很好，不把负面的情绪发泄在家人身上，不把丑陋的一面留给自己最爱的亲人。

爱，还包括对单位的爱。有一次，我们学校工会搞了一个扭秧歌大赛。文学与新闻学院根据需要，至少要派20位队员参赛。但是学院党委副书记将通知发下去很久了，也没有一位老师报名。后来在院长的软硬兼施下，好不容易才凑够了人数。在一位学生教练的带领下，大家展开了训练。第一天，训练场上充满了骂声。第二天骂声少了一半。第三天开始有欢声笑语。一个月后，活动结束了，老师们居然充满了遗憾和留恋："怎么就结束了?！这种活动以后可以一直搞下去嘛！"大家看，每一位老师都被迫来扭秧歌，但通过这次活动，大家居然有三个意想不到的收获：长期不运动的老师在流汗之后感觉很舒服；长久不见面的老师在见面之后感觉很亲切；男老师和女老师在一起训练时感觉很温暖。这个生活中的故事启示我们，所谓对单位的爱，其实就是做一些自己虽然不喜欢但单位需要我们去做的事情。而判断一个人有没有责任感，不是看他做他喜欢的事情时所呈现的状态，而是看他做自己不喜欢的事情时所呈现的状态。

说到底，人这一生其实只有两种追求，一种是"谋生"，另一种是"谋爱"，或者说，要么填补空虚的胃，要么填补空虚的心。或者说，人生就是追求自己没有的东西。空虚的胃会使人身体萎靡，空虚的心会使人精神残疾。人不能没有物质，也不能没有感情，缺了任何一样，都不可能得到真正的幸福。当一个人吃不饱饭的时候，他会将物质摆在首位，拼尽全力去谋求生计。但是，物质能带给人的满足毕竟有限，当一个人已经衣食无忧的时候，他就不可能再从中获得更大的幸福。他必然要转而寻求感情的慰藉，以此来充实自己的内心，才能感觉到快乐与幸福。马云说他对钱没有感觉，其实不是炫耀和虚伪，而是一个完全不差钱之人的真情实感。或者说，只有爱别人、帮助别人才能让马云找到幸福的感觉。人的感情是复杂的，同时也是简单的，简单到只有三种感情：亲情、友情、爱情。一个人若想度过幸福美满的一生，最好是能三者兼具，如若不能，能拥有其中一种或两种也是好的。

人之所以有活下去的信念，不是因为有物质寄托，而是因为有感情寄托。试问有谁会说"为了我的金山银山，所以我要好好活下去"？人们只会说"为了爱我的人和我爱的人，所以我要好好活下去"。每个人心中都有重要的人。因为重要，所以才会牵挂；因为牵挂，所以才会放心不下；因为放心不下，所以才会想要守护；因为想要守护，所以才会拼了命去努力，想让自己做一个强大的、值得信赖的人，有能力抵抗外界的伤害，希望能够让重要的人能够过得快乐，没有忧伤。

道理就是这么简单。其实看起来简单的道理，实践起来却十分的艰难。拥有知识的同时还能拥有爱，请问人世间有多少人可以做到？所以，我也借助《神曲》的启示，祝福读者将来努力做好一份工作，用心爱好一些应该爱的人，这样，你们将会踏上幸福之路。如果你能在爱好自己伴侣、家人的同时，还能爱着自己的国家、爱着这个有时候让我们非常闹心和揪心的世界，那么，我们离终极的幸福就很近了。最后，我将自己的幸福观化作一段诗意的语言送给诸位：认清自己的每一个身份，尽力履行好每一个身份所对应的职责，力争做到每一份工作都很敬业，每一个脚印都很清晰，每一笔收入都很干净，每一段岁月都很充实。每天晚上带着笑意安然入睡，每天清晨带着憧憬从睡梦中醒来。我们的学生、我们的同事、我们的家人、我们的朋友，我们生命中有缘遇到的每一人，都因为我们的存在而感到幸福。我们也因此而获得更多的幸福。

第六章

《堂吉诃德》中的信仰人生

4月23日是世界读书日，也被誉为读书人的情人节。4月23日原本是一个并不特别的日子，为何又变得如此特别？有一种说法是，因为这一天是莎士比亚和塞万提斯的忌日。莎士比亚1564年4月23日出生，1616年4月23日逝世；塞万提斯1547年9月29日出生，1616年4月23日去世，这两大文豪可谓是"不求同年同月同日生，但求同年同月同日死"。和莎士比亚相比，塞万提斯所享受的荣耀似乎要"稍逊风骚"。不过，塞万提斯的扛鼎之作《堂吉诃德》和莎士比亚的压卷之作《哈姆莱特》相比，也算是一时瑜亮、难分伯仲。因此，重温文艺复兴时代的经典作品，《堂吉诃德》是我们无法绕过的。

1612年，即明神宗万历四十年，时任中国皇帝朱翊钧曾托传教士给西班牙国王一封信。这封信的大致内容不知为何被塞万提斯知道了。所以，塞万提斯在《堂吉诃德》下卷的"献词"中，有点自信也有点自恋、有些半开玩笑也有些半认真、有些自我表扬也有些自我调侃地说："最急着等堂吉诃德去的是中国的大皇帝。他一月前特派专人送来一封中文信，要求我——或者竟可说是恳求我把堂吉诃德送到中国去，他要建立一所西班牙语文学院，打算用堂吉诃德的故事做课本；还说要请我去做院长。"[①] 这段话透露了塞万提斯的三个愿望，第一个是《堂吉诃德》能够传到中国，这个愿望显然早已实现；第二个是西班牙文化能被中国人了解和喜爱，最好能建一所专门传播西班牙文化的西班牙语文学院，这个愿望也早已达成——从1991年开始，类似于孔子学院的"塞万提斯学院"开始在中国

---

① ［西班牙］塞万提斯：《堂吉诃德·献辞》（下），杨绛译，人民文学出版社1987年版，第1页。

以及其他国家开花结果;三是用堂吉诃德的故事做教材。这个愿望的实现更是理所当然——不讲《堂吉诃德》的单位又怎能叫"西班牙语文学院"?

《堂吉诃德》的字面意义可以概括为"一个骑士小说迷的三次奇幻游侠";其时代意义可以概括为"用戏仿的方式张扬了人文主义精神";其象征意义可以概括为"这是每个时代都需要又都缺乏,每个时代都赞颂又嘲弄的'堂吉诃德精神'"。

第一节 一个骑士小说迷的三次奇幻游侠

话说在西班牙的拉·曼却,有一个不知名的村庄,住着一位破落的绅士,姓吉哈达。这位绅士快50岁了,身材瘦削,面貌清癯,体型像相声演员马三立,但体格又很强健,所以他大致属于肌肉版的马三立。他家里有一个40多岁的女管家,有一个不到20岁的外甥女,还有一个小伙子替他套马、除草,干点杂活。这位绅士喜欢打猎,更喜欢看骑士小说,以至于常常忘记自己还有打猎的爱好。也就是说,他真正的爱好只有一个,那就是看骑士小说:

> 且说这位绅士,一年到头闲的时候居多,闲来无事就埋头看骑士小说,看得爱不释手,津津有味,简直把打猎呀、甚至管理家产呀都忘个一干二净。他好奇心切,而且入迷很深,竟变卖了好几亩田去买书看,把能弄到手的骑士小说全搬回家。他最称赏名作家斐利西阿诺·台·西尔巴的作品,因为文笔讲究,会绕着弯儿打比方。①

这位绅士痴迷的骑士小说相当于现在的武侠小说。这位绅士最称赏的骑士小说家斐利西阿诺·台·西尔巴相当于如今的金庸或梁羽生。这位绅士对骑士小说的痴迷早已经超乎想象:一是他居然变卖好几亩田去买书看,这就有点发癫的迹象了;二是他毕竟是年近五十的成年人了,早已经过了做梦的年纪;三是他作为一个快50岁的成年人竟然相信骑士小说里

---

① [西班牙]塞万提斯:《堂吉诃德》(上),杨绛译,人民文学出版社1987年版,第1—2页。

写的都是真的，还照着小说的情节去演绎自己的人生。一个少年因为受金庸武侠小说的影响，抛弃学业，仗剑走天涯，或许还值得理解和同情，一个快50岁的老男人离家出走，说要去做一个路见不平一声吼，该出手时就出手的大侠，那肯定是疯了，至少别人会认为他疯了。但这位绅士却真的就这样做了：

> 长话短说，他沉浸在书里，每夜从黄昏读到黎明，每天从黎明读到黄昏。这样少睡觉，多读书，他脑汁枯竭，失去了理性。他满脑袋尽是书上读到的什么魔术呀、比武呀、打仗呀、挑战呀、创伤呀、情调呀、恋爱呀、痛苦呀等等荒诞无稽的事。他固执成见，深信他所读的那些荒唐故事都千真万确，是世界上最真实的信史……总之，他已经完全失去理性，天下疯子从没有像他那样想入非非的。他要去做个游侠骑士，披上盔甲，拿起兵器，骑马漫游世界，到各处去猎奇冒险，把书里那些游侠骑士的行事一一照办：他要消灭一切暴行，承当种种艰险，将来功成业就，就可以名传千古。他觉得一方面为自己扬名，一方面为国家效劳，这是美事，也是非做不可的事。①

有了"奇情异想"后，这位绅士接下来要付诸实践了。为此，他以中世纪的骑士小说、骑士文化作为礼仪教材，做了大量的有针对性的前期准备工作。

第一，他擦洗了祖传下来的一套生锈发霉的盔甲，但发现头盔上已经找不到具备防护功能的面罩。他别出心裁，用了一个星期的时间，将一张硬纸板装了上去，这样有了一顶至少形式上完整的骑士头盔。但用剑稍微试了一下，硬纸板就碎了一地，他只好改用铁皮，自以为够结实了，就没有再检验一次。

第二，他拉出家里的一匹老马。这匹马早已老态龙钟，疾病缠身，但好歹也是一匹马，再说也没有其他的马可以骑了。他用了四天时间给这匹老马起一个跟骑士身份匹配的显赫、响亮和高贵的名字：驽骍难得（Rocinante）。"驽"是指劣质的、跑不快的马；"骍"是指赤色的马；"难得"

---

① ［西班牙］塞万提斯：《堂吉诃德》（上），杨绛译，人民文学出版社1987年版，第2—3页。

是指很难找到这样的马。"驽骍"是客观事实，但"难得"只能是主观感受了。说关羽的赤兔马"难得"还可以理解，这匹正常情况下都要安乐死的"驽骍"为何也变得"难得"呢？只能说它的主人真的越来越进入"奇情异想"的幻觉世界了。

第三，他要给自己起一个中意的名字。在小说《历史的天空》中，主人公姜大牙在成长为八路军高级将领后，立刻改名为姜必达，只为了和自己的新身份相匹配。这位绅士，现在是骑士了，自然也要改名字。他本姓吉哈诺，感觉有点土气，就根据谐音，改为文雅一些的吉诃德，这类似于贾平娃改名为贾平凹。既然现在身份变得更高贵了，那么还需要在这个姓前面加一个通行的尊称"堂"（"堂"和"先生""阁下"等一样，是尊称，无实质含义），别人一听，就会立刻心生敬意。又考虑到骑士要将个人发展和社会进步紧密联系在一起，所以他又决定将自己家乡的地名"拉·曼却"附加在姓上，以为家乡增光添彩。就这样，他的新名字就新鲜出炉了：堂·吉诃德·台·拉·曼却（Don Quijote de la Mancha，其中"de"，是介词，翻译成"台"，无实质含义），意思就是，来自拉·曼却地区的、赫赫有名的吉诃德先生，这个名字，在这位绅士自己的心目中，差不多相对于佛山黄飞鸿、咏春叶问、武当张三丰、少林智空大师、峨眉灭绝师太一样，足以让听者肃然起敬了。

第四，他要找一个意中人。万事俱备，还欠一个意中人。在他看来，游侠骑士没有意中人，好比树没有叶子和果子，躯壳没有灵魂。这时他想到了自己一直暗恋的邻村托波索的姑娘阿尔东沙·罗任索。当然，根据骑士文化教材的教导，这个名字土得掉渣，需要改一改，于是，他决定称她为"杜尔西内娅·台尔·托波索"，这就有点将杨颖改名为 Anglebaby 的味道了。

做好了种种准备，堂吉诃德急不可耐就要去实行自己的游侠计划。在炎炎七月的一天早上，天还没有亮，他浑身披挂，骑上了驽骍难得，戴上了拼凑的头盔，挎上盾牌，拿起长枪，从院子的后门出去，到了郊外，开始了第一次离乡出行。第一次游侠过程中发生的奇闻异事，最重要的不外乎有以下三件。

一是自封骑士。等踏上旅程后，堂吉诃德才发现自己所做的种种充分准备依然百密一疏：自己还没有被封为骑士，导致整个游侠都名不正言不顺。但此时回去又来不及了，只要硬着头皮走下去，再见机行事。走了一整天,终于来到一家客店。在堂吉诃德的心目中,客店已经不再是客店,而是骑士们期待的城堡;在客店门口唠嗑的两个妓女不再是妓女,而是两位美貌的小姐或高贵的贵妇人;出来看热闹的店主不再是店主,而是尊贵的城堡主人。堂吉诃德决定借此宝贵的机会解决自己的身份认同问题:"我的先生,我知道您顶爽气;您既已答应,我就告诉您吧。我是个游侠骑士,一心要去周游世界,猎奇冒险,拯救苦难的人,尽我骑士的本分。我急要有个骑士的头衔,干这些事才名正言顺。所以我求您明天封我骑士的名号,多承您已经答应了。今晚我在您堡垒的小礼拜堂守夜,看护我的盔甲,明早呢,我已经说过,您就可以封我。"①

怀疑堂吉诃德脑筋有病的店主,一为了调戏他,二也担心他发什么神经,就答应了他这个无厘头的要求。店主对照一个随手拿来的账簿一边念念有词,一边举手在堂吉诃德颈窝上狠狠打一掌,接着又用堂吉诃德自己的剑在他肩膀上使劲拍一下,然后叫一个姑娘替堂吉诃德挂上剑……一套完整的仪式完成后,堂吉诃德就急不可待地离开店主,正式以骑士身份踏上了游侠之路。

二是解救小男孩。路过一个树林的时候,堂吉诃德发现树上绑着一个15岁左右的男孩子,上身被脱得精光,正在那里哭喊,旁边有一个粗壮的农夫拿着一条皮腰带在狠狠地抽他。农夫说这个男孩是他的佣人,在看管羊群的时候不上心丢了一只。小男孩则说是农夫抠门,想借此赖掉他的工钱。堂吉诃德站在弱势群体一方,"命令"农夫立刻放了小男孩,并马上支付小男孩九个月的工钱。得到农夫的口头承诺后,堂吉诃德一阵风似的跑了,读者也可以感受到他做了好事不留名的成就感和幸福感。但堂吉诃德前脚刚走,农夫后脚就把男孩重新绑在树上毒打了一顿。

三是单挑商人。堂吉诃德忽然遇到一大队人马,原来是一群商人。在堂吉诃德眼里,这群商人是一队游侠骑士,他觉得刚好可以借机模仿书中的一个情节,便紧握长枪,把盾牌遮在胸前,勒住马,立在路中央,傲然地说:"你们大家都得承认,普天下的美女,都比不上拉·曼却的女王、独一无二的杜尔西内娅·台尔·托波索!谁不承认,休想过去!"② 商人们停住脚步,看堂吉诃德的模样,认定他精神有问题,就调侃了他几句,还

---

① [西班牙] 塞万提斯:《堂吉诃德》(上),杨绛译,人民文学出版社1987年版,第12页。
② [西班牙] 塞万提斯:《堂吉诃德》(上),杨绛译,人民文学出版社1987年版,第21页。

第六章 《堂吉诃德》中的信仰人生

要堂吉诃德把他女神的画像拿出来给大家看看。堂吉诃德得寸进尺,向商人们提出了一较高下的请求,然后还真斜托着长枪,直奔一个他看不顺眼的商人而去,可惜那匹老得不行的驽骍难得腿脚不灵便,半路就被绊倒了。堂吉诃德重重摔在地上,滚得老远,嘴上还在碎碎念:"胆小鬼,不要跑!奴才,等着我!我的马把我摔倒了,不是我的错。"① 商人队伍中一个赶骡子的小伙子脾气不太好,忍不住上来将堂吉诃德一顿好打,还把他的长枪夺过来折做几段。幸运的是,堂吉诃德的一位老乡刚好路过,认出了他,便用原本驮麦子的驴将他驮回了家。堂吉诃德的第一次游侠到此正式结束。

家人为了保障堂吉诃德过正常人的生活,将他买的骑士小说全部一把火烧掉,还干脆把他书房的门用砖堵死。书虽然被烧掉了,可书里的精神却早已渗透进堂吉诃德的血液。在家里待了半个月后,堂吉诃德又准备第二次游侠了。这一次,为了旅途不孤单,他通过劝诱、许诺等方式,说服了同村的农夫桑丘·潘沙做自己的侍从。在一个夜晚,桑丘没有向老婆孩子告辞,堂吉诃德没有向管家和外甥女告辞,他们就悄然离开了村子。在第二次游侠过程中,他们制造的奇闻异事主要有以下七件。

一是和风车搏斗。在郊野,堂吉诃德远远望见了三四十架风车,尽管桑丘一再提醒他那些只是风车,可堂吉诃德依然把它们当作三十多个大得出奇的巨人,然后拍马冲了上去。他一枪插进了风车的叶片里,被风车连人带马给扫了出去,躺在地上动弹不得。

二是拦截两位修士。堂吉诃德遇到两位骑着骡子的修士,在他们后面跟随着一辆马车、四五位骑马的人和两个骡夫。堂吉诃德不管三七二十一,斜绰着长枪就冲过去,说要解救马车上被妖魔劫持的公主。一个修士被吓得滚下了骡子,另一个修士紧拍骡子落荒而逃。桑丘立刻上去要脱倒地修士的衣服,说这是堂吉诃德打了胜仗的战利品。两个骡夫过来推倒桑丘,还拔了他的胡子。

三是遭遇杨维斯人。堂吉诃德的坐骑驽骍难得因为发情,挑逗一群杨维斯搬运夫的母马,被这群杨维斯人痛打了一顿。堂吉诃德为给坐骑报仇,拔剑向杨维斯人冲去,桑丘也上去帮忙,结果却因敌众我寡被打倒了。桑丘将受伤的堂吉诃德放到自己的坐骑(驴子)背上,再把那匹老马

---

① [西班牙] 塞万提斯:《堂吉诃德》(上),杨绛译,人民文学出版社1987年版,第23页。

系在驴子后，牵着驴子的缰绳，狼狈地走了。

四是逃离客店。堂吉诃德因为受伤，住进了一家客店，临走时却拒绝付房费，理由是骑士住客店都是从不付账的："我确实知道，游侠骑士住了客店从来不出房钱，也不付别的账；我从没看见哪本书上讲到他们付钱。他们在外冒险，不分日夜和季节，或步行，或骑马，耐着饥渴寒暑，冲风冒雨，受尽折磨；他们这么辛苦，对他们不论多么殷勤款待只是合法的报酬，并且也是合情合理的。"① 店家把桑丘给扣下了，然后把他放到一块毯子的中央，四个人每人拽一只角，把他往空中仍，再接住，反反复复，搞了几百下。

五是冲杀羊群。堂吉诃德遇到两群羊，他死活当作两支军队，毫不犹豫地冲了过去。牧羊人喝也喝不住，只好拿出弹弓，把拳头大的石头向他弹去。一颗石头将他的肋骨打得陷进肉里去，又一颗石头打断了他三四颗板牙。

六是释放苦役犯。遇到一群苦役犯后，堂吉诃德一个一个耐心地询问他们变成苦役犯的缘由，然后决定履行骑士锄强救苦的职责，要求押解的官差释放他们。获救的犯人并不领情，将堂吉诃德当作头脑不清白的神经病，用石头将他砸了一顿，抢走了他披在铠甲上的袍子，还觉得"不过瘾"，又顺手剥走了桑丘的大氅，让桑丘只剩下贴身的衣裤。

七是送别桑丘。桑丘不愿意继续跟随堂吉诃德，希望能早点回家。堂吉诃德委托他给自己的意中人杜尔西内娅·台尔·托波索带一封信。为了给桑丘送别，堂吉诃德主动发了一次疯：迅速地脱掉裤子，只剩下一件衬衫，然后无缘无故地跳了两下，再倒立两次，倒立时，连不该露出的东西也让人看到了，桑丘实在不好意思看了，就骑马走了（因为他的驴子被人偷了）。

第二次游侠告一段落。堂吉诃德在睡梦中被理发师、神父等人放到一辆牛车上运回了家乡。牛车进村的时候，正是中午，又恰逢礼拜日，村里人都聚集在牛车经过的广场上。牛车来的时候，大家都涌上去看。

回家养好病后，堂吉诃德又开始了第三次，也是最后一次游侠。临行前，堂吉诃德的马开始嘶叫，桑丘的驴子开始放屁，他们觉得这是好兆

---

① ［西班牙］塞万提斯：《堂吉诃德》（上），杨绛译，人民文学出版社1987年版，第111页。

第六章 《堂吉诃德》中的信仰人生

头。桑丘的驴子放屁的声音高过堂吉诃德马的嘶叫声,因此,桑丘认为他运气应该在自己的主人之上。第三次游侠过程中,特别值得说一说的奇闻异事有以下三件。

一是挑战狮子。遇到一队人马在运送进贡给朝廷的狮子,堂吉诃德拦下车队,一定要和狮子打架。运送的人认为堂吉诃德疯了,桑丘却说:"他不是疯,是勇敢。"[1] 劝说无效后,运送的人只好打开笼,以满足堂吉诃德的心愿。可惜狮子不配合,掉转身子,把屁股朝着堂吉诃德,懒洋洋、慢吞吞地又在笼子里躺下了。运送人乘机说堂吉诃德好勇敢,连狮子都怕了。

二是桑丘做了海岛总督。公爵夫妇听闻了堂吉诃德和桑丘的故事,闲得发慌,想戏耍他们一下,就假模假样地任命桑丘为一座海岛(一座千人小城)的总督。桑丘一上任,就断了三个案子,其中一个尤为经典。话说一个妇人揪着一个猪贩子来告状,说猪贩子非礼了她。猪贩子则说是妇人主动献身,事后自己给了她一些钱,她因为嫌钱不够才反咬自己一口。桑丘让猪贩子将剩下的钱交给妇人。妇人离开后,桑丘又让猪贩子去追回来。妇人和猪贩子扭成一团,结果妇人全面占优,洋洋得意地说,就你这个体型,也想抢我的东西。桑丘讽刺妇人:"大姐啊,如果用你保住钱包的一半力气来保你自己的身体,赫剌克利斯也不能屈服你!"[2] 十天之后,公爵夫妇调戏桑丘的目标已经达到,桑丘的总督梦就此破灭。

三是遭遇白月骑士。堂吉诃德遇到白月骑士的挑战,与他决斗一番,被打败了。按照骑士规则,堂吉诃德需要回家休息一年,连剑都不能碰。这白月骑士原来是他的街坊参孙·加尔拉斯果学士所扮。街坊们看着堂吉诃德疯疯傻傻的,心里难受,就委托参孙扮作骑士,用骑士的规则哄他回家。堂吉诃德被打败后,他的第三次游侠到此结束。

回家不久,堂吉诃德就病入膏肓了。临死前,堂吉诃德的神志终于清醒,他明确告诉亲朋好友,自己是阿隆索·吉哈诺而不是堂吉诃德·台·拉·曼却。而他曾经深爱的骑士小说,现在看来都是荒谬、无聊、有害和令人讨厌的,他立下的遗嘱也明确写道:"我外甥女安东尼娅·吉哈娜如

---

[1] [西班牙] 塞万提斯:《堂吉诃德》(下),杨绛译,人民文学出版社1987年版,第101页。

[2] [西班牙] 塞万提斯:《堂吉诃德》(下),杨绛译,人民文学出版社1987年版,第294页。

要结婚，得嫁个从未读过骑士小说的人；如查明他读过，而我外甥女还要嫁他，并且真嫁了他，那么，我的全部财产她就得放弃，由执行人随意捐赠慈善机关。"①

第二节　疯癫背后的人文精神

塞万提斯和莎士比亚处在同一时代，他们自然都是人文主义作家的典范。与此相应，《堂吉诃德》和《哈姆莱特》一样，也被誉为体现人文主义的经典之作。那么，通过"一个骑士小说迷的三次奇幻游侠"，又能传递怎样的人文主义精神呢？这就需要进一步讨论小说所蕴含的时代意义。

应该说，这是一部包含了多重"讽刺"的小说。一是作者对堂吉诃德的讽刺，即作者说要借助对堂吉诃德的讽刺来讽刺骑士小说对人的毒害；二是桑丘对堂吉诃德的讽刺，即在一个现实、务实的农民眼里，神经兮兮的堂吉诃德是多么可笑；三是世人对堂吉诃德的讽刺，即在其他人眼里，堂吉诃德一直是一个标准的疯子；四是读者对堂吉诃德的讽刺，即从字面意义上看，堂吉诃德的三次奇幻游侠都证明他是个神经病，他的故事居然能成为文学经典，真是一个巨大的讽刺。五是对所有讽刺堂吉诃德的人的讽刺，即所有讽刺堂吉诃德的人，只看到了堂吉诃德的可怜、可悲之处，却没有看到他的可爱、可敬之处。当然，最后一种讽刺是建立在这样的基础之上：《堂吉诃德》的确是一部寓意深刻的文学经典，而非普通的通俗小说。

如果将《堂吉诃德》视为《哈姆莱特》一类的作品，那么，自然可以断定，这不是一部纯搞笑的小说，而是通过喜剧的形式来传递悲剧性的情怀，即堂吉诃德的疯癫只不过是一种艺术夸张，用时髦的话说，小说是通过对骑士小说的戏仿等方式表达了作者深沉的人文主义精神。因此，似乎从来没有正常过的堂吉诃德也可以理直气壮地借用唐伯虎的话提醒世人："别人笑我太疯癫，我笑他人看不穿。"

堂吉诃德的搞笑，一是源于他活在过去的世界中；二是源于他活在书

---

① ［西班牙］塞万提斯：《堂吉诃德》（下），杨绛译，人民文学出版社 1987 年版，第 484 页。

本的世界中；三是源于他活在想象的世界中；四是源于他活在自己的世界中。按照现在的、现世的、真实的和他人的标准，他才显得搞笑。但假如跳出现在的和现世的标准、真实的和他人的标准，走进他的生活，走进他的心灵，我们也会发现，他所做的事，尤其是他所说的话，不仅不搞笑，而且让人茅塞顿开和肃然起敬。

首先看他行为中隐喻的人文精神。蒋承勇认为，堂吉诃德种种看似荒诞的行为，正是作家借助"滑稽模仿"的方式，展示主人公身上的人文取向和"人"的观念。请看：

1. 堂吉诃德见一个15岁牧童被绑着挨打时便拔刀相救的故事，他那同情弱者的仁慈心怀表露无遗。

2. 堂吉诃德把风车当作凶恶的巨人，并与之搏斗的故事，隐喻了他敢于与强敌斗争，为民除害的斗争精神。

3. 堂吉诃德路遇乘车的贵妇和护送的修士，误以为是蒙面"大盗"劫持了公主，便杀将过去，打败了"大盗"。这表明了他锄强扶弱的侠义心肠。

4. 堂吉诃德把囚犯当作受害的骑士去营救，还说"人是天生自由的，把自由的人当作奴隶未免残酷"，体现出他对自由平等的向往。

5. 堂吉诃德把酒店盛酒的皮袋当作恶棍的脑袋胡乱砍杀，足见他的疾恶如仇，见义勇为。

6. 堂吉诃德视除暴安良、扶贫济弱为己任，他曾不断慨叹："世道人心一年不如一年，建立骑士道是为了扶助寡妇，救济孤儿和穷人。""老天爷特意叫我到这个世界上来实施我信奉的骑士道，履行我扶弱锄强的誓愿。"这里，堂吉诃德想建立的与其说是"骑士道"，不如说是《圣经》中耶稣描绘的末日审判后人人平等、自由幸福的彼岸天国。这虽然虚幻，但表达了人类最普遍、最美好、最崇高的理想。①

其次看他言谈中传递的人文主义精神。如果说堂吉诃德的行为由于荒诞不经，因而还需要借助一双慧眼去透过现象看本质，才能发现其背后的

---

① 蒋承勇：《西方文学"人"的母题研究》，华东师范大学出版社2018年版，第138—139页。

崇高，那么堂吉诃德的言谈则非常充分、明显地展示了他的人文主义情怀。

面对不肯一起坐下吃饭的桑丘，堂吉诃德说："桑丘，我要你和他们几位同席，坐在我旁边，和自己的主子不分彼此，同在一个盘儿里吃，一个杯子里喝。据说恋爱'使一切平等'，这话对游侠骑士道也同样适用。你由此可以看到游侠骑士道的好处，谁为它服务，不论职位，马上受到大家尊重。"① 堂吉诃德和桑丘虽然是主仆关系，但和中国式的主仆关系不一样，他们的主仆关系是契约型的，即在权利和义务上双方都是平等的。而堂吉诃德说这番话说明他在骨子里认为人与人之间在地位和人格上是平等的。

一个男青年爱上一个女青年，但对方不爱他，男青年殉情而死。众人纷纷谴责女青年薄情寡义。女青年为自己辩护道："我听说真正的爱情是专一的，并且应当出于自愿，不能强迫。我相信这是对的。"② 女青年还说，我天生长得好看，害你们不由自主地爱上我，可我也不能因为你们爱我，我也必须爱你们啊！再说，如果我长得丑，我可以埋怨你们不爱我吗？堂吉诃德对女青年的言行大为赞赏，他告诫那些刁难女青年的人说："像她这样洁身自好的，全世界独一无二；所有的好人都该敬重她，不该追她、逼她。"③ 堂吉诃德对女青年的力挺，说明他多么信奉自由，并且用实际行动捍卫着自由。

堂吉诃德的学问也令人惊叹。他将自己的学问定位为"游侠学"，在他看来，"游侠学"可以和诗学相媲美，甚至比诗学高出一等：

> 这门学问包罗万象，世界上所有的学问差不多都在里面了。干这一行的，该是个法学家，懂得公平分配公平交易的规则，使人人享有应得的权利。他该是个神学家，有人来请教，就能把自己信奉的基督教义讲解清楚。他该是个医学家，尤其是草药家，在荒山僻野能识别治伤的药草，因为他踪迹所至，往往是找不到人治伤的。他该是个天文学家，看了天象，就能知道一夜已经过了几小时，自己是在什么方位、什么地带。他应该精通数学，因为这门学问是处处都少不得的。

---

① ［西班牙］塞万提斯：《堂吉诃德》（上），杨绛译，人民文学出版社1987年版，第62页。
② ［西班牙］塞万提斯：《堂吉诃德》（上），杨绛译，人民文学出版社1987年版，第87页。
③ ［西班牙］塞万提斯：《堂吉诃德》（上），杨绛译，人民文学出版社1987年版，第89页。

第六章 《堂吉诃德》中的信仰人生

宗教和伦理所规定的道德，游侠骑士都该具备，这且不谈，先从小节说起。他该像"人鱼"尼古拉斯或尼古拉欧那样善于游泳（15世纪两位善于游泳的人，能长时间潜伏水里，相当于那时的孙杨——引者注）；该会钉马蹄铁和修理鞍辔。再说到大的方面吧：他该对上帝和意中人忠贞不贰；该心念纯洁，谈吐文雅，手笔慷慨，行为勇敢，碰到困难该坚韧，对穷人该仁慈；还有一点，他该坚持真理，不惜以性命捍卫。一个真正的游侠骑士，具有这许多大大小小的才能品德。他对这门游侠学，该学而能通，学而能用。①

堂吉诃德对知识的理解、敬重和推崇，以及他自身丰厚的学识，正是一个人文主义者应有的品质。堂吉诃德对桑丘讲的道理，完全是一位通情达理的智者和深谙生活之道的生活导师才能讲出来的，以至于小说的隐含作者都感叹："听了堂吉诃德的那一席话，谁不说他识见高明、志趣高尚呢？"②

1. 你首先得敬畏上帝，"畏惧上帝，智慧自生"。有智慧就不会做错事。
2. 你得观察自己，求自知之明；这是最难能可贵的。
3. 当了官应该宽严适中，小心谨慎，才免得人家嘀嘀咕咕说坏话；随你什么地位，都逃不了人家议论的。
4. 假如你一心向往美德，以品行高尚为荣，你就不必羡慕天生的贵人。血统是从上代传袭的，美德是自己培养的；美德有本身的价值，血统却没有。
5. 指甲得干净，别学人家养长指甲。
6. 不要松着腰带，邋邋遢遢；衣服不利索是精神萎靡的表现。
7. 别吃大蒜和葱头，免得人家闻到味道就知道你是乡下佬。
8. 不要睡懒觉，不和太阳一同起身就辜负了那一天。
9. 你千万不要追究别人的家世，至少不要比较别人的家世。一比

---

① ［西班牙］塞万提斯：《堂吉诃德》（下），杨绛译，人民文学出版社1987年版，第110—112页。

② ［西班牙］塞万提斯：《堂吉诃德》（下），杨绛译，人民文学出版社1987年版，第273页。

较，势必分个高下，比下去的就会恨你，你抬高的却不会谢你。①

10. 如果赢得子民爱戴，别的不说，有两件事必须做到。一是以礼待人；这话我已经跟你讲过。一是照顾大家丰衣足食，因为穷人最忧虑的是饥寒……你应该是好人的亲爸，坏人的后爹。②

11. 美有两种，灵魂的美和肉体的美。聪明、纯洁、正直、慷慨、温文有礼都是灵魂的美，相貌丑的人也可以具备的。如果不以貌取人，往往对相貌丑的也会倾心爱慕。③

综上所论，无论是言还是行，堂吉诃德都堪称人文主义者的典范。他身上直接或者间接体现的人文主义精神是丰富和充分的。当然，他身上的人文精神属于文艺复兴后期的人文精神，换言之，文艺复兴前期人文主义精神的两个标志性特征——尊重自然原欲和张扬个性主义，在他的身上呈现得并不明显："这个人文主义者的'理想人物'身上表现出来的'人'的观念，主要并不倾向于古希腊—罗马文化传统，而是倾向于中世纪传统：在堂吉诃德身上，几乎没有前期人文主义作品中人物的那种对自然生命欲望的强烈追求和个性主义色彩。"或者说，"在堂吉诃德身上，我们看到的不是古希腊式个性坦露、原欲冲动的英雄，而是希伯来式充满忧患意识、满怀基督之爱的救世者"④。

或许，在《堂吉诃德》中，能够体现文艺复兴前期人文主义精神的是桑丘，一个执着于现实利益，追求世俗享乐的现实主义者和功利主义者。但是，考虑到堂吉诃德才是小说真正的主角，尤其考虑到桑丘最终被堂吉诃德的精神所折服，我们就有理由相信，堂吉诃德身上所散发的人文光辉才是《堂吉诃德》真正的人文意蕴所在。

---

① ［西班牙］塞万提斯：《堂吉诃德》（下），杨绛译，人民文学出版社1987年版，第270—275页。
② ［西班牙］塞万提斯：《堂吉诃德》（下），杨绛译，人民文学出版社1987年版，第335—336页。
③ ［西班牙］塞万提斯：《堂吉诃德》（下），杨绛译，人民文学出版社1987年版，第379页。
④ 蒋承勇：《西方文学"人"的母题研究》，华东师范大学出版社2018年版，第135、140页。

第三节　信仰的旗帜不可轻易放倒

对于《堂吉诃德》的象征意义，有识之士早已有所察觉："我们每个人心里都有一个堂吉诃德和一个桑丘，我们在听他们说话，而甚至是在桑丘说服了我们的时候，我们应该钦佩的还是堂吉诃德。"① 周作人认为，《堂吉诃德》"其书能使幼者笑，使壮者思，使老者哭，外滑稽而内严肃也"②。唐弢在《吉诃德颂》中认为，堂吉诃德这样的人，"不仅出现在书本里，同时也活在每一个时代，每一个国家里，历史正是靠着吉诃德先生们的存在而进展的。勇往直前，不屈不挠，这是吉诃德先生的特质，他挟着的是公理，打着的是不平，然而不免于认错目标，铸成笑料，然而他的态度是严肃的"③。俄国作家屠格涅夫（Turgenev，1818—1883）在一次演讲中说道："我说过，我感到《堂吉诃德》与《哈姆莱特》的同时出现是值得注意的。我觉得这两个典型体现着人类天性中的两个根本对立的特征，就是人类天性赖以旋转的轴的两极。我觉得，所有的人都或多或少地属于这两个典型中的一个，我们几乎每一个人或者接近堂吉诃德，或者接近哈姆莱特。"④

从象征意义上讲，《堂吉诃德》其实是超过了《哈姆莱特》的，因为"堂吉诃德式"已经成为一种语言表达，而目前并没有太多"哈姆莱特式"的表达，这说明，"堂吉诃德"身上的特性更具有穿越时空的抽象性、普遍性和概括性。而换言之，堂吉诃德身上那种无法适应现实同时又超越现实的理想主义精神，被人们概括为"堂吉诃德式"，从这个角度看，屠格涅夫是一位真正读懂和理解了堂吉诃德"荒诞行为"的人：

---

① ［法］阿纳托尔·法郎士：《苔依丝》（上），吴岳添译，漓江出版社1987年版，第89—90页。《苔依丝》（上）内收《波纳尔的罪行》和《苔依丝》两部长篇小说，这段引文实际出自《波纳尔的罪行》而非《苔依丝》。

② 周作人：《欧洲文学史》，岳麓书社2010年版，第127页。

③ 唐弢：《吉诃德颂》，载《唐弢杂文集》，生活·读书·新知三联书店1984年版，第414—415页。

④ ［俄］屠格涅夫：《哈姆莱特与堂吉诃德》，尹锡康译，载陈众议选编《塞万提斯研究文集》，译林出版社2014年版，第18页。

> 我再重复一遍：堂吉诃德本身表现了甚么呢？首先是表现了信仰，对某种永恒的不可动摇的事物的信仰，对真理的信仰，简言之，对超出个别人物之外的真理的信仰，这真理不能轻易获得，它要求虔诚的皈依和牺牲，但经由永恒的皈依和牺牲的力量是能够获得的。堂吉诃德全身心浸透着对理想的忠诚，为了理想他准备承受种种艰难困苦，准备牺牲自己的生命。他之所以珍视自己的生命，就是因为生命能作为他在世界上实现理想、确立真理与正义的手段。有人说，这个理想是他的心神错乱的想象从骑士小说的幻想世界里吸取来的。我同意这点，堂吉诃德的喜剧的一面也就在这里，然而理想本身仍然保持着完美无疵的纯洁。为自己而生活，关心自己——堂吉诃德会感到这是可耻的。他完全把自己置之度外（如果可以这样说的话），他活着是为了别人，为了自己的弟兄，为了除恶，为了反抗敌视人类的势力——巫师、巨人——即是反抗压迫者。在他身上没有自私自利的痕迹，他不关心自己，他整个儿都充满了自我牺牲精神——请珍重这个词吧！他有信仰，强烈地信仰着而毫无反悔。①

在屠格涅夫看来，堂吉诃德是一个有信仰的人。由此我们可以相信："判断一个人有没有信仰，标准不是看他是否信奉某一宗教或某一主义，唯一的标准是在精神追求上是否有真诚的态度。一个有这样的真诚态度的人，不论他是虔诚的基督徒、佛教徒，还是苏格拉底式的无神论者，或尼采式的虚无主义者，都可视为真正有信仰的人。他们的共同之处是，都相信人生中有超出世俗利益的精神目标，它比生命更重要，是人生中最重要的东西，值得为之活着和献身。他们的差异仅是外在的，他们都是精神上的圣徒，在寻找和守护同一个东西，那使人类高贵、伟大、神圣的东西，他们的寻找和守护便证明了这种东西的存在。"② 像堂吉诃德这类以可笑的方式呈现其可敬的信仰的人，可以称之为堂吉诃德式的人。

堂吉诃德式的人第一个特征是目标高尚而遥远，所以他们是可敬的。面对牧羊人，堂吉诃德感叹道："世道人心，一年不如一年了。建立骑士道就是为了保障女人的安全，保护童女，扶助寡妇，救济孤儿和穷人。各

---

① ［俄］屠格涅夫：《哈姆莱特与堂吉诃德》，尹锡康译，载陈众议选编《塞万提斯研究文集》，译林出版社2014年版，第19页。

② 周国平：《人生哲思录》，上海辞书出版社2011年版，第379页。

位牧羊的大哥啊,我就是干这一行的。"① 面对桑丘,堂吉诃德袒露心声:"桑丘朋友,你该知道,天叫我生在这个铁的时代,是要我恢复金子的时代,一般人所谓黄金时代。各种奇事险遇、丰功伟绩,都是特地留给我的。我再跟你说一遍,我是有使命的。我要光复圆桌骑士、法兰西十二武士和世界九大英豪的事业。"② 这几番话说明堂吉诃德的观念是多么纯净,动机是多么高尚。

堂吉诃德式的人第二个特征是缺乏,或者暂时缺乏,或者给人感觉永远缺乏实现高尚而遥远目标的可能性,所以常常是"可笑的"。堂吉诃德所处的时代并非骑士时代,骑士道也不复存在。况且他本人只是一个破落的绅士,连贵族都算不上,又穷又没有地位,所以他说那样高尚的话,树立那样宏大的目标多少显得搞笑。如果他是王子哈姆莱特,恐怕就没有人说他吃地沟油的命操天下百姓的心了。这好比有些普通教师,平时不谈教书育人,做好本职工作,却整天将拯救天下苍生挂在嘴上,肯定会招致一番嘲讽:"吹牛皮不要交税吗?""得了吧,你是谁啊?!""拯救天下苍生?你先考虑怎么拯救自己吧!"可是,他们的梦想真的是拯救天下苍生啊?为什么就没有人相信呢?这样的例子比比皆是。在成名之前,尼采无疑被视为堂吉诃德一样可笑、可怜的人:"尼采生前遭到的更多是冷遇。这位以著述为生命的思想家,不得不一再自费出版他的著作,并且只售出极其可怜的数目。他的别具一格的著作《查拉图斯特拉如是说》,在今天几乎是尽人皆知的了,可是在当时却差不多无人置理。"③ 在"走红"之前,卡夫卡无疑像尼采一样,被视为堂吉诃德一样可笑、可怜的人。卡夫卡生前几乎默默无闻,他的作品只有极少数是在他生前发表的。他的第一部小说集《观察》第一版共印了 800 册,5 年后还有一大半积压在仓库里。卡夫卡自己说,在布拉格的一家著名的书店里,这本书几年来共售出了 11 册书,其中 10 册很容易找到买主,因为是他自己买的,不过,他一直想知道究竟是谁买走了那第 11 册?④

堂吉诃德式的人第三个特征是明明看不到希望,被所有人嘲笑,却依

---

① [西班牙]塞万提斯:《堂吉诃德》(上),杨绛译,人民文学出版社 1987 年版,第 64 页。
② [西班牙]塞万提斯:《堂吉诃德》(上),杨绛译,人民文学出版社 1987 年版,第 132 页。
③ 周国平:《尼采——在世纪的转折点上》,译林出版社 2012 年版,第 19 页。
④ 参见曾艳兵《卡夫卡研究》,商务印书馆 2009 年版,第 4 页。

然执着地活在自己的世界中,按照既定的目标去努力,哪怕碰得鼻青脸肿,也从不心灰意冷,这就让他们显得"可悲",也让少数真正懂他们的人更加感到他们的"可敬"。实际上,小说中的桑丘,一个比较世俗和庸俗的功利主义者,在与堂吉诃德长期相处的过程中,最终也多少对堂吉诃德的情怀和气质表达了由衷的钦佩。而他在担任海岛总督期间兢兢业业地履职,两袖清风地离开,骄傲地说:"我上任没带一文钱,卸任也没带走一文钱。"① 这些说明他已经忘记了"升官发财"的初心,在品行上越来越接近他曾经嘲弄的堂吉诃德了。这大概就是信仰的力量。有信仰的人,可能行为比较怪异而遭到误解和嘲笑,但与他们相处久了,就会包容、理解,乃至敬佩和模仿他们:"堂吉诃德式的纯洁,善良,真诚,热情,和谐……这一切都叫人神往,叫人渴望的。可这些在现实中却是脆弱、易逝的,至少是无法遏止住人性的虚伪,阴暗,险恶的。它们永恒地存在于乌托邦中,存在于圣母那里,那就得让它们永恒、完整地保存在那里,使之成为一种神圣的阳光,照亮现实深渊,照亮人性残缺。"②

堂吉诃德式的人第四个特征是"成功者"少、"失败者"多。所谓"成功者",就是他们行动的效果最终获得了大众、世俗的认可,这个时候,他们就不再是小丑或疯子,而是可敬的、励志的英雄和天才。他们追寻目标过程中所呈现的所有可笑的场景都会被视为英雄和天才应该具有的特性。所谓"失败者",就是他们行动的效果看不见、摸不着,也没有最终获得大众、世俗的认可,这样,他们就像小说中的堂吉诃德一样,永远被视为可怜、可笑的小丑和疯子。

堂吉诃德被尊敬也好,被嘲弄也好,都隐喻了一种比较普遍的现象:疯子不一定是天才,但天才往往以疯子的形式存在,即人们常言的"天才在左,疯子在右";小丑不一定是英雄,但英雄往往以小丑的形式存在。天才也只有被确认为天才后,才不会被当作普通意义上的疯子;英雄也只有被确认为英雄后,才不会被当作一般意义上的小丑。如果天才始终没有被确认为天才,他人一定永远将他当作普通意义上的疯子,如果英雄始终没有被确认为英雄,他人一定永远将他当作一般意义上的小丑。堂吉诃德

---

① [西班牙] 塞万提斯:《堂吉诃德》(下),杨绛译,人民文学出版社1987年版,第349页。

② 钱理群:《丰富的痛苦——堂吉诃德与哈姆莱特的东移》,时代文艺出版社1993年版,第332页。

属于没有被确认的天才和英雄，所以书中的其他人始终认为他是普通意义上的疯子和一般意义上的小丑。如果堂吉诃德像尼采、卡夫卡、马云等人一样，其改变世界的动机获得世俗的认可了，其改变世界的效果看得见和摸得着了，那么，人们就会感叹："天才都是寂寞的，英雄都是孤独的，以前我们都误解堂吉诃德了，惭愧，惭愧！"

有人将堂吉诃德和中国的阿Q相提并论，说他们都是滑稽、荒唐的精神胜利者。两个人物身上的确有诸多相似之处，但是又有本质区别。阿Q的可笑、可怜和可悲是他自身真的可笑、可怜和可悲，他是一个纯悲剧的人物，是国民性中精神胜利法的化身，是一个完全受批判的对象，而堂吉诃德的形象则是反讽的，他之所以可笑、可怜和可悲，是因为没有人理解他的纯真、高尚和执着，所以，作者干脆夸张他的行为和观念，将之喜剧化。也就是说，可悲的不是他，而是那些无法懂得他灵魂的同时代人。塞万提斯对他没有冷嘲热讽，有的只是发自内心的喜爱和敬重。简言之，阿Q身上更多体现的是"悲哀"，堂吉诃德身上更多体现的是"悲壮"。

《堂吉诃德》是一部喜剧，喜剧其实比悲剧更悲剧。古希腊喜剧之王阿里斯托芬说："我要当着雅典人在喜剧里谈论政事，要知道喜剧也知道是非曲直……他会不断地在喜剧里发扬真理，支持正义。他要给你们许多教训，把你们引上幸福之路……"① 没有人怀疑阿里斯托芬的喜剧在滑稽可笑的背后，隐含着严肃而深沉的情感。同样的道理，我们在目睹堂吉诃德一次次可笑、可怜的表演后，也无法不为之热泪盈眶，肃然起敬。我们可以不做堂吉诃德，但也不要歧视堂吉诃德。堂吉诃德前半生默默无闻、碌碌无为，在50岁的时候，突然萌发了行侠仗义、惩强除恶的念头。是的，以他的身份、地位、年龄、装备、身手和经济条件，确实和百姓期待的大侠有一段距离。可是，武侠的真正精神在于"侠义"而不在于"武艺"。面对世界的不公，道义的缺失，那些比堂吉诃德年轻力壮、装备精良、武艺高强的同时代人却当起了缩头乌龟，只求自保，不问世事，而一个原本安享晚年的老人却站了出来，岂不是证明世人无比的窝囊，堂吉诃德无比的勇敢？

50岁的堂吉诃德告别过去的务实却毫无追求的人生，为自己找到了一个宏大无比的人生目标。人们误解他，嘲笑他，是因为觉得他没有必要这

---

① 李江、于闽梅：《世界戏剧史话》，国际文化出版公司2000年版，第23页。

样做,更没有能力这样做。但是,他想到做到,完全"游自己的侠,让别人去说吧"。想一想,在我们的人生路上,当面对他人怀疑的眼光、冷漠的表情、嘲弄的话语时,我们有多少次停止或者延缓了对自己理想的追求?所谓目标,所谓理想,不正是难以完成和企及的价值诉求吗?如果个人或者人类时刻盯着脚下的土地,而不抬头望一望天空,生命还有希望吗?

在堂吉诃德的三次游侠中,没有成功,只有失败。屡败屡战者和再接再厉者相比,哪一个更忠诚于自己的理想?倘若知道自己一定会成功,那么愿意真心付出的人自然会更多。可是明明难以看到希望,却依然激情澎湃,毫不犹豫地朝着既定目标无畏前进的人不更值得我们珍惜吗。那个骑着瘦马、挥着长矛和风车搏斗的老人显得那么搞笑和孤独。可是,他面对自己眼中的邪恶,却"路见不平一声吼,该出手时就出手",他的坚韧、坚毅和坚强又让人折服。我们见过倔强的,没有见过这么倔强的。在今天这个时代,真正树立某种坚定的理想已经很不容易,能够做到不屈不挠、不顾后果地追寻理想则更为艰难。因此,不论堂吉诃德的理想是否不切实际,不论他实现理想的过程是否顺利,结果是否理想,他的精神和操守都是难能可贵的。

在历史或现实中,有多少堂吉诃德式的人受到了我们的嘲笑?我们自以为自己很聪明,很识时务,很理解和顺应这个社会;我们还懂得明哲保身,小心翼翼地经营好自己在世俗世界的一亩三分地;我们自己缺乏超脱和远大的目标并为自己舒适的生活感到心满意足,于是我们开始学会鄙视那些有着"不切实际追求"和坚定信仰的人。我们嘲笑过有点卑微乃至有点"猥琐"地推销"中国黄页"的马云吗?我们嘲笑过刚刚坐牢出来,75岁又开始创业的褚时健吗?我们嘲笑过整天在家练歌,不务正业的农民朱之文吗?我们嘲笑过只有1米49身高却一心想当奥运冠军的邓亚萍吗?我们嘲笑过身边那些从不申请课题、奖励、荣誉的"失败者"吗?

是的,我们曾经嘲笑过他们。现在之所以不嘲笑了,是因为他们获得世俗意义上的成功。如果他们没有成功呢?我们依然还在嘲笑着那些现在乃至未来都不会成功的堂吉诃德们。一直被嘲笑,这就是堂吉诃德式的人为他们坚守信仰所付出的代价,或许他们早预料到了,或许他们根本不在乎。堂吉诃德说:"世界上多半认为游侠骑士是从来没有的;要他们知道游侠骑士确实古今都有,得上帝通灵显圣,开了他们的心窍才行……游侠骑士在古代多么有用，在现代多么急需。可是这个年头儿，可怜的世人只知道偷懒享乐了。"①

哲学家傅佩荣认为："人可以分为身（Body）、心（Mind）、灵（Soul, Spirit）三个层次。一个人的年龄、外貌属于身的层面，可以被人直接看到而了解；一个人的内心想法、情感偏好和价值选择属于心的层面，可以通过交谈而了解；一个人的灵的层面，即精神的层面，却不易为他人所知。有些人明知会失败，却义无反顾；有些学生考试屡屡受挫，却坚持用功；有些老年人身体状态不好，却精神矍铄，展现出卓越的人生态度：支持这些人的动力正是来源于灵（精神）的层面。"② 信仰显然属于"灵"的层面。在一个精致的利己主义者横行的时代，在一个信仰缺失的年代，在一个精神萎靡的时代，难道我们不需要堂吉诃德式的人吗？至少我们需要呼唤堂吉诃德的某些精神吧！好在对于人类而言，真正的信仰者不会因为遭遇嘲笑而止步，人类的发展史也证明，信仰的旗帜不可轻易放倒："信仰是内心的光，它照亮了一个人的人生之路。没有信仰的人犹如在黑暗中行路，不辨方向，没有目标，随波逐流，活一辈子也只是浑浑噩噩。"③

---

① ［西班牙］塞万提斯：《堂吉诃德》（下），杨绛译，人民文学出版社1987年版，第112页。
② 傅佩荣：《哲学与人生》，北京联合出版公司2019年版，第5页。
③ 周国平：《我喜欢生命本来的样子》，作家出版社2017年版，第132页。

第七章

《十日谈》中的情爱人生

如果说《神曲》是"神曲",那么《十日谈》就是"人曲"。的确,阅读《神曲》的过程是压抑和沉重的,阅读《十日谈》的过程则是愉悦和轻松的,甚至还能不时发出"我懂,你也懂"的笑声。

放在今天开放和开明的大环境中来看,《十日谈》里面对"性爱"的描绘只能算"小儿科",估计一般的年轻人对它也没有多少期待。但在某些特别的时代,《十日谈》算得上有点"污"的作品,有误导和"毒害"青年的嫌疑,以至于传入中国后,还经历了不少波折和磨难:

> 在谈及《十日谈》在中国命运坎坷、屡屡遭禁、遭删时,方平先生动了感情。他谈到:关于《十日谈》列入"外国文学名著丛书"是出全本还是出选本,曾请示中宣部,负责人同意出,但只能出选本,怕全本"贻误青年"。中央领导同志关于"序言"还提了一个意见:已删去的故事在"序言"中不应出现,所以"序言"中也删去了关于第三天第十个故事的评述内容。对此,方平有保留意见。"对《十日谈》,我相信,我比中央领导同志高明。"讲台上的方平渐渐激动起来:"有领导人说:'《十日谈》不是一本好书',我说,'搞政治,我不懂;搞《十日谈》,你不懂!'"清晰记得,方平先生此言一出,教室内一片寂然,但每个人心鼓咚咚,都忽然蒸腾起对一位刚直的读书人、学者、知识分子的一片敬意。①

我在课堂上讲完《十日谈》,有同学在课下便兴致勃勃去读了此书。

---

① 作从巨:《忆方平先生的"愤怒"》,《文学自由谈》2009 年第 4 期。

有位同学给我发短信分享读后感:"很黄很暴力。"比如方平先生特意提到的第三天第十个故事就是一个代表。由此我们就会产生这样一个疑问:这么一部内容似乎庸俗甚至低俗,在技巧上也谈不上高超的小说为何能够迈入"西方文学经典"的行列呢?

第一节 故事之前的故事

从字面意义上看,《十日谈》讲述的是七女三男十位青年在乡下躲避瘟疫的过程中,为了打发无聊的时光,每天每人讲一个故事,10天里共讲了 100 个故事的故事。

其实,这 100 个故事只能算是故事中的故事,或者说,在这 100 个故事之前,小说中还有一个故事。话说 1348 年,"意大利最美丽的城市,出类拔萃的佛罗伦萨,竟发生了一场要命的瘟疫"①。程巍先生说:"毫无疑问,大规模的传染性流行病不仅是一个医学事件,而且被当作是一个文学事件,一个道德事件,一个政治事件,此外,还是一个经济事件。"② 很显然,1348 年的那场大瘟疫被当成了一个文学事件。

1348 年的那场大瘟疫,在欧洲历史上扮演着举足轻重的作用:"引人注目的是,我们称之为'中世纪'的那段历史时期,刚好开始和结束于欧洲所经历的仅有的两次鼠疫大流行。"③ 换言之,欧洲的"中世纪"开始于第一次鼠疫大流行,即"查士丁尼鼠疫"④,结束于第二次鼠疫大流行——即《十日谈》中记录和描述的那场"黑死病"。黑死病席卷了整个欧洲之后,"人们对死亡人数的估计从 2500 万至 4000 万不等。很有可能,

---

① [意大利] 薄伽丘:《十日谈》,王永年译,人民文学出版社 1994 年版,第 7 页。
② 程巍:《疾病的隐喻·译者卷首语》,上海译文出版社 2003 年版,第 3 页。
③ [美] 亨利·欧内斯特·西格里斯特:《疾病与人类文明》,秦传安译,中央编译出版社 2016 年版,第 141 页。
④ "查士丁尼鼠疫"因爆发于查士丁尼统治期间而得名。395 年,曾经盛极一时的罗马帝国分裂为东西两部分。东罗马由于建都拜占庭(君士坦丁堡),故又名拜占庭帝国。6 世纪时,拜占庭帝国皇帝查士丁尼决定重新统一罗马,再现昔日帝国的辉煌,于是开展了一系列成功的军事行动。在前景一片大好之时,他的梦想却被一场突袭而来的鼠疫拦腰斩断。这场鼠疫全面爆发于 542 年春季,使君士坦丁堡 40% 的城市居民死亡。它还继续肆虐了半个世纪,直到 1/4 的罗马人口死于鼠疫。这次鼠疫引起的饥荒和内乱彻底粉碎了查士丁尼的雄心,也使东罗马帝国元气大伤,走向崩溃。

欧洲损失了其全部人口的1/4到1/3。佛罗伦萨损失了6万居民,斯特拉斯堡是16000,帕多瓦是2/3,威尼斯是3/4。20万个村庄和农场被扫荡一空"①。

在这次大瘟疫中,就国家而言,意大利受灾最为严重;就城市而言,薄伽丘的故乡佛罗伦萨受灾最为严重。薄伽丘亲眼看见了黑死病超强的传染性:"一个病死的穷人的破烂衣服给扔到马路上,有两头猪过来用鼻子拱拱,习惯地用牙齿叼起,过不多久,就像吃了毒药一样抽搐起来,双双倒在那堆破衣服上死了。"② 黑死病由此造成的破坏性和心理恐慌,《十日谈》也有比较详细的描绘:

> 市民中间形成了一种大家共同遵守的风气:一发现哪家有死人,就和一些能找到的搬运夫从死者家里把尸体搬出来,放在门口。那并不是出于对死者的怜悯,而是考虑到尸体腐烂对他们自己有损害。第二天早晨,街上行人会看到许许多多尸体。然后运来棺材,棺材不够,往往就把尸体搁在木板上。有时一口棺材塞进两三具尸体。一对夫妇、父子或者两三个弟兄的尸体盛在一口棺材里的情况屡见不鲜。更常见的是,两个教士举着一个十字架送葬时,半路上会有掘墓人抬着两三口棺材加入行列。教士们原以为是给一个死者送葬,事实上却是六七个、七八个。没有人为死者流泪、点蜡烛或者守灵,当时死人的事太平常了,正如今天死了一头山羊谁都不当一回事。③

短短四个月间,佛罗伦萨城据说死了10万人以上,有不少家庭是死光死绝,一个不剩,甚至一些很健壮的人,早晨还同亲友伙伴一起用点心,晚上却和他们的祖先一起在另一个世界共进晚餐了。正当城里的人大批死亡,十室九空的时候,有七个年轻女郎,最大的不过28岁,最小的不到18岁,决定离开佛罗伦萨,逃难到乡下。她们又觉得只有七个女人在一起还是不行,最好有男士做伴更有安全感。正说着,三个男青年走进教堂。

---

① [美]亨利·欧内斯特·西格里斯特:《疾病与人类文明》,秦传安译,中央编译出版社2016年版,第145页。
② [意大利]薄伽丘:《十日谈》,王永年译,人民文学出版社1994年版,第8页。
③ [意大利]薄伽丘:《十日谈》,王永年译,人民文学出版社1994年版,第11页。

第七章 《十日谈》中的情爱人生

第二天，星期三，天刚破晓，女郎们带着几个侍女，男青年们带着三个侍从，来到了乡下的别墅。在此后的十天中，这十个人在小范围内暂时建立起一个新的社会，在这个新的社会里，他们轮流当国王或王后，或者说，在这个暂时建构起的小世界中，他们恢复了外部世界那种国王—臣民—仆役的社会等级和秩序。为了让时光过得更愉快一些，他们约定每天每人讲一个自己喜爱的故事给其他人听，也就是说，《十日谈》是收录了100个短小故事的"故事集"（其中73个是情爱故事）。他们所讲述的故事彻底拆解了外部世界的伦理和道德规范。

第二节 情爱描写的批判意义

《十日谈》里其实有两种故事，一种故事是十位青年男女为了逃避瘟疫，在乡下别墅里待了十天相互讲故事的故事，而这个故事构成了小说的字面意义。另一种故事就是这十个人在十天里讲的100个故事，这100个故事可谓是"故事中的故事"，并且构成了小说的时代意义。

《十日谈》中的100个故事，因为绝大部分和男女之情有关，甚至和男女之间的性有关，所以多属于情爱故事而非爱情故事。这些有点俗不可耐的情爱故事怎么就成了法国名著和世界经典？要回答这个问题，就必须联系《十日谈》的诞生背景及它嘲弄的对象来谈。

在中世纪，基督教已经渐渐站稳了脚跟，教会也随即取得了统治权。人们常说，权力导致腐败，绝对的权力导致绝对的腐败，天主教会曾经以坚定的信仰和崇高的道德成功地抵御了罗马帝国的残酷压制，但当它控制了社会权力以后，也不可避免地堕落和腐败下去，成为中世纪社会最黑暗和最腐败的场所。从理论上说，教会人员至少要信守两大誓言：贫穷和贞洁，但对于教会来说，"事实上怎样"和"应该怎样"已经完全是两回事情了。

首先看他们对贫穷的真实态度。有人喊着此生甘于贫穷的口号加入修道院，着实让人感动一番。殊不知，当时的修道院已经是最大的庄园主，就像现在的不少寺庙一样，是利润和福利最好的单位之一。因此，那些进入修道院的人不仅不会成为穷人，反而会成为比较有钱的人。更夸张的是，修道院渐渐成了一个生财有道的公司，只不过它们买卖的是灵魂。比如很多神职人员会利用自己掌握着普通信徒灵魂上天堂的钥匙的特权，私底下从事灵魂与钱财之间的肮脏交易，即在每一次秘密的忏悔活动中，只要你肯给一个合适的价钱，他就能保证你的灵魂上天堂，这也像如今的不少寺院，游客在抽签时如果多给香火钱，它们就给游客上好的签。我老家附近有一座"竹林寺"，有一次，一个游客抽签时少给了几块钱，就被值班的和尚骂得狗血喷头。作为出家人，他们对金钱如此在意，哪还有出家人的样子？

除了僧侣的私人行为，修道院还会以集体的名义赚钱，比如他们公开发行"赎罪券"，这就是告诉普通信徒，一个人犯了罪不要紧，多买点教会发行的"股票"就可以减轻乃至消除你的罪孽。再比如，他们捣鼓出许多"圣徒遗物"——干尸、耶稣生前睡过的稻草、沾有耶稣血的海绵、耶稣最后的晚餐时用过的桌子，耶稣在耶路撒冷时骑过的驴子的腿、上帝造人时用剩的泥土等等，然后把这些拿来拍卖，生意火爆得不行。打个比方，如果有人高价拍卖张国荣和迈克尔·杰克逊的遗物，歌迷们会不买账吗？总之，你只要有足够多的钱，就可以放心大胆地堕落了，再也无须担心灵魂将来进不了天国。

其次看他们对贞洁的真实态度。按照罗马天主教的规定，神职人员是不可以结婚的，因为耶稣终生未娶，保罗、彼得等使徒也是如此。中世纪大多数神职人员就像如今的不少明星一样，为了不让追随者失望，就在名义上一直保持着单身状态，但他们在暗地里却采取一些灵活变通的方式（比如"隐婚"），既享受了男欢女爱，又保持住了未婚的好名声。当然也有一些浪漫的神职人员弄假成真，或者终于被"媒体"给暴露了出来。比如 11 世纪的教皇本尼狄克九世，为了和一位热恋的女子结婚，主动辞去了教皇的职位。但是本尼狄克九世并不傻，他在辞职之前，将教皇的职位高价卖给了后继者。在中世纪的教会，淫乱的情况其实非常普遍，既然如此，那么神职人员关于贞洁的誓言和他们的淫乱行为之间就出现了强烈的反差和严重的分裂。

从绝对意义上说，中世纪神职人员的腐败水平是比较低的，因为当时的经济状况非常糟糕，物质条件简陋，和富庶的罗马无法相提并论。在这种贫困简陋的环境中，一个人再怎么腐败也达不到如今贪官污吏的水平，这就好比一个一辈子生活在西北黄土高坡的老农民，所谓腐败行为也不过是多吃几碗羊肉泡馍罢了。同样，在中世纪，一个神父的腐败行为不过就

第七章 《十日谈》中的情爱人生

是从信徒那里骗个几块钱或者有了几个情妇。但由于神父的特殊身份，由于他们嘴上说的和实际上做的完全相反，所以问题就比较严重了：表面上他道貌岸然，否则没有人尊重他和相信他，暗地里，他也有一副血肉之躯，也有七情六欲，也像常人那样去满足这些欲望。这样一来，矛盾就发生了：他们的身份要求他不食人间烟火，可是他们的情欲却使他欲罢不能，偷偷摸摸地做了不少违反教义之事。

尽管中世纪神职人员的堕落程度和罗马人无法相提并论，但由于他们的言行不一，由于他们的虚伪做作，由于他们的道貌岸然和偷鸡摸狗之间的强烈反差，导致人们对他们的堕落更加深恶痛绝。常言道：你可以选择做圣人也可以选择做俗人，但你不能选择让大家像崇奉圣人一样崇拜你，还要像宽宥俗人一样原谅你；只想要权利不想要约束的是恶霸，只想要享受不想尽义务是流氓！因此，《十日谈》对神职人员种种"恶心"言行的描绘便构成旗帜鲜明的嘲讽。

一是嘲讽天主教会的腐败堕落。以第一天第二个故事为例。一位基督教徒劝说自己的好友犹太人亚伯拉罕信奉基督教。亚伯拉罕决定去罗马考察一下再做决定。在罗马期间，他细心观察教皇、红衣主教、大主教、主教和所有神职人员的所作所为，发现这帮人个个淫乱好色——不仅喜欢女人，还喜欢男人。他们不仅好色，还贪吃，像是没有理性的动物。他们还爱财如命，什么都能用金钱来交易。回来后，亚伯拉罕告诉自己的朋友：

> 那里简直叫人莫名其妙！我不妨告诉你，如果我没有搞错，我在那里根本没有看到什么圣洁、虔诚、慈善、模范的生活，或者称得上教士的人。我在各处看到的仿佛只有淫乱、贪婪、饕餮、欺诈、妒忌、傲慢，甚至还有更丑恶的现象（如果世上还有更丑恶的现象的话），以致我觉得那里不是一个神圣的温床，而是罪恶的策源地。照说你们的大大小小的带路人原应是基督教的基础和支柱，可是依我看，他们殚精竭虑，把聪明才智都用于搞垮基督教，想把它从世界上抹掉。①

正当我们以为朋友对他的劝说彻底失败时，亚伯兰罕却话锋一转，大

---
① ［意大利］薄伽丘：《十日谈》，王永年译，人民文学出版社1994年版，第32页。

意是说，你看天主教会的人员从上到下都这么腐烂，基督教不仅没有消失，反而不断发扬光大，这就说明基督教多么的神圣正宗，所以我要公开宣布加入基督教。这种剧情的大反转也恰好说明，薄伽丘讽刺的是基督教的代言人天主教会而不是基督教本身。

二是嘲讽天主教会的禁欲主义。"欲望无罪，偷情有理"，这是《十日谈》的两大基本逻辑。第四天正式讲故事之前，作者先安排了一个垫场故事。说富人菲利波在妻子过世后，万念俱灰，散尽家财，带着儿子上山修行去了。转眼之间，儿子18岁了，菲利波带着他到佛罗伦萨逛街，遇到一群年轻美丽、打扮入时的姑娘。儿子立刻问父亲那是什么。父亲让儿子赶紧低头，说那些是坏东西。儿子又问坏东西叫什么名字，父亲不想儿子产生什么欲念，就说那是母鹅。从未见过女人的儿子却说："我不懂你说的话，也不明白那怎么是坏东西。我只觉得我从没有见过这么美丽、这么可爱的东西。比你给我看过多次的图画上的天使美丽多了。求你想想办法弄一个母鹅回去，由我来喂。"① 这时父亲才明白，"自然的力量压倒了他的才智"。

自然的力量不仅压倒了这个孩子的才智，也压倒了天天宣称"世上只有一种爱，那就是对上帝的爱"的天主教会。第九天第二个故事是这样说的：修女伊莎贝塔偷情时，被人发现并告知了修道院院长。院长匆忙赶去捉奸。之所以是"匆忙"去的，是因为她本人也正和神父在床上鬼混。慌乱中，院长将神父的短裤当作头巾戴在了头上。院长当着众修女的面痛斥伊莎贝塔干了最可恨、最见不得人的丑事，败坏了修道院圣洁高尚的名声，必须严惩不贷。伊莎贝塔又羞愧又害怕，无意中一抬头，看到了院长头上的短裤，立刻提醒她："院长，天主保佑，你先把头巾整整好，爱怎么骂我再骂吧。"院长是个明白人，摸了一下头后，立刻改口说："要抵制肉欲的冲动是不可能的，但是应该像她以前那样谨慎从事，大家不妨尽可能去找快活。"② 这样，伊莎贝塔回到了情人怀抱，院长回去和神父继续睡觉，没有情人的修女们也各显神通，在悄悄地寻找属于自己的艳遇。

《十日谈》里还有很多类似的故事都是在提出一个疑问：为什么在以禁欲著称的修道院里会发生这么多纵欲的故事呢？我们需要揭示和面对这

---

① ［意大利］薄伽丘：《十日谈》，王永年译，人民文学出版社1994年版，第202页。
② ［意大利］薄伽丘：《十日谈》，王永年译，人民文学出版社1994年版，第460页。

样的事实：虽然基督教会一直鼓吹从这个世界铲除不自然的爱，所有的教徒都奉行禁欲，但是，不自然的爱却时常发生在修道院里，教士的乱伦盛行不衰，甚至堕落到不如凡夫俗子的地步。这恰恰说明，过分地压抑人的自然本能，就意味着加强它，而且是在病态的形式加强它，因为希望的力量和压抑的力量是成正比发展的。众多文学大师用自己讲述的故事印证了这一真理。薄伽丘的《十日谈》、狄德罗的《修女》、雨果的《巴黎圣母院》、霍桑的《红字》、福楼拜的《圣安东尼的诱惑》等都蕴含着相似的伦理主题：人性在神性的压迫下产生病变或异化；神性在人性面前，表面上多么高尚、圣洁、强硬，可是一旦发生病变或异化，那骨子里又是多么卑鄙、虚伪和脆弱。

三是热情讴歌爱情。这是从另一个角度来强化对禁欲主义的嘲讽。小说中这样歌颂爱情："爱情啊，你给我带来欢乐，我在你的烈焰中感到幸福。"①"爱情啊，她明亮的眼睛，多么美丽，使我成了你和她的奴隶。"②第五天第一个故事非常典型，因为它讲述了一个傻子"被爱情的箭贯穿，在极短的时间里开了窍"的神奇故事。有一个小伙子，因为又傻又痴，别人给他起了个侮辱性质的外号"奇莫内"，即"牲畜"的意思。有一天，在乡下小树林里，奇莫内遇到一个千娇百媚的少女睡在泉水旁边的草地上，她的衣服纤薄，美妙的肌体隐约可见。见到此情此景，"他突然从一个莽汉变成了一个懂得美的鉴赏家"③，然后在很短的时间里不仅学会了穿衣打扮，而且成了一个文武双全的学问家。

应该说，《十日谈》张扬的是文艺复兴早期那种奔放、热烈、泼辣的人文主义精神，即侧重肯定和歌颂人的自然欲望，尤其是男女之间的情爱和性爱。用文艺复兴早期人文主义精神另一位杰出代表彼特拉克的话说，《十日谈》的主旨就是宣扬"我不想变成上帝，或者居住在永恒中，或者把天地抱在怀抱里。属于人的那种光荣对我就够了。这是我所祈求的一切，我自己就是凡人，我只求凡人的幸福"④。凡人的幸福就是大多数普通人希望拥有、应该拥有和能够拥有的幸福，而这便包括性爱、爱情。诚如

---

① ［意大利］薄伽丘：《十日谈》，王永年译，人民文学出版社1994年版，第451页。
② ［意大利］薄伽丘：《十日谈》，王永年译，人民文学出版社1994年版，第307页。
③ ［意大利］薄伽丘：《十日谈》，王永年译，人民文学出版社1994年版，第257页。
④ 北京大学西语系资料组编：《从文艺复兴到十九世纪资产阶级文学家艺术家有关人道主义人性论言论选辑》，商务印书馆1973年版，第11页。

戴建业所言："一生既没有爱过别人，又没有被别人爱过，这是一种残缺不幸的人生，任何事业也不能弥补爱情的残缺。"①

第三节 灾难面前的人性裸露

《十日谈》由于过于通俗，多少缺乏其他西方文学经典那样的哲学意义。但它毕竟还算是西方文学经典，所以它的哲学意义在客观上一定是存在的，至少我们主观上认为它是存在的，并且还能找出来和说出来：

> 谈到《十日谈》的意义，人们通常认为主要体现在两个方面：第一，作者歌颂个性解放，热情讴歌青年男女的真诚爱情；第二，反对禁欲主义，对天主教会的荒淫无耻作了有力的批判和讽刺。《十日谈》出版至今已有750多年了，当初作者反对的对象或者已经不复存在，或者早已势单力薄；而作者当年讴歌的对象业已发展甚至膨胀到了有过之而无不及，几乎成为现代青年生活的核心原则和处世准则。教会的权威早已不复存在，真正的强者从来无所求助于上帝，甚至连仅仅作为旗号也不需要。而个性解放早已成为当下的一种时髦，男女的爱情已经变得陈腐，早已失去了新鲜刺激的意味。在这种背景下，《十日谈》还有意义吗？或曰：《十日谈》还有多少意义？②

《十日谈》超越字面意义和时代意义的象征意义就在于：灾难面前更显人性，而灾难面前的人性，又是通过人的不同选择来彰显的。小说刚好也有意或者无意中描写了佛罗伦萨的市民们，面对不期而至的大瘟疫所做出的不同选择。

第一种是明哲保身，自我隔离。这种选择意味着自己对生活的绝望，但也不给别人添麻烦："尽量远离病人和他们的物品，认为这一来可以保住健康。不少人认为生活有节制，避免一切过分的行为就能没灾没病。于是他们三五结伴，躲在自己家里和没有病人的地方，远离尘嚣。他们希望

---

① 戴建业：《你听懂了没有》，上海文艺出版社2019年版，第28页。
② 曾艳兵：《〈十日谈〉今义》，《世界文化》2013年第5期。

通过这种方式活得舒服些,有节制地享用美酒佳肴,凡事适可而止,不同任何人交谈,对外面的死亡或疾病的情况不闻不问,借音乐和其他力所能及的娱乐打发时光。"①

加缪在《鼠疫》的结尾处写道:"翻阅医书便可知道,鼠疫杆菌不会灭绝,也永远不会消亡,这种杆菌能在家具和内衣被褥中休眠几十年,在房间、地窖、箱子、手帕或废纸里耐心等待,也许会等到那么一天,鼠疫再次唤醒鼠群,大批派往一座幸福的城市里死去,给人带去灾难和教训。"②《十日谈》中记载的那场大瘟疫已经消失了,但是,新的瘟疫以新的形式或名称,又不断地袭击人类的生活。我们这代人记忆最深刻的两次大瘟疫,一次是2003年的SARS病毒,一次便是2020年的新型冠状病毒性肺炎。在新型冠状病毒性肺炎不期而至的时候,明哲保身,自我隔离成了大部分人的选择。这样做,既是保护自己,也是保护他人。像我本人,连续15天没有下楼。实在憋不住了,去校园里散步,遇到了特别熟悉的人,也离得远远的,不再像平时那样打招呼。而熟人也同样离我远远的,害怕我过去和他打招呼。

第二种是及时行乐,到处乱窜。这种选择意味着自己对生活的绝望,而且还给别人带来更深的绝望:"另一些人想法不同,他们说只有开怀吃喝,自我快活,尽量满足自己的欲望,纵情玩笑,才是对付疫病的灵丹妙方。他们说到做到,尽力付诸实践,日以继夜地从一家酒店转到另一家,肆无忌惮地纵酒狂欢,兴之所至,甚至闯进别人家里为所欲为。这一点很容易就能做到,因为大家活一天算一天,仿佛明天不过日子了,自己的产业都置之不顾,许多私人宅第似乎成了公共场所,外人只要高兴,可以随便进入把它当成自己的家。他们横下一条心,飞扬跋扈,连病人见了他们也退避三舍。"③

在2020年新型冠状病毒性肺炎肆虐的时候,不少品德修养不够的人,就做出这种引起公愤的选择。比如被称为"郑州毒王"的郭某,在意大利成为欧洲疫情最严重的国家时,偷偷跑去意大利看球。到了意大利他发现无球可看,又转机回国。从意大利回国后,他没有在第一时间进行自我隔离,也没有向社区申报自己的境外行程,而是在第二天跑去上班了。社区

---

① [意大利] 薄伽丘:《十日谈》,王永年译,人民文学出版社1994年版,第8—9页。
② [法] 加缪:《鼠疫》,李玉民译,湖南文艺出版社2018年版,第281页。
③ [意大利] 薄伽丘:《十日谈》,王永年译,人民文学出版社1994年版,第9页。

工作人员打电话跟他核实情况，他和她的母亲均否认去过国外。直到被确诊患上了新型冠状病毒性肺炎，他才不得不承认事实。已经连续19天没有新增病例的郑州市不得不再次"全城禁闭"。郭某的行为被视为一个人祸害了一座城甚至一个省。再比如被称为"北京澳籍跑步女"的梁某，在北京居住期间，不按照规定居家隔离，硬要出去跑步，跑步时还不戴口罩。面对社区防疫人员的劝告，她不仅不听，还大喊"救命"和污蔑社区人员"性骚扰"。事情曝光后，该女子被自己的单位作了辞退处理。

第三种是采取折中的生活方式。这种选择意味着自己对生活依然充满信心，而且还显得比较小资情调："既不像第一种人那样与世隔绝，也不像第二种人那样大吃大喝，胡作非为，而是根据自己的胃口吃饱喝足。他们不是自我幽禁，而是手拿香花芳草或一些香料外出。他们不时闻闻这些芳香的东西，认为香气能提神醒脑，又能解掉充斥空中的尸体、病人和药物的恶臭。"① 在2020年新型冠状病毒性肺炎"囚禁"我们生活的时候，不少懂得生活的人苦中作乐，将枯寂的日子经营得有滋有味：有读书的、有看韩剧的、有钻研美食的、有陪小孩玩游戏的、有陪父母打麻将的、有在家里鱼缸里钓鱼的、有在家中客厅跑马拉松的、有数完一袋葡萄干发现一共有849个的……总之，中国人的乐观和幽默得到了充分的展示。

上述三种情况都是尚且健康的人所做的种种选择。而那些不幸染上瘟疫，暂时还没有失去生命的人，怀着"我不想死"的信念，选择毫无尊严地活着：

> 得病的男男女女数不胜数，他们别无他法，只得求助于为数极少的好心朋友，或者雇用贪心的仆人。由于伺候病人的工作条件恶劣，尽管工资极高，仍不容易找到佣人，即使找到，往往也是一些笨手笨脚、从未干过这一行的男女。这些佣人干不了什么事，只会根据病人的要求递些东西或者给病人送终。料理后事的差事常常得不偿失，挣了大钱而误了性命。病人既然得不到街坊亲友的照顾，佣人又那么难找，于是出现了一种前所未闻的做法，就是一个女人不论以前多么文雅、俊俏、高贵，病倒后会毫无顾忌地招聘一个男佣人，不管他年纪老少，并且只要病情需要，会毫不害羞地像在另一个女人面前那样露

---

① ［意大利］薄伽丘：《十日谈》，王永年译，人民文学出版社1994年版，第9页。

出自己身体的任何部位。①

　　城里愁风惨雾，近郊和乡村并不因此而能逃过浩劫（且不说小城堡，那里的惨状和城里相差无几）。乡间分散的小村子里，穷苦的农民和他们的家属缺医少药，更没有佣人照顾，日日夜夜都有人像牲口那样死在家里、路上和田野。他们也像城市居民一样寻欢作乐，自暴自弃，荒废了农活和田地，每天都在等死似的不再理会牲畜、土地和自己辛勤劳动的成果，过一天算一天，只顾把现有的东西吃光用光。②

整体而言，这场看起来无法阻挡的瘟疫不仅让城市陷入深重的苦难，让法律瓦解，让天条失效，让一切成型的社会秩序崩溃，也让一切固有的伦理道德沦丧，人性的自私、冷漠和甚至邪恶暴露无遗："事实是许多得病的人分散在各处，他们健康时是善于养生的榜样，得病之后遭到舍弃，孤零零地奄奄待毙。且不说大家相互回避，街坊邻居互不照应，即使亲戚之间也不相往来，或者难得探望。瘟疫把大家吓坏了，以致兄弟、姐妹、叔侄甚至夫妻都不照顾。最严重而难以置信的是父母尽量不照顾看望儿女，仿佛他们不是自己的亲生骨肉。"③ 这段描绘，显然很好地佐证了苏珊·桑塔格（Susan Sontag, 1933—2004）一个"多么痛的领悟"："任何一种被作为神秘之物加以对待并确实令人大感恐怖的疾病，即使事实上不具有传染性，也会被认为在道德上具有传染性。因此，数量惊人的癌症患者发现他们的亲戚朋友在回避自己，而自己的家人则把自己当作消毒的对象，倒好像癌症和结核病一样是传染病。与患有一种被认为是神秘的恶疾的人打交道，那感觉简直就像是一种过错；或者更糟，是对禁忌的冒犯。"④

新型冠状病毒性肺炎也一度被视为"在道德上具有传染性"的一种疾病，导致在很长时间中，身处疫情中心的武汉人被视为妖魔鬼怪，导致本是受害者的湖北人处处遭受冷眼，遭到嫌弃，有人开车下不了高速，有人出差住不了宾馆，有人出差买不到车票。就算不是处于疫情中心的居民，

---

① ［意大利］薄伽丘：《十日谈》，王永年译，人民文学出版社1994年版，第9—10页。
② ［意大利］薄伽丘：《十日谈》，王永年译，人民文学出版社1994年版，第11页。
③ ［意大利］薄伽丘：《十日谈》，王永年译，人民文学出版社1994年版，第9—10页。
④ ［美］苏珊·桑塔格：《疾病的隐喻》，程巍译，上海译文出版社2003年版，第7页。

也因为莫名的恐慌而变得相互提防和彼此猜疑:"一连数天你不需要见任何人,任何人也不见你;你不和任何人说话,也没有任何人与你说话。下楼去校园转转,很少看见人,看见人也相隔远远的。一旦人与人迎面相遇,很远就有一位自觉地转弯走上了另外一条路。谁能相信对方身上不带病毒呢?正如对方怎能相信你身上没有病毒呢?"①

瘟疫时期的人情淡薄迫使佛罗伦萨依然健康活着的十位青年贵族男女做出自己的选择。他们在做出选择之前,很清楚一点,保存和维持自己的生命是每个人生而有之的本能,甚至有时候为了维持自己的生命而导致别人的死亡也不犯法。这十位青年男女虽然没有做出高尚的选择,但也没有做出卑劣的选择,即他们一方面想让自己活下去,另一方面也没有做违法犯罪和败坏社会伦理的坏事,他们只想着逃离极不安全的城市,逃到乡下安全系数高一点的别墅里,过明哲保身,同时还有点舒服的日子:

> 我们大家在乡间都有几处别墅,不如搬到乡下去住,过清心寡欲的日子,在不超越理性的范围之内,随自己的兴致宴饮欢娱。在乡间,听到的是禽鸟啾鸣,看到的是青山绿水,田里的庄稼像海浪似的起伏,各种各样的树木千姿百态,寥廓的天空如今虽然带着哀愁,并没有失去它永恒的壮丽。乡间的一切赏心悦目,远不是我们这座萧索的空城可比。再说,乡间的空气也清新得多,在当前这种日子里,所需的东西比城里丰富,揪心的事情却比城里少。②

小说中的十位男女离开佛罗伦萨十五天。换作平时,十五天真的很短,但在那样的环境下,十五天又真的很长。那么,这看起来既短暂又漫长的十五天该如何轻松愉快地度过呢?他们的选择看起来很丰富:一是"随意转悠",欣赏别墅周边的美景,包括花园、草坪等;二是唱着歌曲;三是"开怀吃喝";四是弹琴跳舞;五是睡觉;六是下棋。这六种生活,加在一起算是丰富多彩,可是却不足以保证他们过上想要的快乐生活。那是什么神奇的东西支撑他们愉快地度过这十五天呢?答案就是听故事:

---

① 曾艳兵:《"地洞式"写作》,《中国图书评论》2020年第3期。
② [意大利]薄伽丘:《十日谈》,王永年译,人民文学出版社1994年版,第14页。

第七章 《十日谈》中的情爱人生

你们看到了,太阳还很高,暑气熏蒸,除了橄榄树上的蝉鸣以外,听不到别的声音,这时刻到什么地方去玩显然都是愚蠢的。这里凉快舒服。你们看到了,还有棋盘棋子,谁高兴可以下棋消遣。不过,依我看,这一天之中最闷热的时刻还是不下棋为好,因为下棋有输有赢,输家会感到懊丧,赢家和观棋的人也不见得特别快活。我认为不如讲故事,只有一个人讲,其余的人都能得到消遣。①

如果说这十位青年男女选择去乡间别墅,见证了"保命"是人的本性之一,那么他们在乡间别墅里选择"讲故事"作为最核心的娱乐方式,则说明"听故事"是人类的另一个本性。可以说,如果没有故事,他们在乡间别墅肯定待不了十天就会返回危机四伏的城市。在被新型冠状病毒性肺炎"囚禁"的那段艰难岁月中,我同样选择了在家里"自我隔离"——我和我的朋友没有乡下别墅,所以不能像小说中的人一样,在这家乡下别墅住几天,又在那家乡下别墅住几天。在家里"自我隔离"期间,我尝试了各种娱乐方式,比如在网上下象棋、打麻将等,但支撑我度过几十天而没有疯掉的方式正是读故事,包括读完了《十日谈》。

《十日谈》里所描绘的灾难面前的人性远远没有现实中的丰富。在新型冠状病毒性肺炎面前,人们做出或高尚或卑劣的选择,而大部分人做出既不高尚又不低劣的选择——用待在家里不给国家添乱的方式给国家做贡献。在大家百无聊赖的日子中,两个著名知识分子当年在瘟疫期间的选择在微信朋友圈等自媒体广为传播,抚慰着高校师生有些惊慌失措的情绪。

一个是牛顿的故事,主要激励着理工科的师生。话说1665年伦敦爆发大规模大鼠疫,超过8万人因此失去生命,这相当于当时伦敦人口的1/5。剑桥三一学院被迫停课,作为学生的牛顿被迫回家自我隔离。在躲避瘟疫的18个月时间中,牛顿在好几个领域都做出划时代的贡献,从而成为划时代的大科学家。导师将这个故事编成段子发给自己的研究生,可谓意味深长。

另一个是普希金的故事,主要激励着文科的师生。1830年,普希金流放鲍尔金诺期间不幸碰上了霍乱。这场霍乱从波斯边界沿着高加索和伏尔加河蔓延开来:"许多村庄被封锁了,设立了检疫站,村口设置了岗哨,

---

① [意大利] 薄伽丘:《十日谈》,王永年译,人民文学出版社1994年版,第19页。

腾出许多房子作病房"①,"鲍尔金诺同首都和省城的交通被防疫线切断了,只能靠谣传和报纸上只言片语的报道来了解外界情况"②。10月初,普希金听说霍乱传到莫斯科,10月末,他又接到妻子冈察洛娃从莫斯科寄来的信件。由于担心妻子的安危,普希金几次企图冲出关卡和检疫站,希望回到莫斯科和妻子一起分担焦虑,但都被防疫工作人员给挡回去了。他还被告知,回莫斯科要经过5个隔离区,每个隔离区必须隔离14天。普希金不得已退回乡村。在那段被霍乱"囚禁"的日子里,普希金嘲笑过政府在防疫工作中的不作为,还给农民讲解如何防止霍乱,但依然时时觉得无聊透顶,好在他是大作家,有一种更好的方式来缓解焦虑,打发无聊,那就是创作。但他没有像方方一样,写什么"鲍尔金诺日记"。在被检疫站封锁的荒村中,普希金采取了一种更高级的写作方式,即创作了不少优秀的文学作品。这一段时间也因此被文学史称之为"鲍尔金诺的秋天"(又译作"波尔金诺的秋天")。

对肆虐横行瘟疫的畏怖,对无量谣诼的厌倦,对未婚妻身体健康和变心的忧虑,没有让普希金抑郁崩溃,枯坐终日,无所事事,反而激发出他的灵感与激情。困居鲍尔金诺短短三个月,他在所有的文学体裁中都有不小斩获。论写诗,普希金彼时已然名播四方,几近霸主。此时,他尝试写起小说,完成了《别尔金小说集》,含《射击》《大风雪》《棺材商人》《驿站长》《村姑小姐》五个短篇;戏剧写了四个小悲剧,《悭吝骑士》《莫扎特与莎莱里》《瘟疫流行时的宴会》《石雕客人》;他还完成了诗歌体长篇小说《叶甫盖尼·奥涅金》的最后两章,一首叙事长诗《科隆纳的小房子》、一首童话诗《神父和他的长工巴尔达的故事》,还有近30首抒情诗。③

在新型冠状病毒性肺炎"封锁"我生活的半年时间,我无法改变现实,但可以改变面对现实的态度和与现实相处的方式,于是便利用难得的独处时光,购买和翻阅了几百本书,撰写了6篇论文,完成了两部专著的写作。这也算我学术研究上的"羊牯塘的春天"吧。

---

① [苏]列·格罗斯曼:《普希金传》,王士燮译,黑龙江人民出版社1983年版,第387页。
② [苏]列·格罗斯曼:《普希金传》,王士燮译,黑龙江人民出版社1983年版,第390页。
③ 刘亚丁:《疫情中的普希金与波尔金诺之秋》,《中国民族博览》2020年第3期。

第八章

《巨人传》中的随性人生

文艺复兴时代有一个重要特征,就是有才能之人的才能特别的全面。用恩格斯的话说,"这是人类以往从来没有经历过的一次最伟大的、进步的变革,是一个需要巨人而且产生了巨人——在思维能力、热情和性格方面,在多才多艺和学识渊博方面的巨人的时代"①。也就是说,这是一个群星灿烂的时代,航海界有哥伦布、达伽马、麦哲伦;艺术界有达·芬奇、米开朗琪罗、拉斐尔、提香;思想界有莫尔、蒙田;科学界有哥白尼、伽利略、布鲁诺、笛卡尔;宗教界有马丁·路德;文学界有彼特拉克、薄伽丘、拉伯雷、塞万提斯和莎士比亚……

这些科学或文化巨星,要么擅长发现世界,要么擅长发现人,要么既擅长发现世界又擅长发现人,总之,他们至少在某一个领域造诣深厚,又能在其他领域取得非凡的成就。比如达·芬奇,以画家著名,但恩格斯称赞他"不仅是大画家,而且也是大数学家、力学家和工程师,他在物理学的各种不同分支中都有重要发现"②。英国著名科学史家丹皮尔盛赞"他是画家、雕塑家、工程师、建筑师、物理学家、生物学家、哲学家,而且在每一学科里他都登峰造极"③。针对这种天才和全才扎堆的现象,雅各布·布克哈特说得好:"十五世纪特别是一个多才多艺的人的世纪。没有一部传记不在书中主人公的主要成就之外,谈到他在其他方面的研究的,而这

---

① 恩格斯:《自然辩证法(摘录)》,《马克思恩格斯选集》第4卷,人民出版社1995年版,第261页。

② 恩格斯:《自然辩证法(摘录)》,《马克思恩格斯选集》第4卷,人民出版社1995年版,第262页。

③ [英]W.C.丹皮尔:《科学史及其与哲学和宗教的关系》,李珩译,商务印书馆1975年版,第163页。

些研究都超出了一般弄着玩玩的范围。"①

拉伯雷也是一位典型的文艺复兴时代的巨人，按照今天的眼光看，简直"不是人"。1530 年，拉伯雷进入医学院学习，只用了六个星期时间就拿到学士学位。毕业后工作了一段时间，又返回学校继续深造，于 1537 年获得了医学硕士学位，1539 年获得了医学博士学位。作为医生，拉伯雷的医术怎么样呢？他的同时代人说，他能够将死人从坟墓里救出来，让他们重返人间。除了精通医术，拉伯雷在很多领域都展示出炫目的才华："他不仅是一位名医，而且还是一位颇负盛名的人文主义学者。他学识渊博，多才多艺，有'天才之母'的美称。他对医学、数学、天文、地理、植物、音乐、考古、神学、哲学、法律、教育等都有较深的研究。他还是一位杰出的诗人，1524—1527 年，用法语写了一首百行长诗，堪称法国文艺复兴之'巨人'。"②

由于拉伯雷自身就是"巨人"，又生活在一个"巨人时代"，因此，他结合自身"巨人"身份、"巨人"经验和"巨人"心态，写出一部表现"巨人时代"主流气象和主流精神的书，并且取名为"巨人传"，也就水到渠成、理所当然了。《巨人传》是一部相当有趣的书，如果要概括它的情节，那么刘德华主演的一部电影的名字倒颇为贴切："大块头有大智慧"。

第一节　巨人"巨"在何处？

小说讲述了巨人家族三代巨人，即高朗古杰、高康大和庞大固埃的传奇故事。有心人发现了小说暗含着一个递进式的"阶梯结构"，颇为形象：

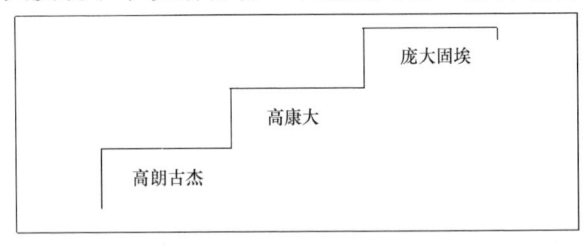

图 1　巨人家族三代的递进结构

---

① ［瑞士］雅各布·布克哈特：《意大利文艺复兴时期的文化》，何新译，商务印书馆 1981 年版，第 131 页。
② 吴泽义等编：《文艺复兴时代的巨人》，人民出版社 1988 年版，第 378—379 页。

形式中包含着内容。这个结构揭示了三代巨人一代比一代强悍、一代比一代优秀的事实。高朗古杰成年后,娶了蝴蝶国的公主嘉佳美丽为妻。嘉佳美丽不久便怀上了一个儿子,怀孕期长达十一个月之久。按照作者的理解,怀的越是精品怀的时间就会越长,如罗马神话中的海神尼普顿(希腊神话中的波塞冬)和水仙蒂绿生的那个孩子是怀满了一年才出世的。在怀孕期间,嘉佳美丽喜欢吃牛肠子,而且是那种特别肥的牛肠子。高朗古杰告诫老婆肠子可以吃,但不要吃太多,因为毕竟快到预产期了,而且谁多吃肠子就是想吃粪。可是嘉佳美丽的确是个大吃货,又是"肠子控",完全不顾丈夫的告诫,吃了相当于几火车皮的肠子,最后把自己的肠子都吃出来了。

孩子在高朗古杰大宴宾客的时候出生的。出生的方式很奇特:并非呱呱落地,而是从母亲的耳朵里钻出来的,并且还高喊着:"喝呀!喝呀!喝呀!"声音之大,整个城市的人都听到了。高朗古杰不禁说道:"好大的声音!"于是便给儿子取好了名字:高康大。为了平息孩子的喊叫,人们给他喝了很多烧酒。后来,这个小孩不高兴时,大人就喂他喝酒,一喝酒,他就眉开眼笑了。从3—5岁,高康大完全遵照父亲的指示,受到养育和管教。他和当地的一般小孩一样生活着,也就是说喝了吃,吃了睡;或者说,吃了睡,睡了喝;或者说,睡了喝,喝了睡。

到了学龄阶段,高朗古杰聘请了两位博学之士做高康大的家庭教师,却发现高康大越学越蠢。高朗古杰不得已将高康大送到巴黎求学。高康大骑着一匹高头大马来到巴黎,引来无数人围观,他决定送给巴黎市民一个见面礼,便撒了一泡尿,淹死了二十六万零四百一十八个男人(女人和小孩还没有计算在内),然后顺手把巴黎圣母院的大钟摘下来挂在马脖子上。在高康大求学期间,邻国列尔内一个卖烧饼的人和他们国家的人发生了冲突,列尔内的国王毕克罗寿以此为借口发动了战争。高朗古杰不得已应战,并且给儿子修书一封。高康大接到父亲的家书,立即启程回国,承担起保家卫国的责任。在修士约翰的帮助下,高康大打败了敌人,然后对着俘虏说出了一番八路军政委对俘虏才能说出来的话:

我不愿意改变我祖先的传统:善良精神,现在我赦免你们,释放你们,让你们和以前一样完全自由。另外,你们出城的时候,再发给你们每人三个月的饷银,使你们可以和家人团聚。我这里派马厩总管亚历山大带领六百名骑兵、八千名步兵，护送你们回去，不许乡下人欺侮你们。愿天主与你们同在！①

为了感谢约翰修士，高康大决定为他专门修建一座名为特来美的修道院。《巨人传》第一部《庞大固埃的父亲：巨人高康大骇人听闻的传记》到此结束。

《巨人传》第二部名为《渴人国国王庞大固埃传：还其本来面目并附惊人英勇事迹》。庞大固埃，即一切＋干渴之意。小说这样描写主人公庞大固埃的出生："高康大在他480再加44岁的那一年，他的妻子，乌托邦亚马乌罗提（乌托邦首都——引者注）国王的公主巴德贝克，生下了他的儿子庞大固埃。巴德贝克因生产送命，原因是孩子长得惊人地肥大，如果不把母亲憋死，就没法生下来。"②

庞大固埃的出生让高康大哭笑不得：妻子死了让他想哭，漂亮的儿子让他想笑。在婴儿时期，庞大固埃从摇篮里伸出一只手，把一头牛吃掉了4/5，连牛的内脏都吃了。那头牛拼命地喊救命，才被救出了另外的1/5。大人们怕庞大固埃再闯祸，就用四条铁链将他捆起来，但依然捆不住他那颗驿动的心。有一次，父亲养的一头熊跑出来舔庞大固埃的脸，我们以为他必死无疑，不料这个熊孩子轻松挣脱束缚，像撕小鸡一样，把这头熊撕得粉碎，还当场趁热吃掉了。长大后，庞大固埃去巴黎求学，收到父亲高康大的家书。这封家书可以称之为法国版的"傅雷家书"。在家书里，父亲嘱托庞大固埃在语言方面要学好希腊文、拉丁文、希伯来文；在文艺方面要继续学习几何、算术和音乐。父亲还嘱托他还学习医学、骑马、武术，认真研究大自然和培养各种美德。后来，庞大固埃认识了一生的好友——非常博学的流浪汉巴奴日。在巴奴日的陪伴下，庞大固埃征服了渴人国，成为这个国家的国王。

《巨人传》第三部名为《善良的庞大固埃英勇言行录》。当上渴人国国王后，庞大固埃开始将乌托邦的人口迁移过去。通过这项庞大的移民计划，九十八亿七千六百五十四万三千二百一十名乌托邦男人，以及数不清的妇女和儿童拿到了渴人国的居民身份证。庞大固埃任命巴奴日为渴人国

---

① ［法］拉伯雷：《巨人传》，成钰亭译，上海译文出版社1990年版，第187页。
② ［法］拉伯雷：《巨人传》，成钰亭译，上海译文出版社1990年版，第233页。

萨尔米贡丹的总督。功成名就后，巴奴日想到了结婚，因为新婚可以享受免服兵役的福利待遇。这其实是庞大固埃制定的一项新政：新婚男子可以不去打仗，以便让他们第一年尽情享受男欢女爱，尽情地生儿育女，传宗接代，这样第二年就算被打死了，他们的子女也可以替代他们从军。这项新政还有一个好处，就是可以检验出他们的妻子能不能生育，假如非常能生，改嫁时就可以嫁给想多要孩子的；如果不能生育，改嫁时就可以嫁给不要孩子只要她们美丽和能干活的男人。

结婚虽然有一些好处，但是巴奴日还是患有婚姻恐惧症。比如他担心结婚后会当"乌龟"（即妻子出轨），于是他向庞大固埃请教到底是结婚好还是不结婚好。庞大固埃告诉他，什么事情都可以给他人建议，唯独结婚这件事最好不要乱建议。最后他召集了一位神学家、一位医学家和一位法学家来共同商讨该不该结婚的问题。之所以邀请这三位，是因为人生在世离不开三样东西：灵魂、肉体和财产，而神学家负责灵魂，医学家负责肉体，法学家负责财产。遗憾的是，这三位行业专家还加上一位哲学家，最终也没有讨论出一个结果。

《巨人传》第四部依旧名为《善良的庞大固埃英勇言行录》。庞大固埃和巴奴日等人遵从高人的指点，率领船队出海寻找传说中的神瓶，因为据说那里面会有关于婚姻的答案。航行的前三天，庞大固埃他们都没有看见陆地和新鲜事物。第四天，看见了一座岛，名叫美当乌提岛，非常美丽，面积不小于加拿大。上岛后，正逢岛上举行集市，庞大固埃没有忘记给父亲买些礼物，因为他是个孝顺的儿子。第五天，巴奴日和一伙从灯笼国返回的生意人发生冲突，原因是商人丹德诺说他长得像乌龟，还自吹自擂说自己的老婆是方圆百里一朵花（哪壶不开提哪壶，巴奴日既没有结婚，更害怕结婚后当乌龟）。巴奴日为了报复，购买了商人的头羊，然后把这只头羊从船上赶到海里，其他的羊也追随着头羊跳到海里。丹德诺为了救羊，也掉进海里淹死了。接下来，他们还遇到过各种各样奇异的岛屿：

1. 无鼻岛。这个岛上的人都是亲近结婚，都长着奇形怪状的鼻子。
2. 和平岛。这是一座大岛，土地肥沃，经济富裕，人口众多。
3. 诉讼国。岛上的人喜欢打官司，却又不讲规矩，比较腐败。
4. 混沌岛和空虚岛。这个岛上各种类型的锅都被巨人给吃光了，导致他们没有锅可以做食物。
5. 长寿岛。一位上了年纪的老寿星邀请他们参观了岛屿，还和他们分享了长寿的秘诀。

6. 香肠人居住的岛屿。庞大固埃他们和香肠人爆发冲突,取得了胜利。

7. 反教皇岛。这个岛上的人以前既富裕又自由,自从被教皇管制后,就变得既穷又遭罪了。

8. 伪善岛。上面居住的都是伪君子。

《巨人传》第五部还是名为《善良的庞大固埃英勇言行录》。庞大固埃的冒险之旅还在继续。他们路过了钟鸣岛、铁器岛、骗人岛、愚人岛、皮桶岛、第五元素王国、道路岛、丝绸国、灯笼国,最后抵达神瓶所在的岛屿。他们在神瓶上看到了这样的预示:Trinch,意思是"喝",就是指引他们前往知识的源泉,研究人类和宇宙,理解物质世界和精神世界的奥秘,畅饮知识、畅饮真理、畅饮爱情。无论是神瓶,还是圣杯,都是生命意义的隐喻和象征。如果说维持和繁衍生命体现了人的动物性,那么寻求生命的意义则体现了人的神性,"也许,意义永远是不确定的。寻求生命的意义,所贵者不在意义本身,而在寻求,意义就寓于寻求的过程之中"[①]。

第二节 巨人因何而"巨"?

"巨人"的"巨"首先体现在体型;其次体现在思想。体型之"巨"是先天遗传的,思想之"巨"却是后天养成的,具体来说,来自于后天正确的教育。这就包含了两大人文主义思想:一是要重视教育;二是要重视正确的教育。

阿伦·布洛克将人文主义思想的特点归纳为三点。第一点,集中焦点在人的身上。如果说神学观点把人看成是神的秩序的一部分,科学观点把人看成是自然秩序的一部分,两者都不是以人为中心的,那么人文主义与此相反,集中焦点在人的身上。第二点,每个人在他或她自己的身上都是有价值的,其他一切价值的根源和人权的根源就是对此的尊重。这一尊重的基础是人的潜在能力,而且只有人才有这种潜在能力。第三点,始终对

[①] 周国平:《人与永恒》,黄山书社 2007 年版,第 1 页。

思想十分重视。① 人文主义思想的第二个特点进一步延伸和拓展为对教育的重视："人文主义的中心主题是人的潜在能力和创造能力。但是这种能力，包括塑造自己的能力，是潜伏的，需要唤醒，需要让它们表现出来，加以发展，而要达到这个目的的手段就是教育。人文主义者认为教育是把人从自然的状态中脱离出来发现他自己的 humanitas（人性）的过程。"②

以此为背景，就能惊喜地发现，《巨人传》是小说版的《大教学论》，而《大教学论》是教育版的《巨人传》，因为两者在教育思想上有着惊人的相通。《大教学论》的作者是夸美纽斯（Johann Amos Comenius，1592—1670）。在人们的印象中，文艺复兴时代的"巨人"不是来自意大利和英国，就是来自法国和西班牙。但文艺复兴在教育学领域的标志性人物夸美纽斯却是来自"出镜率"一直很低的捷克。

夸美纽斯，被人们尊称为"捷克文化之巨子""近代教育学之父""教育史上的哥白尼"。他是西方第一个试图建立分科教学法的教育家；他是西方最早在理论上阐述班级授课制的教育家；他是西方最早提倡设立国家督学的教育家。这些响当当的名号均源于夸美纽斯在教育学领域全方位的贡献：他的《大教学论》是西方第一本独立形态的教育学著作；他的《母育学校》是西方教育史上第一本系统论述学前教育的专著；他的《世界图解》是西方教育史上第一本附有插图的儿童百科全书。

夸美纽斯一生致力于梳理和总结文艺复兴时期以来的人文主义教育成果和教育经验，进而提出了一套系统的教育理论，其最有影响的著作无疑是1657年出版的《大教学论》。该书重申和强调了人文主义思想中重视教育的观念："我们已经知道，知识、德行与虔信的种子是天生在我们身上的，但是实际的知识、德行与虔信却没有这样给我们。这是应该从祈祷，从教育，从行动去取得的。有人说，人是一个'可教的动物'，这是一个不坏的定义。实际上，只有受过恰当教育之后，人才能成为一个人。"③ 为了说明教育对于人成为"人"的重要性，夸美纽斯讲了两个案例。

第一个案例。大约在1540年的时候，有一个名叫哈西阿（Hassia）的

---

① ［英］阿伦·布洛克：《西方人文主义传统》，董乐山译，生活·读书·新知三联书店1997年版，第233—235页。

② ［英］阿伦·布洛克：《西方人文主义传统》，董乐山译，生活·读书·新知三联书店1997年版，第45页。

③ ［捷克］夸美纽斯：《大学教学论》，傅任敢译，教育科学出版社1995年版，第22页。

村子,坐落在一座森林当中,村里有一个 3 岁的孩子由于父母的疏忽丢失了。过了几年,乡里人看见一只奇怪的动物和豺狼在一道奔跑,它和豺狼的形状不同,有四只脚,可是有一副人类的面孔。地方官叫农人们设法活捉它,把它带到方伯的官邸。到了官邸后,它躲在凳子下,凶狠地望着追赶的人,骇人地咆哮着。方伯给他教育,让他不断和人相处,受了这种影响,他的野蛮习惯才逐渐变得文明,开始用后脚走路,最后能够说话,行为更像一个人了。

第二个案例。1563 年法国发生过这样一件事:有些贵族外出打猎,他们打死了 12 只豺狼,最后,他们用网捉住了一只东西,这只东西像个裸体的孩子,大约 7 岁,皮肤是黄的,毛发是卷曲的,指甲弯曲得像鹰爪一样,不会说话,只会发出狂野的呼声。当他被带到堡邸的时候,他非常凶猛地挣扎,导致脚镣都不能安上去。但是饿过几天之后,他变得柔顺一些了,过了几个月,他开始说话了。他的主人把他带到好些城市去展览,挣了不少的钱。最后,一个贫苦的妇人承认他是她的儿子。

通过这两个案例,夸美纽斯进一步确认:"我们由此可以知道,凡是生而为人的人都有受教育的必要,因为他们既然是人,他们就不应当成为无理性的兽类,不应当变成死板的木头。并且由此可见,一个人愈是多受教导,他便愈能按照准确的比例胜过别人。"① 夸美纽斯的教育理念被理论界提炼为"泛智教育"。"泛智教育"的一个核心思想就是倡导教育对象的周全,即教育要面向一切对象。具体而言,教育的对象要不论身份(无论是富人还是穷人,无论是城里人还是乡下人);教育的对象要不论性别(无论是男人还是女人);教育的对象要不论智商(无论是天资聪颖还是天生愚笨);教育的对象要不论年龄(无论是儿童还是老人)。"泛智教育"的另一个核心思想就是倡导教育内容的周全。具体而言,教育的内容应该是"博学"(百科全书式的知识教育)、"德行"(道德教育)、"虔信"(宗教信仰教育)。周全的教育对象和周全的教育内容,即为"把一切事物教给一切人们",这是对"把《圣经》的内容教给少数僧侣"的中世纪经院教育的彻底颠覆。

《大教学论》对"教育"的重视以及对"正确的教育"的重视,其实在《巨人传》中已经有明显的体现。《巨人传》中对教育的重视从上一代

---

① [捷克]夸美纽斯:《大学教学论》,傅任敢译,教育科学出版社 1995 年版,第 25 页。

巨人给下一代巨人积极聘请家庭教师便可窥一斑。可怜天下父母心,高朗古杰就像今天的家长一样,在孩子出生不久,就一下子给他聘请了两位在当时家教界比较有名的家庭老师,其中一位还是博学的博士。遗憾的是,尽管高康大学习用心刻苦,把老师教的东西都学会了,却变得疯疯傻傻、呆头呆脑、昏昏沉沉和糊里糊涂,这就像柏拉图所言的那样,"教育"很重要,但"正确的教育"同样重要:"我们绝对不可以轻视教育的任何一个方面,因为教育是上苍恩赐给人类的最高幸福,最优秀的人所接受的恩赐最多。如果教育发生了错误的转向,我们都应当献出毕生精力来修正它。"①

高朗古杰及时发现了高康大受到了错误的教育,立刻就进行了"修正":炒了家庭教师的鱿鱼,然后将高康大送到巴黎求学。新老师包诺克拉特让高康大吃了一种特制的泻药,把他过去学的知识全部泻掉,然后让他开始系统地学习新的知识:数学、几何、天文、音乐、古琴、键琴、德国九孔笛、七弦琴和喇叭,以及骑马、板斧、长矛、短刀、跳跃、游泳、标枪、单杠、双杠、哑铃等等。总之,《巨人传》中传递的教育思想可以归纳为百科全书式的综合教育(素质教育),这种教育的特点有五:一是强调理论与实践相结合;二是追求文明其精神的同时还要野蛮其体魄;三是注重道德教育(包括热爱和平,反对侵略,保卫家乡等);四是寓教于乐,倡导快乐学习;五是注重教育规律,不拔苗助长。特别值得一提的是,第三代巨人庞大固埃不仅"读万卷书",还"行万里路",在海外冒险的过程中,阅尽天下奇闻异事,真正将理论与实践、书本与社会有机结合起来。

巨人们丰富的人文知识和探求未知世界的渴望,是文艺复兴时代文化精神的真实写照。通过"巨人"们的自信、乐观和无人企及的成就,我们可以窥见文艺复兴时代确实是人类的一个黄金时代,这个时代为那些真正有才华、有追求的人创造和提供了"出人头地"、实现梦想的广阔平台。我们知道,人常常生来就具有一些卓越不凡的禀赋,然而,这些禀赋还需要有一个发挥的机会才可以开花结果。历史上的那些文化或精神的萧条时期,人的实践活动和精神活动要么浪费在空虚无聊的琐事之上;要么遭到

---

① [古希腊]柏拉图:《法篇》,《柏拉图全集》第3卷,王晓朝译,人民出版社2003年版,第389—390页。

严酷的摧残和无情的破坏；要么得不到及时的发现和培育。但拉伯雷生活的时代，刚好是文化和精神上的希望时代，它开始冲破以出身为唯一标准的封建等级制度，借助教育和正确的教育等途径，为普通人发现、培养和展示自己的才能创造了广阔的舞台。所以说，生在那个时代是比较幸运的：英雄不问出处，只要你有足够的才能，只要你足够的努力，就可以过上想要的美好生活，而不会产生生不逢时的悲哀。

生活在文艺复兴时代的人是幸福的，尤其是那些有才华的"底层民众"更是如此。他们的幸福就在于可以看到人生的希望，并且凭借自己的才华赢得自己想要的美好生活。有才华的"底层民众"生活在今天的中国也是幸福的，因为他们可以看到希望，看到未来，可以凭借自己的奋斗过上好日子。但是，不是每一个时代都能为有才华的"底层民众"创造机会、提供平台。而生不逢时的悲剧显然是最让人沉痛和惋惜的悲剧之一。戴建业讲过，在大学停招的时代，他有一位非常有幽默天赋、适合当老师的老乡尹贵民，由于无法上大学而埋没了自己的幽默才华。尹贵民的故事读起来让人唏嘘不已，潸然泪下：

> 我家乡那个山村里，有一位叫尹贵民的老兄，他特别喜欢也特别擅长讲"笑话"，每次他讲笑话总是让我笑得肚子疼。他的举手投足无不滑稽，他的语言又极富幽默感。在我印象中，他的喜剧天才绝对超过赵本山、周立波之辈。赵本山的小品虽然很有幽默感，但都是别人事先帮他写好了台词，然后他再出色演绎脚本；周立波在台上表演时，更是时时离不开脚本，他的海派清口其实就是在朗诵和表演事先写好的台词。赵、周二人都算不上脱口秀，而我的这位老乡每次都是脱口而出，舌灿莲花，而且他的幽默都是冷幽默，听众当场笑得前仰后合，过后又能回味无穷。你要是听过他讲"笑话"，再听赵本山的小品，再听周立波的海派清口，你肯定想哭；不，你要是听过他讲"笑话"，你肯定不想再见到赵本山、周立波之辈了。可是，他身体比较瘦弱，砍柴、挑担、犁田样样不行，他讲的"笑话"引得村民大笑，他的笨手笨脚又使村民冷笑。大伙笑他"只会耍嘴皮"，可怜的乡亲从来就没有觉得"会耍嘴皮"是一种才华，而且还是一种难得的才华。当时即使让大家笑破了肚皮，也不能收人家一分钱。在农村一分钱也没有，只能呼吸到清新的空气，找不到半个老婆——他终生光

棍。前天听说他已经告别了人世,他留给世人的是笑声,世人回馈给他的是眼泪。①

可以想象,如果尹贵民能够读完大学当老师,非常有可能成为易中天、戴建业这样的名嘴和名师。可惜,人生没有如果。尹贵民的命运和我的父亲类似。我的父亲宋茂春,1956年出生,会写文章,又是一个极具幽默感的人。他所处的时代,虽然有高考,但高考录取率极低,加上家里穷,家乡教育又极为落后,因此,他只读到了初中毕业。由于学历低,他只能先种田后打工。可惜,无论是种田还是打工,都用不上他的幽默感。如果他是一位老师,哪怕教中小学,也能充分发挥自己的幽默天赋,成为受人尊敬的名嘴和名师。但是,他最后只能在田间和工地上浪费着自己的幽默天赋,他的幽默天赋不仅未能给他带来成功的事业,反而让他常常遭到误解和嘲笑。

第三节　心中的"巨人"

《巨人传》中,巨人的体型之巨和思想之巨都让人神往。但《巨人传》中最让人羡慕的场景还在于那种随性的生活。为了突出巨人们随性的生活,拉伯雷不惜笔墨描绘他们对吃和喝的迷恋。巨人们有一副好肠胃,整天拼命地吃,拼命地喝,而且吃无吃相,喝无喝相,正可谓大块吃肉,大碗喝酒。巨人们的言行举止,常常只能说"俗,特俗"。可是他们的"俗不可耐"却成为一种哲学、一种美学,诚如巴赫金所言:

> 通常人们都注意到,在拉伯雷的作品中,生活的物质——肉体因素,如身体本身、饮食、排泄、性生活的形象占了绝对压倒的地位。而且,这些形象还以极度夸大的、夸张化的方式出现。有人称拉伯雷为描绘"肉体"和"肚子"的最伟大的诗人(例如,维克多·雨果)。另一些人指责拉伯雷是"粗野的生理主义""生物主义""自然

---

① 戴建业:《辩才——教育的起点》,载《你听懂了没有》,上海文艺出版社2019年版,第98—99页。

主义"等等。人们在文艺复兴时代其他文学代表人物（薄伽丘、莎士比亚、塞万提斯）的作品中，也看到了类似的现象，但表现方式没有这样强烈。人们解释说，就文艺复兴时期而言，这是典型的"为肉体恢复名誉"，这是对中世纪禁欲主义的反动。①

巨人们通过拥抱物质和释放身体，彻底颠覆了禁欲主义对人性的压抑，表达了对随性人生的讴歌和向往。在此基础上，小说又通过特来美修道院的构想和描绘，将随性人生进一步体系化。特来美修道院有几个特点：一是入院年龄为女性10—15岁，男性12—18岁；二是秉承敞开大门办修道院的精神，不设围墙；三是女性要容貌秀丽、心身健全、性情正常，男性要五官端正、身体健全、性情温良才有资格进去；四是规定有男人的地方必须要有女人，有女人的地方必须要有男人；五是来去自由，喜欢就留下，不喜欢就可以出去；六是可以光明正大地结婚，可以自由地发财，可以有自己的生活方式，即没有法规、章程和条例，每个人都可以按照自己的意愿生活——高兴什么时候起床就什么时候起床，想吃什么就吃什么。高康大觉得这么大一个"事业性"单位，没有一个规定也不太好，于是就给修道院题了个院规："随心所欲，各行其是。"② 这条院规道出了人类一个永恒的梦想，那就是让生命冲破任何的禁忌，达到一种自由的状态。但就像卢梭所说的那样，"人是生而自由的，但是，也无处不在枷锁当中。那些自认为是别人的主人的人，实际上是比他人更加彻底的奴隶"③。

首先人类是不自由的。马克思曾将他以前的社会之奴役形式概括为两种：前资本主义社会人对人的奴役；资本主义社会金钱对人的奴役，亦称为"物体"的奴役。实际上，诚如启良所言，就人类几千年文明史看，农业社会（或称前资本主义社会）奴役形式是人的奴役，但工业社会乃至后工业社会，奴役形式则就不仅仅是金钱意义上的"物"的奴役了，而是器物文化和科学主义文化的"物"的奴役。特别是在科学高度发达的今天，此种情况更为明显和更为严峻。人们不再匍匐在某一个阶段或某一个集团

---

① [苏] 巴赫金：《拉伯雷研究》，李兆林、夏忠宪等译，河北教育出版社1998年版，第22页。
② [法] 拉伯雷：《巨人传》，成钰亭译，上海译文出版社1990年版，第207页。
③ [法] 卢梭：《社会契约论》，徐强译，江西教育出版社2004年版，第3页。

的压迫之下，也不一定是金钱的奴隶，而是被科学技术牵着鼻子走。在人与机器之间，不是人控制机器，而是机器主宰着人；在人与技术之间，不是技术为人所用，而是人被技术支配：

> 人同机器的关系，只是一种比喻，其实质则是人同他所创造的知识体系之关系。机器对人的奴役，亦实为知识或曰科学对人的奴役。科学的发展，技术的进步，实为知识量的增殖。人有求知的本能，而且为了生存也需要知识。但是一旦社会的知识量超出他的承受限度，且迫使他必须接受这些知识时，知识也就成了一种负担和压力，一种奴役形式。以现时代的中学生为例，十几岁的少年，不仅要掌握程度愈来愈深的传统学科，如物理、化学、数学、生物、语文、历史、地理（在中国还要多出一门政治），还要学外语、电脑等。电脑这东西，原本是没有的，完全是多出来的一份负担；外语大抵如此。这样繁重的学习负担，对一个中学生来说，能说不是奴役？不是对他们的心性摧残？而且电脑这玩意，更新换代之快，几乎不可思议。且不说一般人，就是专业人员亦苦不堪言。[1]

其次个体是不自由的。人们常常感叹，所谓"生活"，就是"生"下来，然后"活"着。北岛有一首诗名叫《生活》，内容只有一个字："网"。为生活罩上一张大网的，正是我们自己。余秋雨说："上学、考试、就业、升迁、赚钱、结婚、贷款、抵押、买车、买房、装修……层层叠叠，一切都是为了活下去，而且总是企图按照世俗的标准活得像样一些。大家似乎已经很不习惯在这样的思维惯性中后退一步，审视一下自己，问：难道这就是我一生所需要的一切？"[2] 周国平说："只有一次的生命是人生最宝贵的财富，但许多人宁愿用它来换取那些次宝贵或不甚宝贵的财富，把全部生命耗费在学问、名声、权力或金钱的积聚上。他们临终时当如此悔叹：'我只是使用了生命，而不曾享受生命！'"[3] 周国平还认为，"人来到世上，首先是一个生命。生命，原本是单纯的。可是，人却活得

---

[1] 启良：《西方文化概论》，花城出版社 2000 年版，第 259 页。
[2] 余秋雨：《内在的星空——余秋雨人文创想》，北京联合出版公司 2017 年版，第 235—236 页。
[3] 周国平：《风中的纸屑》，黄山书社 2007 年版，第 2 页。

越来越复杂了。许多时候，我们不是作为生命在活，而是作为欲望、野心、身份、称谓在活，不是为了生命在活，而是为了财富、权力、地位、名声在活。这些社会堆积物遮蔽了生命，我们把它们看得比生命更重要，为之耗费一生的精力，不去听也听不见生命本身的声音了。"①

我们在努力地做文明的人和优雅的人，我们获得了更多社会层面和世俗意义上的认同。而我们付出的代价就是：我们不可能像巨人那样在任何场合都无所顾忌，都可以尽情袒露真实的自我。在当今社会，或许只有傻子才可以像巨人那样随心所以，各行其是。《阿甘正传》中的阿甘，因为先天智障，反而完全不受世俗束缚，能够随心所欲地生活，比如在宴会上像巨人那样敞开肚皮吃喝，在总统和亿万观众面前脱裤子露出屁股。我们在嘲笑阿甘痴傻的同时，内心又无比的羡慕：真恨不得自己也是个傻子，这样就没有那么多的顾忌了。但我们不是傻子，我们是正常人，我们是成熟的人，我们是有身份的人，我们是为生存打拼或者为理想奋斗的人，所以，我们学会了掩饰自己真实的性情和真实的渴望。我们得到了自己想要的，却也渐渐失去了开怀大笑的美好时光。

2019年，笔者过完40岁生日。重读《巨人传》，更是感到无比的辛酸，正可谓中年以后的男人，时常会觉得孤独，因为他一睁开眼睛，周围都是要依靠他的人，却没有他可以依靠的人。中年以后的我，因为心中装着一份沉重的责任，不得不告别年少的轻狂和口无遮拦的任性，努力学习适应、迂回和节制。特别是2019年的体检，我被查出脂肪肝和高尿酸。为了有一个更好的身体干革命工作，我不得不告别啤酒和零食，这也不吃，那也不喝了。我的人生就此少了很多的乐趣和很多的自由。但换一个角度看，这或许也是一种幸福：被家人需要的幸福，让家人因我的存在而感到幸福的幸福。

---

① 周国平：《生命的品质》，湖南人民出版社2012年版，第1页。

第九章

《浮士德》中的追寻人生

《浮士德》的作者是德国大文豪歌德,这是个特别矛盾的人:"既感情丰富又十分理智,既疯狂又智慧超群,既凶恶阴险又幼稚天真,既过于自信又逆来顺受。在他身上有多么错综复杂而又不可遏止的情感!"① 歌德身上的诸多矛盾,至少有四点特别值得一提。

第一,对政治他是矛盾的。在《歌德谈话录》中,他告诫其他诗人不要去做官,因为诗人做了官就不是纯粹的诗人了:"一个诗人如果想要搞政治活动,他就必须加入一个政党;一旦加入政党,他就失其为诗人了,就必须同他的自由精神和公正见解告别,把褊狭和盲目仇恨这顶帽子拉下来蒙住耳朵了。"② 可是他自己却在26岁到37岁期间,跑到只有6000多居民的魏玛公国做了十一年的官。在西方作家中,有过做官经历的是非常少的,做官做得很享受的更是屈指可数。与之相反,在中国作家中,没有做过官的很少,从未想过做官的更是罕见。③ 因此说,喜欢做官并且享受做官的歌德,在西方作家中算是非常另类的。

第二,对世俗社会他是矛盾的。一方面,同其他大文学家、大思想家一样,他是一个鄙视世俗世界的天才;另一方面,在世俗的世界中,他又

---

① [德]艾米尔·路德维希:《歌德传》,甘木、翁本泽、仝茂莱译,天津人民出版社1982年版,第15页。
② [德]爱克曼辑录:《歌德谈话录》,朱光潜译,人民大学出版社1978年版,第254页。
③ 王向远发现,在外国,作家基本是专业化的,写作是一种独立的职业。而在中国古代,作家并非一种专业化、社会化的职业,与此相应便是官吏作家化和作家官吏化。作家官吏化导致的后果之一是作家的人格不独立,思想不自由;后果之二是以官方和官吏的价值观、以政治功能与标准来衡量作家作品;后果之三是伦理教化传统;后果之四是作家忙于求官做官,在写作上投入的时间与精力有限,作品数量相对较少;后果之五是作品的风格以老到圆润为上,缺乏青春朝气。参见王向远《宏观比较文学讲演录》,广西师范大学出版社2008年版,第33—38页。

游刃有余，只因为他更懂得"做人"。他和好友贝多芬一起散步，看到奥地利亲王、王子率领着一群王室成员迎面而来，他不顾贝多芬的劝阻，同普通百姓一样站到了路边，恭恭敬敬地脱帽行礼，说什么"领导亲自散步"之类的谄媚之语。而贝多芬却昂首挺胸地说："国王和公爵有许多，而贝多芬却只有一个。"说完潇洒地扬长而去。这个故事是真是假不得而知，但的确是有明确出处的，而且出自比较权威的罗曼·罗兰的《名人传》之《贝多芬传》中："昨天，我们在归路上遇见全体的皇族。我们远远里就已看见。歌德挣脱了我的手臂，站在大路一旁……我看着这队人马在歌德面前经过。他站在路边上，深深地弯着腰，帽子拿在手里。事后我大大地教训了他一顿，毫不同他客气。"① 这个故事作为一个有力的证据，佐证了恩格斯对歌德的一段著名评价："歌德有时非常伟大，有时极为渺小；有时是叛逆的、爱嘲笑的、鄙视世界的天才，有时则是谨小慎微、事事知足、胸襟狭隘的庸人。"② 可就当我们为一身傲气和一身傲骨的贝多芬纷纷"点赞"，并由此而嘲笑歌德的趋炎附势和溜须拍马时，诺贝尔文学奖获得者莫言却为歌德做出旗帜鲜明的辩护：

南方周末：你曾讲过这样一个故事：歌德和贝多芬在路上并肩行走。突然，对面来了国王和大批贵族。贝多芬昂首挺胸，从贵族中挺身而过。歌德退到路边，毕恭毕敬地脱帽行礼。你说年轻的时候也认为贝多芬了不起，但随着年龄的增长，就意识到，像贝多芬那样做也许并不困难，但像歌德那样反而需要巨大的勇气。

莫言：大家应该领会我的潜台词。贝多芬的这个故事流传甚广，但是否真实谁也不知道。当年的音乐家要依附爱好音乐的贵妇、国王或者有权势的人，他们需要被供养，否则就饿死了。贝多芬见到国王扬长而去是了不起的，而歌德留在原地，脱帽致敬，被认为没有骨气。当年我也觉得歌德软弱可鄙，而贝多芬可钦可敬。就像据说是贝多芬自己说的"贝多芬只有一个，国王有许多个"。我年轻的时候，读到这句话觉得扬眉吐气。科长，局长，成千上万，而我只有一个。我在军队工作时，有一晚上在办公室看书，一位老领导推门进来，

---

① [法]罗曼·罗兰：《名人传》，傅雷译，译林出版社2001年版，第33—34页。
② 恩格斯：《诗歌和散文中的德国社会主义》，《马克思恩格斯全集》第4卷，人民出版社1958年版，第256页。

说:"噢,没有人。"我立即回应道:"难道我不是人吗?!"这位老领导被我顶得尴尬而退。当时我还暗自得意,以为自己很"贝多芬",但多年之后,我却感到十分内疚。

随着年龄增长,对这个问题就有新的理解:当面对国王的仪仗扬长而去没有任何风险且会赢得公众鼓掌时,这样做其实并不需要多少勇气;而鞠躬致敬,会被万人诟病,而且被拿来和贝多芬比较,这倒需要点勇气。但他的教养,让他跟大多数百姓一样,站在路边脱帽致敬。因为国王的仪仗队不仅代表权势,也代表很多复杂的东西。比如礼仪,比如国家的尊严,和许多象征性的东西。英国王子结婚,戴安娜葬礼,万人空巷,那么多人看,你能说路边的观众全都是卑劣、没有骨气吗?你往女皇的马车上扔两个臭鸡蛋,就能代表勇敢、有骨气吗?所以当挑战、蔑视、辱骂权贵没有风险而且会赢得喝彩的时候,这样做其实是说明不了什么的。而跟大多数老百姓一样,尊重世俗礼仪,是正常的。我一直反感那些不把自己当作普通百姓的人,我看到那些模仿贝多芬的行为,就感到可笑。①

莫言的意思是,其实像贝多芬那样对待权贵是很容易的,因为这是他的本性,这是他"做自己"的自然流露,但像歌德那样,能够对权贵表现出看起来是奉承的态度是非常难的。要知道歌德本人在弯腰鞠躬的时候,心里其实也非常清楚:我的好朋友贝多芬肯定会嘲弄我,世人肯定会鄙视我。他们嘲弄和鄙视我不能"做自己",嘲弄和鄙视我卑躬屈膝,嘲弄和鄙视我丧失了知识分子的独立人格。只不过,他们在嘲弄和鄙视我的时候,并不会关心我弯腰鞠躬的背后隐藏着一个天大的"秘密":我这样做才能"保"住我的位置,保住了我的位置,我才能更好地实现自己的政治抱负。

莫言为歌德的辩护倒是给了我们不少启示。在现实社会中,尤其在高校,当博士、教授们去做官或者表达了做官的强烈意愿后,肯定会受到嘲笑的。普通老师们理所当然地认为这些人丧失了知识分子的独立性和自由性。但是,那些在位的处长、校长们又常常让普通老师们无法满意,常常被他们在背后议论、讽刺,乃至漫骂。这其实就形成一个悖论:一方面,

---

① 朱强、莫言:《我一直用文学在表达我内心的话》,《南方周末》2012 年 10 月 19 日。

在普通老师们眼里，在位的"官"们不是智商有问题就是品性有问题；另一方面，普通老师们为了保持知识分子的独立性和自由性，自己又不愿意去做官，这不正是将这个美好的世界让给了我们鄙视的人吗？所以，我们应该鼓励德才兼备的知识分子去做官，他们的"德"保证了官员的公平性和公正性，他们的"才"保证了官员的专业性。如果德才兼备的知识分子都不去做官，并且还营造一种鄙视知识分子做官的氛围，那么有德无才、有才无德和无德无才的人就会占据一个又一个重要位置，而这显然不利于社会进步。

如果我们带着这样的观念重新审视歌德的做官行为，就会发现，他的确是一个既专业又敬业的好官："歌德平易近人、乐于助人，无论是在法兰克福做律师，还是在魏玛当大臣。他孜孜不倦地关心着法律及行政管理事务，每个最为平常的细节都不放过；哪里需要商议或实施有关公共利益的规章制度，他就出现在哪里，不遗余力地运用自己的经验和知识。歌德是魏玛各邦的第一位行政管理官员，后来也一直是行政管理官员，即使是在他看似已抽身退隐以后。他不仅仅是拿着大臣的薪俸，他也做了应做的工作。他总是把公爵和公国的命运作为自己的责任记挂在心上。直至生命的尽头，他一直都在用自己的治理协助大公爵的治理。""他对待每一个人都带着感人的自我克制，这很符合他的本性。每一个和歌德有过接触的人都最为强烈地要求以诚相待、以心换心，而歌德也公平合理地对待所有人。他深切关心每一个人，就好像这世界上除了这件事，他别无他事可做。他和每一个人商谈，就好像别人的特殊性也是他自己的独特情况。他赢得了每个人的信任，人们在他面前就像孩子一样掏心掏肺，而他也接纳每一个人，就好像这仅仅是一种命运在近距离地触摸他。"① 在做官期间，歌德为了实现自己的政治抱负，做了一些委曲求全的事情，不仅没有得到理解，反而受到嘲讽。或许，我们都欠歌德先生一个道歉。

第三，对女性他是矛盾的。他既多情，为很多不同的女性写情真意切的情书、写感人肺腑的情诗；他又滥情，女朋友太多，专一于爱情却从不专一于爱情的具体对象；他有时候还有一点绝情——和克利斯蒂安同居了19年，有了一个17岁的儿子，都没有给她一个名分，直到这个女人在拿

---

① ［德］赫尔曼·格林：《歌德——在柏林大学所做的讲座（第一次讲座）》，车云译，载叶隽选编《歌德研究文集》，译林出版社2014年版，第57—59页。

破仑的士兵面前救了他："他们要求床铺，但床已经没了，于是他们冲进歌德的房间，用武器威胁他，准备把他杀死。这两个喝醉了的步兵是直接从耶拿城下的战场上深夜来找他的。这当口，克利斯蒂安从通向花园的台阶上飞奔过来，挡在歌德和士兵们之间。带着一股由于大难当头而产生的超自然的力量，把他们从房间里推了出去，然后拴上了门。"① 歌德出于感动和愧疚，和克利斯蒂安举行了婚礼，证婚人是他的儿子和儿子的老师。

第四，在认识人生和世界的方式上，他是矛盾的。他既感性和忧伤，用短短一个月时间，就写出了让人心碎的小说《少年维特之烦恼》；又理性和深沉，用六十年的时光，才写出了让人沉思的诗剧《浮士德》。那么，这部融入歌德一生心血的《浮士德》究竟是一部什么样的书呢？有人说，它是和但丁的《神曲》一样的"天书"，一般的人看不懂，看懂的人不一般。之所以有这样的说法，是因为《浮士德》和《神曲》一样，充满了象征和隐喻，读起来比较费劲。但不等于说它不是写给人看的。认真仔细地读，还是能读出一点味道的。

第一节　浮士德的重生

《浮士德》，顾名思义，讲述的是主人公浮士德的故事。其实，故事中有两个浮士德。第一个浮士德，已经年过半百，但不要小看这个老人，如果他递过来一张名片，我们被会吓一跳，哇哦："博士！"按照我们现在的习惯，可以称他为"浮博士"。正像我考上博士以后就失去本名，大家都称呼我为"宋博士"一样。浮博士虽然没有行过万里路，却读过万卷书，算得上知识渊博，学富五车，著作等身。按照当今的评价体系，他至少也是一位国家社科基金评委兼长江学者级别的博士生导师，生活应该非常志得意满才对。可是，他却正坐在书房里，独自唉声叹气。这是为何？叹气的原因，根据他自己的独白，可以简要归纳为两点：

一是他发现自己所学的知识都已经过时了。浮士德所学的知识，主要有四类：哲学、医学、法律和神学。这四类知识都是中世纪的主流知识。

---

① ［德］艾米尔·路德维希：《歌德传》，甘木、翁本泽、仝茂莱译，天津人民出版社1982年版，第395页。

可是，浮士德是 18—19 世纪的歌德笔下的人物。歌德用 18—19 世纪的眼光来审视这些中世纪的主流知识，自然认为他们已经过时。要知道，在 18—19 世纪，自然科学已经逐渐成为主流。因此，在歌德的笔下，浮士德感觉到自己这一辈子都白学了，不仅白学了，还越学越蠢了，几乎成了可怜的"蠢得死"了。以前人家称呼他博士，他觉得是无限的光荣，现在人家再称呼他为博士，他觉得这是在骂他，会很气愤地回应：你才是博士，你全家都是博士：

> 唉！我到而今已把哲学，
> 医学和法律，
> 可惜还有神学，
> 都彻底地发奋攻读。
> 到头来还是个可怜的愚人！
> 不见得比从前聪明进步；
> 夸称什么硕士，更叫什么博士，
> 差不多已经有了十年，
> 我牵着学生们的鼻子
> 横冲直撞地团团转——
> 其实看来，我并不知道什么事情！①

但我们应该知道，哲学、医学、法学和神学这中世纪的四大类知识在 18—19 世纪或许不再主流，但并不会完全无用。其实知识到底有没有用，很多时候不取决于知识本身，而取决于学习者的心态和目的。比如说文学到底有没有用？或许今天大家都认为文学是没有多大用的，可是鲁迅却弃医从文，因为他觉得文学比医学更能拯救中国。可见，浮士德感到郁闷的主要原因倒不是他过去的所学真的毫无用处，而是他对"用"的理解发生了变化。也就是说，浮士德之所以感到如此的忧愁，归根结底是因为另外一个原因。

二是他的人生观发生改变了。以前的浮士德是比较出世的，是为了学术而学术，所以并没有觉得研习那些形而上的学问有什么不好。可是，在

---

① ［德］歌德：《浮士德》，董问樵译，复旦大学出版社 1983 年版，第 21 页。

第九章 《浮士德》中的追寻人生

晚年的时候，他突然对世俗的生活产生了浓厚的兴趣，而他所学的那些知识对世俗的生活并无实质性的帮助，比如未能给他带来名利和声望：

> 我既无财产和金钱，
> 又无尘世盛名和威权；
> 就是狗也不愿意这样苟延残喘！①

应该说，大部分高级知识分子在退休或者生命走向终点的时候，是不会为当初选择学术研究而后悔的，他们更多是为当初的选择感到骄傲。但的确有一些高级知识分子，在晚年的时候，为自己一辈子在故纸堆里奋笔疾书感到悲凉。他们认为人生原本是无比丰富多彩的，但自己却选择了最单调无趣的一种，并为此坚守了一辈子，这其实也是一种异化——有限的人生被人类创造的无限知识所占有导致的异化，于是他们发出了"吃喝玩乐才是生命的意义所在"之类的感慨。笔者有一位朋友和前辈，是著名的外国文学研究专家，在退休多年之后，在身体非常康健的情况下，突然对著书立说失去了兴趣，转而迷上了打麻将、下围棋和谈恋爱（黄昏恋）。他说，自己过去那种只知道从早写到晚的生活其实犯了一个错误，那就是自己把自己的写作看得太重要了，如今要转变观念，要将宝贵的人生留给丰富多彩的生活，希望有一天死在麻将桌上而不是死在书桌上。浮士德大概属于这类突然"醒悟"的高级知识分子。

应该说，当人文科学的研究者将生平所学同世俗生活过多联系起来的时候，很多人都会有浮士德这样的遗憾和后悔。比如北京大学中文系学生陆步轩，毕业后做了"屠夫"，卖了十多年的猪肉。他在接受采访时明确希望自己的女儿以后不要学文科。另外还有一个佚名的北大博士，写了一封给女儿的公开信，声称"爸爸是一个无能的人"，核心观点也认为学文科无用。人文科学当然是有用的，但假如用挣多少钱，做多大官来衡量这个"用"的程度，那可能会让人失望。浮士德的失望也正是这个原因。在失望的同时，浮士德还产生了强烈的失败感。因为这种失败感，他感到了无比的痛苦。

产生痛苦的浮士德可以用两种方式来缓解痛苦，一是推翻过去的人

---

① ［德］歌德：《浮士德》，董问樵译，复旦大学出版社1983年版，第22页。

生，重新来过。在生活中，的确有一些老人，一辈子很平淡地过了，退休后，突然想干点事情。做官是不可能了，就发财吧，于是天天做着发财梦。子女们劝他们："安享晚年吧，别折腾了。"这些老人还不服气："不要阻挡我发财，等我发财了，开着豪车回来，不要嫉妒我！"结果呢？结果被骗进了传销组织，被骗光了积蓄。浮士德是一个有自知之明的人，知道自己一大把年纪了，不可能再做出什么惊天动地的事情了，于是他想到了第二种缓解痛苦的方式，就是去死吧，死了就能一了百了。但如果浮士德真的死了，这个故事也就结束了。显然，诗剧的作者歌德不愿意浮士德就这样死去，于是他构想了一个浪漫主义甚至说魔幻主义的情节，即借助魔鬼的魔法力量，给了浮士德重新生活一次的机会。于是，诗剧中出现了第二个浮士德，即重返青春的浮士德。

第二个浮士德 20 岁左右，充满青春的气息，高大、英俊、有钱，但这还只是表面。第二个浮士德和第一个浮士德最本质的不同是：他不再是"宅男"，不再是两耳不闻窗外事、一心只读圣贤书的书呆子。他是积极入世的俗人，充满了各种世俗的欲望。他信奉的人生观是："灰色啊，亲爱的朋友，是一切的理论，而生活的金树长青。"[①] 他要去体验第一次生命中没有体验过的那些丰富多彩的人生。他要做的第一件上辈子没有做过的事情就是谈一场轰轰烈烈、死去活来、惊天地泣鬼神的恋爱。于是诗剧的女主角葛丽卿闪亮登场。已经重返青春，化作翩翩少年的浮士德第一次见到葛丽卿，眼睛里闪烁着对青春女性压抑不住的欲望：

老天有眼，这妮子真美丽无比！
我从未见过这样的芳姿。
她是幽娴而又贞淑，
同时也略带一点儿矜持。
那唇边的樱红和颊上的光彩，
叫我今生今世再也不能忘怀！
她低垂双眼的形态，
深深印进了我的心隈；
她那严词拒绝的语气，

[①] [德] 歌德：《浮士德》，董问樵译，复旦大学出版社 1983 年版，第 104 页。

也使人着迷发呆!①

　　浮士德为了约会不受干扰,就让葛丽卿给她的母亲吃安眠药。葛丽卿属于那种很傻很天真的女性,加上太爱浮士德,就照着做了:"我的好人,我只要一见到你,便不自觉地千依百顺;我已经为你做了许多事情,还有什么不肯答应。"② 浮士德对她说,一次约会几个小时还是太不够用了,要不下次再让你的母亲多吃几颗安眠药吧。为了让浮士德开心,葛丽卿就将所有的安眠药一次性送进了母亲的肚子中,她的母亲再也没有醒过来了。葛丽卿的哥哥瓦伦亭为了阻止妹妹如此冲动的爱情,最后也死在了浮士德的剑下。母亲和哥哥都因自己而死,葛丽卿神经错乱了,因而失手弄死了自己和浮士德生的儿子。葛丽卿因过失杀人罪被关进监狱,浮士德想去营救她,遭到拒绝,因为她甘愿接受良心的惩罚。这段经历,便是浮士德的"爱情生活"。

　　浮士德在品尝了爱情的甜蜜和忧伤后,感到非常失落,觉得上辈子没有体验而特别想体验的爱情生活原来也不过如此。也许因为男人是权力的动物吧,于是,他又有了新的想法——进宫廷辅助皇帝。他帮助皇帝发行纸币,缓解了宫廷的财政危机,体验了一回"位极人臣"的感觉,这段经历,便是浮士德的"政治生活"。

　　皇帝知道浮士德无所不能,要他把古希腊的美女海伦复活。当海伦复活后,浮士德也被她那种空灵的美所折服,他决定自己拥有海伦。浮士德和海伦结合,生下了儿子欧福良。欧福良在天上飞翔的过程中,总是想着"我要飞得更高",最后跌死了。海伦也化作一股轻烟回到古希腊去了。在这里,海伦不再是现实中一个具体的女性,而是古希腊艺术的象征。因此浮士德和海伦的结合便是浮士德的"艺术生活"。

　　浮士德站在高山之上,俯瞰浩瀚的大海,心潮澎湃。他决定围海造田,开辟疆土。刚好国家发生内战,浮士德借助魔鬼的力量打败敌人,赢得了海边的封地。于是他决定在这片土地上建立自己心目中的理想王国:"自由的人民生活在自由的土地上!"因为一对老夫妇的房屋阻碍了工程的进展,浮士德为了早日实现自己的"梦想",就一把火烧了他们的房子。

---

① [德]歌德:《浮士德》,董问樵译,复旦大学出版社1983年版,第143—144页。
② [德]歌德:《浮士德》,董问樵译,复旦大学出版社1983年版,第204页。

从这点来看，浮士德可谓是暴力拆迁的鼻祖。这段经历，便是浮士德的"社会生活"。

不知不觉，第二个浮士德也已经100岁了。歌德让浮士德重活一次，但并没有让他长生不老。按照自然规律，第二个浮士德即将离开人世了。假如他能够再活500年的话，一定还会有500个欲望；假如他长生不老的话，一定还有会无穷尽的梦想。但是，这些只是假如，一个凡人的生命总是有限的，因此，一个凡人的梦想总是要走到尽头的。

第一个浮士德在五十多岁的时候回忆总结一生，觉得自己这辈子单调枯燥，毫无色彩和意义可言，可谓是"有的人活着，他已经死了"，因而有诸多的遗憾和不甘心。而第二个浮士德，在经历了爱情生活、政治生活、艺术生活和社会生活后，觉得这辈子是多姿多彩、波澜壮阔的。回想那些激情燃烧的岁月，第二个浮士德突然间有了一种既虚幻又真实的满足之感，终于禁不住脱口而出："你真美呀，请你暂停！"

> 人必须每天每日去争取生活与自由，
> 才配有自由与生活的享受！
> 所以在这儿不断出现危险，
> 使少壮老都过着有为之年。
> 我愿看见人群熙来攘往，
> 自由的人民生活在自由的土地上！
> 我对这一瞬间可以说：
> 你真美呀，请你暂停！①

此时的浮士德，在经历了人生所能拥有的精彩，品尝了人生所能拥有的味道之后，是有资格说"你真美呀，请你暂停！"这句话的。应该说，那些"人生的赢家"在回首峥嵘岁月时，常常会产生这种瞬间满足的感觉。而普通人在人生的某些时刻，也会拥有这样美妙的感觉。比如我一位好朋友在39岁评上正教授时，我就无比羡慕地对他说："你现在可以像浮士德那样，说'你真美呀，请你暂停！'"几年后，我自己在33岁时评上了正教授。我的这位好朋友反过来调侃我说："现在轮到你说'你真美呀，

---

① ［德］歌德：《浮士德》，董问樵译，复旦大学出版社1983年版，第667页。

请你暂停!'"应该说,作为大学老师,在评上正教授的那一刻,的确会产生"人生的美妙不外乎如此"这类的幸福感和满足感。当然,我们还年轻,还有生活的压力和对未来更多的期待,所以,经过暂停之后,我们还要继续奋斗,去追寻新生活和新体验。而有些人,比如成龙、马云、李连杰等各个领域的杰出人士,由于这辈子已经经历了一个凡人所能经历的全部,体验了一个凡人所能体验的一切,如今差不多每天都能够说:"你真美呀,请你暂停!"

第二节 浮士德精神的时代含义

浮士德不断自我否定和自我超越的人生特点,被学术界归纳为"浮士德精神"。浮士德精神的时代含义体现为三个层次。

第一个层次是体现了歌德精神。还在年轻时歌德就说过,"他的作品包含着他生活中的全部欢乐和痛苦,而且——完全像靡菲斯特一样——他是在利用自己的艺术,把自己那恶魔般的本性、自己的那颗灵魂转述给周围世界"[1]。歌德于1772年开始创作《浮士德》,当时他23岁。直到他临终之前,该书才完成。因此可以说,歌德自己一生中的很多"关键词"在这部作品中都有体现。

对中世纪四大主流学问进行反思和批判的浮士德,直接对应了"狂飙突进"运动时期的歌德。"狂飙突进"运动的核心是:自然、天才、自由、行动,这些都是直接针对封建文化而提出的:"'狂飙突进'运动的参加者们效法卢梭的榜样,认为自然生活方式,首先是基于全体人民平等之上的自然生活方式,寓于自然之中。这种观念形态下的自然,不单纯是山川风光,而是一种哲学的、生物的和社会的概念。重返自然决不意味着抛弃文明,而意味着拒绝不平等、拒绝暴虐、拒绝剥削。自然之所以无限美好,恰恰因为自然中的一切都飘散着自由的气息,一切都毫无束缚地自由自在地发展。"[2] 歌德的成名作《少年维特之烦恼》的主人公维特,便是体现

---

[1] [德]艾米尔·路德维希:《歌德传》,甘木、翁本泽、仝茂莱译,天津人民出版社1982年版,第102—103页。

[2] [苏]阿尼克斯特:《歌德与〈浮士德〉:从构思到完成》,晨曦译,生活·读书·新知三联书店1986年版,第34页。

了"狂飙突进"运动精神的一个典型人物形象。

浮士德和葛丽卿的恋爱是歌德丰富情史的一次生动反映。歌德14岁开始了初恋。他爱上了一个比他年长的姑娘,"这场恋爱以悲剧告终:他们被拆散了,但她的名字和对她的怀恋却深深印在了他的心中。她叫玛嘉丽特,亲切的爱称是葛丽卿"①。

浮士德在宫廷为皇帝服务的经历同歌德本人做官的经历密不可分。1775年11月7日,26岁的歌德应邀来到魏玛公国首府魏玛,担任了这个小公国的枢密顾问,他精力旺盛,责任感强,在事实上成了魏玛的大管家,还是魏玛的"军委主席""教育部长""农业部部长""旅游总局局长""发改委主任"。

浮士德同海伦的结合是歌德本人寻找古典文化庇佑的隐喻。在魏玛的最后一年,歌德已经厌倦了这种忙碌却没有希望的生活,他终于在1786年9月3日凌晨,只身一人,逃向了童年时代就向往的意大利。意大利是文艺复兴的发源地,是西方古典文化的象征,可以说,意大利成了歌德精神复活的场所:"他逃出了魏玛:几乎没有请求批准,他就前往意大利,想呼吸一点新鲜空气。这位伟大人物,这位没有在一个使他能够自由呼吸的市民社会里生活过的伟大市民奔向了自然和社会依然是过去的社会。在意大利,歌德找到古希腊和文艺复兴这两个富于公民精神的伟大时代的伟大遗迹。"②

浮士德的"社会生活"代表了歌德的终极梦想:让德国变成了一个和法国、英国一样富有和自由的资产阶级理想国度。歌德的这个愿望如此迫切,但在当时,实现这个愿望的希望却很渺茫。爱之深恨之切,歌德甚至一度将希望寄托在"敌人"拿破仑身上。当拿破仑率领法国人侵占德国时,歌德并没有在书房里写"战歌":"本来没有仇恨,怎么能写表达仇恨的诗歌呢?我可以向你说句知心话,我并不仇恨法国人,尽管在德国摆脱了法国人统治后,我向上帝表示过衷心的感谢。"③ 歌德说得是真心话,也是气话。他只不过借助这样的气话,表达自己终极梦想难以实现的失望

---

① [苏]阿尼克斯特:《歌德与〈浮士德〉:从构思到完成》,晨曦译,生活·读书·新知三联书店1986年版,第44页。
② [苏]阿纳托利·卢那察尔斯基:《歌德和他的时代》,蒋路译,载叶隽选编《歌德研究文集》,译林出版社2014年版,第358—359页。
③ [德]爱克曼辑录:《歌德谈话录》,朱光潜译,人民文学出版社1978年版,第210页。

而已。

第二个层次是体现了德意志精神。当时的德国,除了文学,其他方面可以说是全方位落后于西欧其他国家。这个被称作"德意志民族神圣罗马皇帝"的地方,实际上已经成为一个地理上的名词,名存实亡了:"在这块土地上分别建立了360多个独立小邦:有的称王国、选帝侯国、公国、大公国、侯国,有的称伯爵领地、男爵领地、帝国自由市,除此尚有一千四五百个骑士庄园。这些独立的小邦,有的较大,有的小得十分可怜,其领土只有1/2,甚至1/4平方英里,居民不过1000人。它们名义上臣服当时的皇帝,实际上他们保持独立,有着自己的一套完整的行政机构、关税系统和军队。一些大的王国,如普鲁士、奥地利等,不仅拥有庞大的军队,还有自己的外交机构。为了同皇帝分庭抗礼,它们与外国相勾结,甚至帮助外国与皇帝作战。"① 也就是说,当时的德国缺少一个如同法国、英国那样的中央集权政府。这种政治上的分裂延缓了经济上的发展,比如从一个地方到另外一个地方,只有一百多里,却要交几十次关税,其关卡的密集程度和如今的高速公路收费站有得一比。

当时德国的社会环境被形象地比喻成一个粪堆,一些软弱的资产阶级躺在粪堆里,一点不觉得脏,还觉得暖和,舍不得爬起来:"如果他们和人民团结起来,他们就能够推翻旧的政权,重建帝国,正如英国资产阶级从1640年到1688年部分地完成了的那样,也如同一时期法国资产阶级准备去完成的那样。但是德国的资产阶级没有这样做,他们从来没有这样的毅力,也从来不认为自己有这样的勇气。德国的资产者知道,德国只不过是一个粪堆。但是他们处在这个粪堆中却很舒服,因为他们本身就是粪,周围的粪使他们感到很温暖。"② 幸运的是,以歌德、席勒、海涅、贝多芬、康德、黑格尔为代表的德国先知们,希望借助浮士德精神来铲除这个粪堆,建设一个民族统一、政治清明、经济发达、文化繁荣的新德国。

第三个层次是体现了欧洲精神。从浮士德身上,我们读到了一种比较成熟的欧洲精神。欧洲精神也就是一种典型的资本主义精神。这种资本主义精神从文艺复兴时代开始酝酿,到启蒙主义时期逐渐完善。于是我们从《巨人传》中读出了资本主义精神的自由和享乐;从《哈姆莱特》中读出

---

① 高中甫:《德国伟大的诗人——歌德》,载《世界文学巅峰五人传》(下),中央编译出版社2007年版,第3页。
② 恩格斯:《德国状况》,《马克思恩格斯全集》第2卷,人民出版社1957年版,第633页。

了资本主义精神的自信和怀疑；从古典主义文学中读出了资本主义精神的克制和理性；从《鲁滨逊漂流记》中读出了资本主义精神的冒险和实干；从《浮士德》读出了这些精神的大汇总、大融合。因此可以说，浮士德精神隐含了从文艺复兴到启蒙主义时期的三百多年间，西方文化通过克服内在的障碍和外在的矛盾，努力探寻新道路的全部历程。

第三节　浮士德精神的象征含义

象征意义之一：历史是不断发展的，人类是不断清明的。浮士德是人类的象征，因此，他的一生象征着人类在政治、经济、文化、伦理、法律、艺术等方面整体上是向前发展的。由此可见，歌德是一个乐观主义者。在悲观主义者看来，人类却是一个不断倒退的过程。如希腊神话将人类历史划分为"黄金时代""白银时代""青铜时代""黑铁时代"[①]，即人类是一代不如一代。在黄金时代，人们无忧无虑地生活着，没有劳苦和忧愁，差不多如同神祇一样，也不会衰老，不生疾病，一生享受盛宴和欢乐。在白银时代，人类的子孙长期处于童年，不会成熟，受着母亲们的照料和溺爱，好不容易成长到壮年，也活不了多久。他们粗野而傲慢，不再向神祇敬献祭品。在青铜时代，人类残忍而粗暴，习惯于战争，总是互相杀害。在黑铁时代，人类全然是罪恶的，父亲不爱儿子，儿子不爱父亲，宾客憎恨主人，朋友相互憎恨。在欧洲中世纪，有一种流行的观点认为基督教时代是人类历史的最后阶段，因此，从中世纪开始，人类便开始衰落和走向死亡。在19世纪的浪漫主义者看来，人类最美好的时光是那些逝去的时光，如今沉浸在科学迷幻中的人类其实是在不断堕落的。因此，越原始越蛮荒的自然就越受到浪漫主义者的喜欢，"浪漫主义者，尤其是德国的浪漫主义者，极端向往中世纪。在他们看来，中世纪社会中的人与自然是一种和谐的关系，人与上帝之间也维系着一种理想化的秩序"。因此，我们常说"浪漫主义是怀旧的浪漫主义，这是因为在面临现实时，浪漫主义把求救的希望寄托在遥远的过去"[②]。

[①] 参见［德］斯威布《人类的世纪》，载［德］斯威布《希腊神话和传说》，楚图南译，人民文学出版社1977年版，第17—21页。

[②] 赵静蓉：《怀旧——永恒的文化乡愁》，商务印书馆2009年版，第121—122页。

第九章 《浮士德》中的追寻人生

与上述观点不同，歌德力挺的是"进步论"。1827年10月18日，"黑格尔来到魏玛。歌德对黑格尔这个人很尊敬，尽管对黑格尔哲学所产生的某些效果不太满意"①。歌德不太满意黑格尔的唯心主义，但对他本人及其辩证法思想却推崇备至，所以，不只是在当晚"举行茶会招待黑格尔"，更是以辩证法思想统帅《浮士德》的情节设置，最典型的便是设置了诸多的矛盾，如至善和至恶的矛盾、相对善与相对恶的矛盾、浮士德自身灵与肉的矛盾，这就传达出歌德对人类未来的信心：既然矛盾是普遍的，那么发展也就是必然的，因为矛盾正是事物发展的永恒动力："在黑格尔那里，恶是历史发展的动力的表现形式。这里有双重意思，一方面，每一种新的进步都必然表现为对某一神圣事物的亵渎，表现为对陈旧的、日渐衰亡的、但为习惯所崇奉的秩序的叛逆；另一方面，自从阶级对立产生以来，正是人的恶劣的情欲——贪欲和权势欲成了历史发展的杠杆。"②善即恶，恶即善，每一种善的生成会带来恶果，每一种恶的生成会催开善花，这就是人类发展的二律背反。历史上的每一次战争和自然灾难往往引发了人类大规模的发明创造——由恶到善；而科学技术的发展又往往导致更残酷的、人为的、自然的灾难——由善到恶；在每一次灾难后，人类又能更深刻地反思自身，更积极、更理智地面对现实和未来——由恶到善。人类与构成人类的个体生命就是这样不断地清明与升华，尽管这样的过程充满了血泪心酸。

象征意义之二：没有终极意义上的理想，只有永恒意义上的追求。浮士德也是每一个个体的象征。不同时代、不同国家、不同个性的个体，或许追求的东西都不一样，但每个人都会像浮士德一样，在活着的时候，不断地树立目标和追求目标，因此，没有终极意义上的理想，只有永恒意义上的追求，成为每个正常人都具有的一种生命状态。有一句广告词说得好："人生就像旅途，重要的不是目的地，而是沿途的风景，以及看风景的心情。"这或许是对"浮士德精神"一种比较生动的诠释。

象征意义之三：欲望是生命之源。永不满足，不断追求，注重行动是浮士德性格的内涵，也正是理想生命的特质。我们承认，生命一旦诞生，便伴随着无尽的欲望生长："他野心勃勃，老是驰骛远方，也一半明知自

---

① [德] 爱克曼辑录：《歌德谈话录》，朱光潜译，人民文学出版社1978年版，第159页。
② 恩格斯：《路德维希·费尔巴哈和德国古典哲学的终结》，《马克思恩格斯选集》第4卷，人民出版社1995年版，第237页。

己的狂妄；他要索取天上最美丽的星辰，又要求地上极端的放浪，不管是人间或天上，总不能满足他深深激动的心肠。"① 他，即浮士德，亦指一切个体的生命。欲望是酿成生命痛苦的酵母。从相对意义上说，欲望可以得到满足，理想可以转化成现实，但从终极意义上说，每种欲望满足之后，又会生成更强烈的欲望；每种理想达成之后，又会生成更高的理想。如此循环升级，以致无穷。永远的不满足引发了永远的痛苦。永远的痛苦又催生了永远的追求。第一个浮士德一生只做了一件事情，因此人生是单调、无趣和平庸的。第二个浮士德一生做了好几件大事，因此人生是丰富、有趣和荡气回肠的。差异的根源在于第一个浮士德没有任何世俗的欲望，第二个浮士德充满了世俗的欲望。从这个角度看，一个没有欲望的人和一个没有理想的人基本上是同一个人。由此可见，正是欲望让人有了梦想，而当人有了梦想后，才能不断地完成自我的超越和提升。由此可以肯定，《浮士德》在整体上是肯定欲望的，而这正是对希腊情感的继承和发展，是对文艺复兴精神的继承和发展。诗剧也通过浮士德的自我否定告诉我们，欲望是存在的，任何否定欲望的人，就是否定真实的存在。无论是人类的历史，还是个体的历史，都是在欲望的牵引下不断前进的。如果有谁借用一些冠冕堂皇的理由或理论斥责自己或者他人的欲望，既是虚伪的，也是有害的。

象征意义之四：欲望也是死亡之根。第一个浮士德因为缺乏欲望而变成一个平庸的"老好人"，但"老好人"也是好人的一种，至少他没有伤害过人。第二个浮士德因为拥有了欲望而不再平庸，但在成功的过程中也害了不少人。比如因为谈恋爱让葛丽卿家破人亡；因为填海造田害死了海边的一对老夫妻，更破坏了自然环境。这说明，一个欲望很强的人，并且通过不正当手段满足欲望的人，比没有欲望的人更容易给他人和社会造成伤害。也就是说，诗剧在充分肯定欲望的同时，也对欲望做出一定程度的反思和批判，而这是对罗马精神和基督精神的继承。

《浮士德》之所以在整体上张扬欲望的正面价值，因为当时的德国太需要欲望的推动作用了。推而广之，任何一个民族在贫穷积弱的时期，都需要倡导浮士德精神。比如面对任人宰割的中华民族，宗白华竭力倡导浮

---

① [德] 歌德：《浮士德》，董问樵译，复旦大学出版社1983年版，第16—17页。

士德生命不息、奋斗不止的精神①，其实质就是呼唤中华民族自强不息、奋发进取，早日实现国富民强的梦想。面对一穷二白的中国，如果宗白华号召大家向不丹、尼泊尔这些国家学习，还说什么他们很贫穷却是世界上最幸福的国度之类的话，那真是在为国人煲精神的毒鸡汤了。

当一个国家或民族物质上相当富裕，乃至出现物质主义、拜金主义、功利主义倾向的时候，全社会上下理应张扬一种返璞归真的极简主义生活方式。今天的中国依然要有奋斗精神和进取意识，因为我们还有很多奋斗和进取的空间。但我们也必须意识到，我们的很多梦想不再是梦想，而是欲望，欲望让不少人变得很贪婪，贪婪对大自然的破坏，对人际关系的破坏，对人自身心灵的破坏早该值得我们警惕了。

就每个个体而言，人生不同阶段需要倡导的精神也会有所不同。大学时代无疑要倡导浮士德精神，只因为青春是用来奋斗的。可如今不少大学生过得过于轻松和享受，以至于有人说，"有些大学生20岁就死了，等到80岁才被埋葬"。

从某种程度上说，大学生唯一的选择就是奋斗。特别是没有任何依靠的大学生，唯有奋斗才可能过上美好的生活，"如果说成功是青春的一个梦，那么，追求即是青春本身，是一个人心灵年轻的最好证明。谁追求不止，谁就青春常在。一个人的青春是在他不再追求的那一天结束的"②。如果说"人过中年，就应该基本戒除功利心、贪心、野心，给善心、闲心、平常心让出地盘了，它们都源自一种看破红尘名利、回归生命本质的觉悟"③，如果说老年人既可以选择老有所为，也可以选择老有所乐，那么正处于"青春中的青春"的大学生却只能选择"有所为"，而不能选择"有所乐"。遗憾的是，如今不少年轻人，没有富二代的命，却得了富二代的病。因此，作为教师，不得不呼吁：为了更美好的未来，为了体现青春的本义，为了老了的时候没有浮士德那样的遗憾，我们能够做的就是在下雨的时候奔跑得快一些。如果年纪轻轻的大学生告诉老师和父母自己早就看破红尘六根清净了，早就是无欲无求的佛系青年了，那父母和老师肯定会不知所措：孩子，你才多大啊！青春是用来奋斗的，道理很简单，我们毕竟不能像浮士德那样拥有第二次青春。我5岁的儿子对我说，等爸爸老

---

① 参见宗白华《歌德之人生启示》，载《意境》，北京大学出版社1997年版，第41—62页。
② 周国平：《我喜欢生命本来的样子》，作家出版社2017年版，第40页。
③ 周国平：《人生哲思录》，上海辞书出版社2011年版，第25页。

了，他就发明一种药，让爸爸恢复年轻。我知道这是孩子的天真烂漫，但在他说这番话的时候，我真的在想一个问题：如果我重返18岁，我又会怎样弥补过去留下的遗憾？

将来有一天，我们或许在各自的领域功成名就，至少可以拥有不错的事业，那个时候，我们则要多想想欲望的负面效果，要明白不少能力很强的人最后栽倒在利欲熏心上；要警惕"人为财死，鸟为食亡"；要铭记"色字头上一把刀"；要懂得欲望这条绳索的两端一端是享乐，另一端是死亡。唯有这样，我们才会通过外在的法律和道德来约束自己，才会通过内在的人格修养来平衡自己。也正是在这种背景下，那些有些文艺、有点小资，甚至有点"作"的文字才会打动我们的内心，洗涤我们的心灵。比如周国平说："在灯红酒绿的都市里，觅得一粒柳芽，一朵野花，一刻清静，人会由衷地快乐。在杳无人烟的荒野上，发现一星灯火，一缕炊烟，一点人迹，人也会由衷地快乐。"① 还如龙应台说："我想有一个家，家前有土，土上可种植丝瓜，丝瓜沿竿而爬，迎光开出巨朵黄花，花谢结果，累累棚上。我就坐在那黄泥土地上，看丝瓜身上一粒粒突起的青色疙瘩，慢看……"② 这样诗意的心态和文字，其实只有虽然不富有但财富已经自由的人才能写得出，才能发自内心地欣赏。在劝告大家生活要慢一点、欲望要少一点的作品中，木心的《从前慢》、兰德的《生与死》和米沃什的《礼物》无疑最具代表性：

> 记得早先少年时
> 大家诚诚恳恳
> 说一句　是一句
>
> 清早上火车站
> 长街黑暗无行人
> 卖豆浆的小店冒着热气
>
> 从前的日色变得慢

---

① 周国平：《风中的纸屑》，黄山书社2007年版，第12页。
② 龙应台：《慢看》，载《目送》，广西师范大学出版社2014年版，第236页。

第九章 《浮士德》中的追寻人生

车、马、邮件都慢
一生只够爱一个人

从前的锁也好看
钥匙精美有样子
你锁了，人家就懂了

——木心《从前慢》①

我和谁都不争，和谁争我都不屑
我爱大自然，其次就是艺术
我双手烤着，生命之火取暖
火萎了，我也准备走了。

——兰德《生与死》②

多么快乐的一天。
雾早就散了，我在花园中干活。
蜂鸟停在忍冬花的上面。
尘世中没有什么我想占有。
我知道没有人值得我去妒忌。
无论遭受了怎样的不幸，我都已忘记。
想到我曾是同样的人并不使我窘迫
我的身体里没有疼痛。
直起腰，我看见蓝色的海和白帆。

——米沃什《礼物》③

上述的名句名诗，有一个共同特点，就是张扬一种诗意人生、佛意人生。功成名就的人读一读，对于缓解欲望带来的生命焦虑是大有裨益的。

---

① 木心：《从前慢》，载《木心诗选》，广西师范大学出版社2015年版，第180页。
② [英]兰德：《生与死》，杨绛译，载刘克敌、李西宏主编《那些翻译大师们》，金城出版社2010年版，第88页。
③ [波兰]切·米沃什：《礼物》，载《切·米沃什诗选》，张曙光译，河北教育出版社2002年版，第164页。

但是，一个在暴雨中抢收的农民，一个在烈日下劳作的民工，一个在人群中奔波的快递小哥，一个在凌晨的马路上清扫的清洁工，乃至一个正为报课题、评职称而焦头烂额的青年博士，应该没有闲情逸致欣赏这样的文字，也无法听进和理解"请停一停，等一等灵魂"之类的呼求！因此，人生如同吃火锅，在腹中空空，饥饿难耐的时候（青年时期、贫穷时期），将火调到最高的 5 档，用最快的速度给火锅加热，以便早点吃到食物；快要吃饱的时候（中年时期、物质比较富足时期），将火降到 3 档，以便偶尔增添一些食物；在酒足饭饱的时候（老年时期、财务自由时期），将火调到 1 档，以作保温之用，不再增添食物。最后，叫服务员关掉火，说一声："大家散了吧！"

第十章

《叶甫盖尼·奥涅金》中的虚空人生

解读《叶甫盖尼·奥涅金》的论著不说汗牛充栋，至少也是堆积如山。但都没有正面解答过这样一个疑问：奥涅金为何拒绝达吉雅娜？实际上，对这个疑问的合理解释，是理解小说悲剧内涵的一个重要切入点，或者说，解答了这个疑问，我们才可以更好地解释另外两个诗学层面的疑难：为何说这部小说不仅仅是一出爱情悲剧？为何说有道德缺陷的奥涅金比道德相对完善的连斯基更有资格做悲剧的主人公？

第一节 奥涅金没有理由拒绝达吉雅娜

至少有三条证据可以证明奥涅金没有理由拒绝达吉雅娜。

第一条理由是达吉雅娜完全符合奥涅金的审美观和择偶标准。在拉林的家中，在连斯基的指引下，奥涅金第一次见到了连斯基的未婚妻奥丽加，也第一次见到了坐在奥丽加旁边的姐姐达吉雅娜。奥涅金立刻以奥丽加为参照系，说出自己对达吉雅娜的第一印象：

"请问：哪一位是达吉雅娜？"
"就是她，那位忧郁的姑娘，
如斯薇特兰娜般默默无言，
一进来就坐下，紧靠着门窗。"
"你真的爱上了那个小的？"
"怎么样？"
"我宁愿挑选另一个，

> 要是我像你是一个诗人。
> 奥丽加脸上缺少生命的烈火。
> 她就像凡·戴克笔下的马利亚:
> 生着个圆圆的红红的脸,
> 恰如这个无味的月亮,
> 漂浮在这无味的天边。"①

奥涅金这番评价和感慨至少包含了三层意思:一是如果自己挑选未婚妻,肯定要挑选姐姐达吉雅娜这种类型的;二是如果自己挑选未婚妻,绝不会像连斯基那样挑选奥丽加那种类型的,因为她"脸上缺少生命的烈火",还因为她"恰如这个无味的月亮,漂浮在无味的天空";三是自己的审美观是正常和高水平的,连斯基的审美观是不正常和低水平的。奥涅金这番话说得过于直白,导致连斯基当场脸色大变,一路上都因为心情不好而没有再说话。

第二条理由是奥涅金同样符合达吉雅娜的审美观和择偶标准。进入恋爱年纪,也一直渴望恋爱的达吉雅娜此前已拒绝了很多男士的求爱。但"挑剔"的她在第一次见到奥涅金时,便瞬间芳心暗许:

> 她那爱情的苦恼久久地
> 紧压着她的年轻的芳心,
> 心中正在等待着……某一个人,
> 她终于等到了……一睁开眼睛,
> 她就说:是他,就是这个人!
> 唉!现在无论是白天,是黑夜,
> 是她那热烈而孤寂的梦境,
> 一切都离不开这个男子,
> 一切都在施展它的魔法,
> 向这可爱的少女提起他的名字。②

---

① [俄]普希金:《叶甫盖尼·奥涅金》,冯春译,上海译文出版社1982年版,第74页。
② [俄]普希金:《叶甫盖尼·奥涅金》,冯春译,上海译文出版社1982年版,第76页。

第十章 《叶甫盖尼·奥涅金》中的虚空人生

从此以后,无论是白天还是黑夜,达吉雅娜脑海中只有奥涅金一个人的影子,周边一切的人和事,她一概不再关心:

> 达吉雅娜受着相思的煎熬,
> 她走进花园独自在那里发愁,
> 那呆滞的目光突然低垂,
> 她真是懒得再往前行走。
> 胸脯不停地起伏,双颊
> 燃烧起阵阵嫣红的火苗,
> 呼吸仿佛在嘴边消失,
> 耳朵嗡嗡响,眼前金星冒……①

这是一种典型的初恋的感觉,它超越了时代、民族和身份,是男女之间普遍存在的一种纯天然的、直观的感受,说明"在爱情上,一些非理性的或非理智的成分表现得特别明显。好像它的一切都不能靠人的意识来预见、引导和督促"②。难能可贵的是,在一个女性真实情感依然遭到压抑的时代,达吉雅娜能够勇敢地袒露自己的情意。更让人诧异和敬佩的是,她在扛不住对奥涅金的思念之后,出乎意料地克服了女性的羞涩和性别文化的压抑,积极主动地给奥涅金写了一封情书,向他直截了当地表达了爱意:

> 您为什么要来访问我们?
> 在这荒僻的为人遗忘的乡间,
> 我本来永远不会认识您,
> 也不会遭到这痛苦的磨难。
> 随着时光的流逝(谁知道呢!)
> 平静了我这缺少经验的心,
> 我许会找到个合意的朋友,

---

① [俄]普希金:《叶甫盖尼·奥涅金》,冯春译,上海译文出版社1982年版,第81—82页。

② [保加利亚]瓦西列夫:《爱情面面观》,王永嘉、杨家荣、马步宁、陈丽娅译,新世纪出版社1986年版,第76页。

我会成为一个忠实的妻子,
成为一个贤良慈祥的母亲。

另一个!……不,在这世界上
我的心决不献给任何一个人!
这是神明所注定,上苍的意思:
只有你才能占有我的心。
我整个生命是最好的证明,
保证我一定会和你相逢;
我知道,你是上帝赐给我的,
你将要保护我的一生……①

读完这封真诚、火热的情书后,平时习惯于逢场作戏,对爱情早已经心灰意冷的奥涅金也被深深地打动了:"但是达尼亚(达吉雅娜的昵称——引者注)的这封书信/却深深触动了奥涅金的心弦:/一个少女的梦想的话语/在他心中掀起了思绪的波澜;/于是他想起可爱的达吉雅娜/那苍白的脸色和忧愁的面容;/于是他的心深深地沉浸于/那甜蜜而又纯洁的梦幻。"② 也就是说,达吉雅娜的勇敢和真诚深深触动了奥涅金逐渐僵死的内心,唤醒了他对爱情久违的感觉。

第三条理由是奥涅金和达吉雅娜的爱情有着坚实的情感基础。奥涅金和达吉雅娜,虽然一为城里人,一为乡下人;一为贵族之后,一为地主之女,但两人内在的精神品质和精神追求却有着根本性的相通。就像小说中的"我"(叙述者)所描写的那样,达吉雅娜"没有妹妹那样的美丽",她的脸蛋也"不绯红鲜艳",但她身上有一些掩盖不住的气质深深地吸引着奥涅金:她"腼腆、忧郁、沉默寡言,/胆怯得像林中的小鹿一样";她"经常整日里单独一个人/默默地望着窗外出神";她"喜欢在朝霞升起之前/便独自来到阳台上面";她"很早就喜欢阅读小说,/有了书一切都能够遗忘"……可以说,达吉雅娜由内而外、自然流露出来的忧郁气质、敏感气质、浪漫气质、沉思气质、孤独气质以及书卷气,正是奥涅金所拥有

---

① [俄] 普希金:《叶甫盖尼·奥涅金》,冯春译,上海译文出版社 1982 年版,第 93—94 页。

② [俄] 普希金:《叶甫盖尼·奥涅金》,冯春译,上海译文出版社 1982 年版,第 107 页。

和所期待的,也正是奥涅金所能读懂和所能欣赏的。换言之,就精神层面而言,两个人属于同一世界。

按照正常的逻辑来推断,奥涅金会在第一时间接受达吉雅娜的求爱,接下来就算不能步入婚姻的殿堂,至少也可以轰轰烈烈地恋爱一场。但是,奥涅金没有"按常理出牌",他明白无误地拒绝了达吉雅娜。在拒绝时,他虽然找了一些安慰性的理由,但依然安慰不了达吉雅娜受伤的心灵。

第二节 奥涅金拒绝达吉雅娜只有一种可能

奥涅金拒绝达吉雅娜只有一种可能,那就是他有病。这一点,小说中的"我",也就是故事的讲述者已经交代得很清楚。小说中的"我"对奥涅金的生活和思想了如指掌,因此可以用全知全能的视角,为读者"提供事实、'画面',或概述"① 实际上,在故事开始不久,"我"就已经向读者说明了奥涅金患抑郁症的事实:

> 他已患上了一种病症,
> 这原因早该好好探寻,
> 他像英国人那样消沉,
> 简单说,俄国人的忧郁病
> 已经渐渐缠上他的身;
> 感谢上帝,他总算不想
> 用枪结束自己的生命;
> 可是对生活却提不起精神。
> 他像哈罗德那样忧愁倦怠,
> 出现在上流社会的客厅;
> 无论是流言还是打波士顿(一种牌——引者注),
> 是多情的秋波、做作的叹气,

---

① [美] W. C. 布斯:《小说修辞学》,华明、胡晓苏、周宪译,北京大学出版社1987年版,第191页。

> 什么也不能打动他的心，
> 什么也不能引起他的注意。①

根据这段描述，可以判断出奥涅金是一个暂时还不会自杀的中度抑郁症患者。这就能很好地解释奥涅金的种种反常行为了，因为抑郁症最突出的症状就是"什么也不能打动他的心，/什么也不能引起他的注意"。奥涅金为了报复连斯基邀请达吉雅娜跳舞，就整场舞会都和奥丽加不停地跳舞和说悄悄话，因为他对友情失去了兴趣，哪怕这是他唯一的友情；奥涅金未做任何思考便答应与连斯基决斗，却没有为决斗做任何精神和物质上的准备，第二天决斗时间已过还在呼呼大睡，然后没有带一位职业助手就匆忙赶到现场，因为他对自己的生命失去了兴趣；他根本不愿意去乡下照顾病危的伯父，在勉强赶去的路上恨不得伯父早点死掉，因为他对亲情失去了兴趣；他在乡下第三天，就对乡村的美丽风光和宁静生活失去了兴趣；他想过写作，但最终一个字都没有想出来；他重拾起书本，却一本也看不下去……与种种反常行为相伴随的，便是他对爱情也失去了兴趣，哪怕这是他唯一的爱情。

可以说，对一切美好和不美好的事物都失去了兴趣，同时也失去了追求和拥有的信心，是抑郁症的一种典型表现。当奥涅金对最美好的生命都无所谓的时候，那么，他对美好的爱情失去了兴趣（其实也是失去了信心）也就在情理之中了。可以说，正是抑郁症让奥涅金丧失正常去爱的能力和正常去爱的希望。就像同样患有抑郁症的哈姆莱特所言："人类不能使我发生兴趣；不，女人也不能使我发生兴趣……"② 当男人对女人都没有兴趣的时候，要么是身体上有病，要么是精神上有病，而哈姆莱特和奥涅金都属于后者。

奥涅金像很多抑郁症患者一样，精神的痛苦宁愿自己扛，也不愿向他人倾诉。

奥涅金归根结底是善良的，他不愿意让别人来承担自己那种让人悲观、绝望的情绪。从某种程度上说，善良也是他患有抑郁症的一个重要原

---

① ［俄］普希金：《叶甫盖尼·奥涅金》，冯春译，上海译文出版社1982年版，第28—29页。

② ［英］莎士比亚：《哈姆莱特》，朱生豪译，《莎士比亚全集》第5卷，译林出版社2016年版，第317页。

因。他因为很清楚自己患有抑郁症,丧失了爱的能力和爱的资格,所以他可以在上流社会逢场作戏(尽管他现在也失去了兴趣),却不愿意伤害一个自己深爱和深爱自己的女人。也因为如此,当奥涅金读完达吉雅娜的情书,在深为感动之后,却只能无奈地选择拒绝:

> 但我不是为幸福而生,
> 它和我的心没有缘分,
> 您枉然生就这样的美质:
> 受用它我没有这样幸运。
> 请相信吧(良心就是保证),
> 我们的婚姻将很痛苦。①

奥涅金其实就是在告诉达吉雅娜,如果自己是正常人,有资格和有条件步入婚姻的话,那么达吉雅娜无疑是他唯一的选择。但他不是正常人,因此他不再拥有获得家庭幸福的权利。他自己内心很明白,一个精神不正常的人和一个精神正常的人,不管彼此多么相爱,也无法组建正常的家庭,享受世俗的幸福:"世界上还有什么比这样的家/更糟,在那里可怜的妻子/为不称心的丈夫悲哀痛哭,/在孤寂中度过漫长的时日"②。

只可惜,并没有患有抑郁症,同时对抑郁症一无所知的达吉雅娜对奥涅金的解释根本无法理解。这就好比一个身患绝症的男人,出于不愿意耽搁爱人幸福的高尚动机,掩盖了自己身患绝症的真相,然后寻找其他种种似乎更合理的借口与爱人分离,但其结果却是引起爱人更深的误解、悲痛甚至怨恨。奥涅金善良和高尚的拒绝因为表达有误,被陷入热恋的达吉雅娜理解成无情的托词和居高临下的说教。就这样,奥涅金因为"爱"而拒绝达吉雅娜,却被达吉雅娜理解成为因为"不爱"而拒绝。奥涅金不希望自己伤害达吉雅娜的主观动机,在客观上却让达吉雅娜尝尽了失恋的痛楚甚至屈辱。

---

① [俄]普希金:《叶甫盖尼·奥涅金》,冯春译,上海译文出版社1982年版,第109页。
② [俄]普希金:《叶甫盖尼·奥涅金》,冯春译,上海译文出版社1982年版,第109—110页。

第三节　奥涅金患的是"俄国人的抑郁病"

在《疾病的隐喻中》，苏珊·桑塔格探讨了癌症（包括白血病）、肺结核、瘟疫、梅毒、艾滋病等在社会或者文学中的隐喻，却没有关注到抑郁症的隐喻功能。其实，至少在 19 世纪的西方文学中，抑郁症的隐喻是显而易见的："十九世纪早期的忧郁是一种病，这种病不是哪一个人或哪一个国家所独有的，它是一场由一个民族传到另一个民族的瘟疫，就像中世纪常常传遍整个欧洲的那些次宗教狂热一样。"① 19 世纪初期西方文学中的抑郁症隐喻，催生了一大批被称为"世纪病患者"的文学形象，这就包括俄国文学中的"多余人"。而奥涅金正是"多余人"的鼻祖。

苏珊·桑塔格认为，"从隐喻的角度说，肺病是一种灵魂病。作为一种袭击身体任何部位的疾病，癌症是一种身体病"②。抑郁症和肺病一样，也是"一种灵魂病"，而且是看不见摸不着，却始终如影随形的"一种灵魂病"，是比肺病更彻底、更深刻、更让人绝望的"一种灵魂病"。奥涅金不幸患上的就是这种"灵魂病"。他由于善良，所以拒绝了达吉雅娜的爱，从而导致"为什么明明相爱，但最后还是要分开"的爱情悲剧。但是，奥涅金的悲剧并不仅仅是抑郁症导致的爱情悲剧。因为就像小说中的"我"（故事讲述者）交代的那样，奥涅金患上的不仅是抑郁症，而且是"俄国人的抑郁病"。正因为是"俄国人的抑郁病"，所以奥涅金的爱情悲剧就超越了"爱情"的范围，上升到"文化"的高度；超越了"个体"的范围，上升到"时代"的高度。也因为如此，有诸多道德缺陷的奥涅金比道德相对完善的连斯基更有资格做悲剧的主人公。

在小说中，还有一个重要的男性角色，就是奥涅金唯一的朋友连斯基。在相对孤僻的乡村，他们因为气质上的相通和精神上的相互吸引而成为好友，但他们的性格却又迥然有别：

　　他们结识了，可是巉岩和波浪，

---

①［丹麦］勃兰兑斯：《十九世纪文学主流·流亡文学》，张道真译，人民文学出版社 1997 年版，第 31 页。

②［美］苏珊·桑塔格：《疾病的隐喻》，程巍译，上海译文出版社 2003 年版，第 18 页。

诗歌和散文，冰雪和火焰，
彼此的差别也不如他们明显。①

"巉岩"的特征是稳重安静，"波浪"的特征是骚动不安；"诗歌"代表自由和随意，"散文"代表章法和规矩；"冰雪"象征极度的冷漠，"火焰"象征如火的热情。也就是说，奥涅金是一个骚动不安、自由随意和冷如冰霜的人；连斯基则是一个稳重安静、遵守章法规矩和热情如火的人。

连斯基是朴实无华的乡村地主，很少出入娱乐场所，所以说他"稳重安静"；连斯基英俊潇洒，所有适龄的乡村女子都把他当成丈夫的最佳人选，但他却从不风流，一心一意地爱着一个人，所以说他"遵守章法规矩"；连斯基非常热爱传统生活，对爱情、婚姻、家庭和友谊以及所有日常幸福都充满热切的期待，也愿意为之付出真诚的努力，所以说他"热情如火"。奥涅金的情况恰恰相反。在日常生活中，他是"寻欢作乐穷奢极欲的公子"；在感情世界中，他专一于"爱情"但从不专一于爱情的具体对象，可谓是玩弄感情的高手。他由于对什么都没有兴趣，所以最终带着浓厚的悲观情绪，走向了自我封闭的内心，从而在"骚动不安"和"自由随意"之后，又将"冷若冰霜"的面孔留给了整个世界。

但是，看起来一切正常的连斯基，却无法取代看起来一切不正常的奥涅金成为悲剧的主角，就因为奥涅金的形象更富有时代意义和象征意义，也更富有悲剧性。奥涅金至少有七个明显的特点：一是贵族，虽然家庭没落，但贵族的生活习性和整体气质却保持得很好；二是正处于躁动不安的青春期；三是长期无人看管（"我的奥涅金已是无拘无束"）；四是社交高手，跳舞、喝酒、追求女性，样样精通（"小小年纪他就学会挑逗，把那卖弄风情的老手引诱！"）；五是受过良好的贵族教育，能说一口流利的法语（"他的法语已是无懈可击"）；六是读了不少有思想的书，如《荷马史诗》《唐璜》《国富论》《社会契约论》，这些书籍涉及自由和民主等问题；七是长期过着养尊处优、奢靡腐化的生活（"这寻欢作乐穷奢极欲的公子，/在喧闹的舞会中玩得筋疲力尽，/他还把早晨当作夜半，/正睡得既甜蜜而又深沉"）。

---

① ［俄］普希金：《叶甫盖尼·奥涅金》，冯春译，上海译文出版社1982年版，第51—52页。

西方有思想的书读得多了，让奥涅金具备了一定的辨别和反思能力，故他对贵族这种醉生梦死的生活产生了厌恶之情，有开始"忏悔"的迹象；长期的养尊处优又让奥涅金无法抗拒和脱离这种醉生梦死的生活。时间一久，奥涅金的人格逐渐分裂了。在19世纪初期的俄罗斯，奥涅金的人格分裂更能体现时代大潮中贵族知识分子的精神困惑和精神困境。

众所周知，1812年抵抗拿破仑入侵的卫国战争让俄罗斯的民族意识空前觉醒和高涨，同时也因为"在历史上，人生探索的活跃总是发生在价值观念转换的时代"①。因此，面对"旧的社会结构和信仰体系业已自行瓦解，新的社会力量尚且微弱，社会动乱，个人命运乖促"的"世纪转折点"，俄罗斯贵族知识分子开始做出自己的思考和选择，一部分人继续心安理得地享受着寄生虫一样的奢靡生活；一部分人像"十二月党人"那样，通过比较激进的行动来变革现实；还有一部分人像奥涅金那样，一方面为自己的寄生生活感到焦灼和痛苦，另一方面又没有能力和胆量脱离现状去做一个"斗士"和"英雄"，而只能无所事事又不知所措地苟活着。

在19世纪初期的俄国文学中，奥涅金这样的贵族知识分子渐渐成为一种类型。莱蒙托夫（Lermontov，1814—1841）《当代英雄》中的毕巧林、屠格涅夫《罗亭》中的罗亭、赫尔岑（Herzen，1812—1870）《谁之罪》中的别尔托夫等，他们的人生和奥涅金一样，始终处于一种矛盾状态：一方面，他们受西欧现代化思想的影响很深，对俄国的农奴制度和专制制度深恶痛绝；另一方面，他们的骨子中又流淌着东方专制制度和封建农奴制度的血液；一方面，他们在身份上趋向上层，另一方面，他们在思想上趋向下层；他们既不会和政府合作，也不会和普通民众打成一片，最后，他们成了漂浮在上层和下层之间的一个奇特阶层，成了"马车的第五个轮子"，成了活着没有多大用，死了也没有多大损失的"多余人"：

> 奥涅金（我又来说他的故事）
> 在决斗中打死了他的朋友，
> 没有目的，无所作为地
> 白白混过了二十六个春秋，
> 在无所事事的悠闲中苦恼着，

---

① 周国平：《尼采——在世纪的转折点上》，译林出版社2012年版，第61页。

没有官职、妻子和工作，
不管什么事他都不会做。①

像奥涅金这样的贵族知识分子，其实并非完全多余的"多余人"，因为他们多少起到一定的"启蒙"作用，即从理论上告诉俄罗斯人，至少可以告诉自己什么是错的，什么是对的。当他们完成"启蒙"的历史使命后，俄罗斯人则更需要通过"革命"革故鼎新，而承担"革命"重任的只能是以资产阶级为主导的平民知识分子。正是在这一背景之下，最后一代"多余人"，如冈察洛夫《奥勃洛摩夫》中的奥勃洛摩夫，这位连做梦都梦见自己在睡觉的懒人，因为真正的"多余"而需要退出历史舞台了。

第四节　奥涅金比连斯基更具有悲剧性

因为奥涅金具有如此典型的代表性，所以他比连斯基更适合做悲剧的主人公。或者说，和连斯基相比，奥涅金更能体现时代转型、文化转型的悲剧性。恩格斯认为，悲剧就是"历史的必然要求和这个要求的实际上不可能实现"②。鲁迅认为，"悲剧将人生的有价值的东西毁灭给人看"③。文艺理论家徐岱认为，这两种悲剧观都有其考虑不周全的地方，应该汲取两种悲剧观的各自所长，重新定义悲剧："悲剧是人生有价值的东西以历史必然的方式毁灭给人看。"④ 按照这种新定义，悲剧的构成必须具备两个条件：一是悲剧主人公是有价值的；一是其毁灭的方式是历史的必然的。

悲剧主人公的价值构成不外乎有三种：一是正价值占主导，但有负价值；二是正负价值对半；三是负价值占主导，但有正价值。由此相应，悲剧具有三种类型：一是"赞歌式悲剧"，歌颂被旧时代所毁灭的新时代英雄，如哈姆莱特和"拜伦式英雄"；二是"哀歌式悲剧"，哀叹介于英雄

---

① [俄]普希金：《叶甫盖尼·奥涅金》，冯春译，上海译文出版社1982年版，第236—237页。

② 恩格斯：《恩格斯致斐·拉萨尔》，《马克思恩格斯选集》第4卷，人民出版社1995年版，第560页。

③ 鲁迅：《再论雷峰塔的倒掉》，载《鲁迅选集》（杂文卷），山东文艺出版社2003年版，第68页。

④ 徐岱：《艺术的精神》，首都师范大学出版社2001年版，第162页。

和恶魔之间者,他们可以成为既不是英雄也不是恶魔的小人物,如埃斯梅拉达;也可以是英雄性和恶魔性混杂的大人物,如麦克白、奥赛罗;三是"挽歌式悲剧",惋惜被新的文化因素所抛弃的旧人物(他们是旧文化中的一员,但又和旧文化有些不同),如以奥涅金为代表的"多余人"。

奥涅金是一个"负价值"占主导的"多余人"。其身上的"正价值"在于他从一个沉醉于感官享乐的人逐渐变成一个厌倦感官享乐的人,更在于他开始成为一个思考者和自省者;一个焦灼者和苦恼者;一个因生命中缺乏意义的追寻而惶恐不安的人。如果奥涅金对感官游戏继续心满意足的话,那么他将因为完全缺乏正价值而被剥夺悲剧主人公的资格,但现在,他用"不幸福""空虚苦恼""悲观厌世"的精神状态和自己的过去保持了距离,也和整个贵族文化保持了距离,因此,他具备了悲剧主人公最基本的条件:具有一定的正价值。连斯基没有明显的缺点,他在道德上也比奥涅金"完善",一般而言,道德完善的人更适合做悲剧的主角,但在《叶甫盖尼·奥涅金》中,连斯基的毁灭和奥涅金的毁灭相比,缺乏足够的历史性,也缺乏足够的必然性。

奥涅金的毁灭更具有历史性。奥涅金所处的时期,俄罗斯正从封建贵族文化向资本主义平民文化转型。一方面,贵族文化濒临死亡,另一方面,平民文化虽然已经孕育,但尚未浮出历史地表,这几乎是一个文化真空时期。奥涅金的症状代表了在历史和文化的裂变中,俄罗斯贵族知识分子所呈现出的生命状态:依赖于贵族文化又反感贵族文化;反感贵族文化,又脱离不了贵族文化。对贵族文化的反感,让他们在观念上能对现实生活投去蔑视的目光;对贵族文化的依赖,注定了他们在行为上懦弱无为,也根本找不到人生的方向。反观连斯基,他是地主,不适合代表当时的贵族文化;他过于生活化和世俗化,不适合代表理想主义的知识分子;他还过于"完美",因而不适合代表非常不完美的贵族知识分子。因此,连斯基的身份和性格就他所处的历史语境而言,并不具有典型性。

奥涅金的毁灭更具有必然性。一是因为他自身的矛盾性。奥涅金似乎不再依恋传统,但却要依赖于传统;他还具备理想主义者的一些素质,但"理想"的内容又相当地朦胧和模糊,因此,就算他能脱离旧的文化因素,也不知道会走向何方,何况他还依赖着他所厌倦的现实社会。二是因为贵族知识分子的矛盾性。郑也夫将知识分子划分为四种类型:"(1)非文化型知识分子:他们具有大学学历,但不从事文化(包括科技)工作,而在机关部门从事管理和事务性工作。(2)传授与应用型知识分子：教师、工程师、临床医生等。(3)创造型知识分子：学者、科学家、作家、艺术家等等。(4)批判型知识分子。"① 林贤治将知识分子划分为三种类型："一、幕僚知识分子，葛兰西称为'统治集团的管家'；二、技术知识分子，也称'技术专家'；三、人文知识分子。"② 如果说俄罗斯知识分子可以归入"批判性知识分子"和"人文知识分子"，那么，在俄罗斯知识分子中的贵族知识分子则不知该归入何种知识分子，或许，他们本身可以自成一类，他们的显著特点是具有很强的自我反思性，但距离"批判性知识分子"和"人文知识分子"还有不小的距离。他们在历史转型时期对贵族文化的双重姿态注定了他们无法承载起新的文化理想，而只能随着那个被淘汰的社会一起消亡，但由于他们有过适应历史潮流的努力，因而当他们消亡时，新时代必须为他们歌唱，但不管这首歌唱得多么动人，归根结底只能是一曲挽歌。

三是来自于达吉雅娜的矛盾性。奥涅金的命运和达吉雅娜的命运紧紧相连。奥涅金是俄罗斯贵族知识分子的代表，达吉雅娜是俄罗斯古典女性的化身。在那个历史时期，"在封建俄国，盛行着'上帝主宰世界，沙皇主宰国家，男人主宰家庭'的原则，家长对于妇女、儿童和全家老少拥有不受任何限制的统治权。在家庭中，妇女的地位极端低下。一句粗俗的谚语反映了她们在丈夫家中的地位：'男人不打你，就是不爱你。'"③ 在这样的社会条件下，对于达吉雅娜而言，最"正确"的选择或许就是坚决不能有自由地寻找幸福的念头，因为只要有这种念头出现，并且勇敢地追寻，那就必然注定了悲剧的发生。但是，达吉雅娜却能让爱情的自然性暂时遮蔽爱情的社会性，主动示爱，可谓是"现代性"一次耀眼的闪烁。正是从这个意义说："普希金笔下的男性主人公，就像被雨淋湿的柴火，怎么也燃烧不起来；他们是一群跟自己的时代格格不入而又软弱无力的人，例如，奥涅金、高加索的俘虏和阿列哥就是这样的人。然而，普希金的女主人公则充满力量感，像一团热烈而明净的火焰，给人带来足够多的光明和温暖。《茨冈人》中的茨冈姑娘，《高加索的俘虏》中的切尔克斯女郎，

---

① 郑也夫：《知识分子研究》，中国青年出版社2004年版，第10页。
② 林贤治：《五四之魂——中国知识分子精神史》，漓江出版社2012年版，第208页。
③ 姚海：《俄罗斯文化之路》，浙江人民出版社1992年版，第97页。

《叶甫盖尼·奥涅金》中的达吉雅娜,就是这样的人。"①

但是,在第一次被拒绝之后,达吉雅娜很快就退守到旧有的传统之中。她终究成不了可以为爱奋不顾身、飞蛾扑火的简·爱和安娜·卡列尼娜,因此,她最后还是像其他俄罗斯传统女性一样,遵从母命,嫁给了一个自己并不爱的人。就这样,达吉雅娜的"追求"与"拒绝"刚好和奥涅金的"拒绝"与"追求"形成两次错位。如果达吉雅娜一贯地传统,她就不会爱上奥涅金;如果达吉雅娜一贯地现代,她就可以背叛传统,坚决地和奥涅金在一起,哪怕时间很短暂。但她最后还是遵循历史的和现实的逻辑,从"现代"退守到"传统",这就加速了奥涅金的毁灭。

有缺陷的奥涅金毕竟是奥涅金,完美的连斯基也只是连斯基。连斯基是一个好人,因为意外而失去生命,所以他的故事令人悲伤,但不具有悲剧性。奥涅金算不得是一个好人,但是他的毁灭不是随机的,而是历史的;不是偶然的,而是必然,所以,他的抑郁症不只是属于他个人,还属于文化转型时期的俄罗斯知识分子。最终,奥涅金用他的痛苦和不幸,谱写了一曲让人忧伤、让人哀叹的"挽歌式悲剧"。

第五节 一种生命状态

其实,每个个体也有属于自己的文化转型,假如这个"型"没有转好,那么,就很容易变成"多余人"。也就是说,"多余人"不仅是一种社会现象,文学形象,也代表着一种生命状态。什么样的生命状态?一种虚空的生命状态。

我们不妨联系现实来谈这个问题。大学一年级,正是同学们人生中一个很关键的文化转型时期:从高中向大学的转型。有的人转好了,可以拥有一个阳光、充实和健康的大学生活,还有很多同学没有转好,变成了同学们眼中,甚至他们自己心目中的"多余人",从而过上了一种"虚空"的人生。

据我的观察,大学里的"多余人"不外乎由以下几种情况造成的:

一是痴迷于形而上的思考。比如说,有些同学喜欢看尼采的书、庄子

---

① 李建军:《重估俄罗斯文学》(上),二十一世纪出版集团2018年版,第191页。

的书、或者基督教、佛教的书，慢慢变得比较出世，有点看破红尘、六根清净的倾向，甚至有直接遁入空门的。

二是遭遇挫折而心灰意冷。有些同学因为失恋或者其他原因，精神和信心受到重大的打击，开始破罐子破摔，一不小心就成了多余人。

三是消极反叛。有些同学对大学生活不满，比如认为自己上的学校低于自己的预期，或者认为学校的课程和老师比较让人失望等，于是通过逃课、睡觉、上网等方式来做消极的反叛。有些同学逃课的方式是，第一节来一下，看看老师长得好看不好看，最后一次课来一下，看看老师如何划重点；有的同学睡觉睡得天昏地暗，睡得"白天不知夜得黑"；有的同学上网打游戏，连亲爹都不认识了。

四是懒惰。这些同学有点像奥勃洛摩夫，天性就是喜欢那种无所事事的生活。进入大学后，没有外部力量的引导和制约，这种"天性"就充分展示出来了，在治疗懒惰的药发明之前，他们还会一直"多余"下去。

五是迷惘。有些同学告别了目标明确，井然有序的高中生活，进入无拘无束，没有人管的大学校园，突然懵了，不知道该干嘛了。用奥涅金在日记中的话说："没有比找不到活着的理由更让人苦闷了，也没有比找不到生活目的的人更感多余。"于是，这些同学都像《男人帮》中孙红雷扮演的"顾小白"那样，总喜欢躺在一个地方，不停地念叨："好无聊啊，好无聊啊，好无聊啊。"无聊得一久，就会出精神问题了。

人生在某个阶段像个多余人，是无法避免的，因为人生总是在不断地转型，一旦转型，迷惘是不可避免的。有时候，暂时的虚空反倒促使我们更清醒地思考人生，更深刻地体验人生。但如果一辈子都像个多余人，一辈子虚空下去，那无疑是悲剧的一生。我们显然不希望自己或者别人一辈子都是一个"多余人"。我们该如何走出"多余人"的状态，让人生在整体上变得有追求、有意义、有回味？这方面，奥涅金有经验，我也有经验。大一下学期，我正因为迷惘而成了暂时的"多余人"。没有朋友，没有学业，没有爱情。白天同学们去上课，我在寝室里睡觉；晚上同学们去上自习，我抱床被子去网吧上网，或者在校园里像孤魂野鬼一样游荡；第二天回到寝室继续睡觉……这样的日子循环往复，让我在精神上受到极大的折磨，轻度抑郁症就在眼前。直到期末，收到考试成绩单，发现两门课不及格。虽然有大学生说"没有补考的大学是不完整的"，但当我真的发现自己要补考了，我感到的不是大学可以"完整"了的骄傲，而是深深的伤痛和耻辱。我知道，以后不能再这样下去了。那我又是如何走出"多余人"的状态，重拾生活的信心和梦想呢？综合奥涅金的经验和我自己的经验，有三条走出"多余人"状态的思路可供同学们参考。

第一种经验，像奥涅金那样，走出比较封闭的环境，到更广阔的社会中去行万里路。奥涅金后来为什么又有了爱的冲动，向达吉雅娜表达爱情？因为他抑郁症治好了。如何治好的？因为他在俄罗斯的大地上走了一遭，俄罗斯的风土和人情，自然和人文，幸福和不幸等让他豁然开朗，获得新生。同学们如果能利用寒暑假，做一些社会实践或者旅行一下，比如骑个自行车去一趟西藏，活着回来之后，相信心情和思想都会不一样。如果走出去"冒险"的机会不多，那么多参加运动，也是改变精神状态的一种好方式。

第二种经验，一直问自己一个问题：如果其他人都像我这样生活，社会会变成什么样子？比如说，所有的大学生都遁入空门，中国会变成什么样子？所有的同学在上课的时间都躺在床上睡觉，大学会变成什么样子？社会很大，也很包容，但一直努力奋斗的人占大多数，社会才会发展和进步。存在主义哲学启发我们，每个人都是自由的，可以做出自由的选择。自由选择的本义是鼓励我们激发自身的能动性，不断地超越自我的局限，向着理想的目标进发。自由选择绝对不是容忍和推崇想怎样选择就怎样选择。自由选择还提醒我们要现实地选择和道德的选择。所谓道德的选择，其实就是做出既有利于自己又有利于他人的选择。而既逃课又逃学，自甘堕落，自我毁灭，虽然是自由的选择，却不是道德的选择。

第三种经验，一直问自己另一个问题：如果我一直这样活下去，我的父亲、我的母亲、我的亲人会有什么样的感受。他们东借西借，将我送到大学，就是让我来无所事事的吗？如果我们的父母亲来学校看望我，发现我正在网吧里废寝忘食，或者躺着床上不停地唠叨"好无聊啊，好无聊啊"，他们会不会泪往心里流？在我最"虚空"的时候，我正是常想这个问题而变得非常愧疚和羞耻，于是尝试着树立一些小的目标，比如通过英语四级、六级考试等，来让自己有事情可做。从大二开始，我心中的"多余感"渐渐消失了，在同学们心目中，我也是一个充满进取精神的阳光学生了。

结　语

谁规定过只能用一种格式写著作？
——演讲体学术著作的学术特色

2014年，我主持申报了"中国大学视频公开课"《故事中的人生——西方古典文学选讲》，共讲了5讲。2020年上学期，我给湘潭大学比较文学与世界文学专业的博士生开设了必修课《欧美文学专题》，共讲了10讲。在这两门课讲稿的基础上，我作了进一步的延伸和拓展，于是便有了现在这本小书。由于这是一本"讲"出来的书，因此，它大致属于演讲体学术著作的范围。著作等身，且擅长用散文的笔法写论文的张楚廷说："谁规定过只能用一种格式写论文？"[①] 推而广之，"谁规定过只能用一种格式写著作？"既然没有，那么演讲体学术著作便有了存在的理由和价值。

演讲体学术著作，就是指为了演讲而写，且在演讲稿基础上修改、完善而成的学术著作。比较标准的演讲体学术著作有易中天的《品三国》《中国智慧》《先秦诸子百家争鸣》，孙绍振的《演说〈红楼〉〈三国〉〈雷雨〉之魅》《演说经典之美》《文学性讲演录》，潘知常的《说〈水浒〉人物》《说〈红楼〉人物》、徐葆耕的《西方文学十五讲》，毕飞宇的《小说课》，戴建业的《戴老师魔性诗词课》《老子开讲》、余秋雨的《北大授课》等。

也有不少学术著作，有演讲体之名但无演讲体之实，如木心的《文学回忆录》，是听课学生陈丹青笔录的讲稿，典雅、优美、精炼，但以我们当老师的经验和做学生的体会，照着这样的稿子讲课效果不会很好。还如邓晓芒的《康德哲学讲演录》《西方美学史讲演录》《古希腊罗马哲学讲

[①] 张楚廷：《思想的流淌》，西南师范大学出版社2015年版，第110页。

演录》《邓晓芒讲黑格尔》等，写得极好，但更适合慢慢品读而不适合听，因为口语的成分实在太少，老师记不住，学生听起来费力，所以它们在增添一些注释后，依然算是传统的学术著作。另外，广西师范大学出版社出版的"大学名师讲课实录"系列，北京大学出版社出版的"未名讲坛"系列，北京大学出版社出版的"大学素质教育通识课系列教材"（即著名的"十五讲"）系列，有些是非常好的演讲体学术著作，有些和传统的学术著作并无本质区别。

传统的学术著作是写给极少数精英同行看的，其动机更多是为了"证明"——证明自己的学术态度和学术水平。比如笔者写《厄普代克中产阶级小说的宗教之维》，就是为了适应主流的评价，进而在厄普代克研究界赢得"一席之地"。国内研究厄普代克的人极少，对厄普代克有点兴趣的人也没有几个，所以这本书印 1000 册估计足够了。更极端的是，写作只是为了评职称、为了获奖、为了换取"工分"。只为这些目的而写的书，只需印几本就够用了。

愿意写演讲体学术著作的学者，要么是不想和体制"玩"了，要么是有"资本"和胆识超越体制了。易中天显然属于前一种情况。自 1992 年之后，他明显身在曹营心在汉，完全不写传统的学术著作，转而一心一意写随笔体学术著作和演讲体学术著作。《中国的男人和女人》《闲话中国人》《读城记》等因为没有经过课堂检验和过滤，所以属于前者；《品三国》《中国智慧》《先秦诸子百家争鸣》等是讲稿的完善版，所以属于后者。孙绍振、潘知常显然属于后一种情况。他们在体制内早已经功成名就、游刃有余，故能一边写传统的学术著作，一边写演讲体学术著作。在两种状态中间，他们自由切换，不仅毫不费力，而且乐在其中。至于毕飞宇，虽然受聘于高校，但作为特立独行的著名作家，用一颗自由之心写自由自在的演讲体学术著作《小说课》真的毫不费力。

写演讲体学术著作的学者，显然不是为了适应某些评价，因为此类著作不能评职称、不能换工分、不能评奖，更不能在学界证明自己（写多了，甚至会降低作者的学术声誉和学术地位）。写演讲体学术著作，是为自己"多余的才华"找到用武之地，更为了自己的学术研究寻觅更多的知音，说得通俗点，就是希望自己写的东西有更多的人能够看到，有更多的人喜欢去看。

演讲体学术著作作为学术著作的一种类型，虽然遵循学术著作的基本规范，但由于是为了"口语传播"而写，是为了"说给人听"而写，是为了更广大的读者而写，所以，它们有自己独特的学术追求以及由此而产生的学术特色。对此，既擅长写传统学术著作，又擅长写演讲体学术著作的孙绍振看得清楚，说得明白：

> 口头演讲和学术论文不同。学术论文是严密的、精确的，但是，如果把它拿到会场上去抑扬顿挫地念一通，其结果肯定是砸锅，原因就是学术论文是研究的结果，没有现场感，没有交流感，它只是单向地宣示自己的思想成果。而演讲却不是单方面的传达自己的思想，而是和听众交流。讲者和听者的关系，不是主动和被动的关系，而是在平等交流，是共创的关系。不管后来记录的文字多么粗糙，只要有现场的交流互动，有共同创造的氛围，效果就非同小可。[①]

演讲体学术著作是演讲的文字版，"这些面对公众的'演说'，一旦整理成文，在便利传播的同时，必然减少原本很重要的现场感——比如口音、语调、手势、抑扬顿挫，乃至演讲者的各种肢体语言。现场听众都明白，这些无法用文字记录下来的感觉与氛围，对于一场演说是多么重要"[②]。尽管演讲变成演讲体学术著作，留下了很多无法弥补的遗憾，但其为了演讲而写，以及在演讲基础上整理完善而成的痕迹、特征依然非常明显。换言之，为了更好地与听众交流，营造更热烈、和谐的现场感，演讲体学术著作至少有以下五种学术追求。

第一节 重传播

演讲体学术著作似乎显得不学术（有人干脆将之纳入非学术著作和通俗读物的范畴），但它们的存在恰恰是对传统学术著作只注重"研究"不注重"传播"的有力提醒和纠偏：

[①] 孙绍振：《自序：演讲的智慧与散文之谐趣》，载《演说经典之美》，福建教育出版社2015年版，第3页。

[②] 陈平原：《声音的魅力》，《南方文坛》2019年第5期。

"学术"一词，必须包括两个内容：研究和传播。所谓"学者"，也应该包括两种人：研究者和传播者。当然，这里可以有一个分工，比如一部分人做研究，一部分人做传播。也可以有一个比例，比如做研究的多一点，做传播的人少一点。他们甚至还可以交叉、重叠，比如做研究的也做传播，做传播的也做研究；或者一段时间做研究，一段时间做传播，就像"学而优则仕，仕而优则学"一样。至于那比例是三七开、四六开、二八开，倒无所谓。反正不能没有研究，也不能没有传播。以研究压传播，认为只有研究才是真学问，做传播就低人一等，要打入另册，不但违背学术的初衷，而且简直就"没良心"[①]。

当我们不只是为了体制内的少数精英同行而写作，而是为了大多数普通读者而写作的时候，就需要在写传统的学术著作之外"另谋出路"了。演讲体学术著作由于遵循了口语传播的规律，所以天然地具备赢得广大读者的优势。诚如易中天先生所言，演讲体学术著作是广泛地传播学术的最佳选择之一：

> 我不是历史学家。所以，我关心的，不是学术界认不认可，而是怎样才能有更多的读者。我的读者是没有专业限制的。青年学生、机关干部、公司老总、官员和文员、教师和律师、市民和农民，只要有兴趣，都可以阅读。我希望他们能在轻松愉快之中阅读，读完以后又能有所收获。总之，我的目标，是"高品位，广读者"。这就要用"随笔体"了。道理也很简单：我们的写作，既然是为了"人文关怀"，为了"广大公众"，那么，我们跟读者的关系，就应该是朋友，也只能是朋友。人文关怀是"人对人的关怀"，不是"神对人的关怀"。那就得说"人话"，不能说"神话"。何况，咱们是人，人家也是人，没什么两样。要说有区别，也就是咱们想得多一点，想得深一点，还不敢说都想全了，都想对了。也有咱们没想到，读者想到了的。所以，咱们著书立说，充其量也就是跟读者交换心得。就像朋友聚在一起，总要聊聊天一样。朋友之间聊天，哪有打官腔、掉书袋、

---

① 易中天：《我看百家讲坛》，《百家讲坛——这张"魔鬼"的床》，作家出版社2007年版，第6页。

咬文嚼字、装腔作势的？写成"随笔体"，岂非理所当然？①

易中天在这里所言的"随笔体"实质上就是笔者所言的"演讲体"。可以说，"重传播"是演讲体学术著作的核心追求和基础追求。根据传播学原理，"信息只有被传播，才有价值；传播只有被关注，才能实现价值。无论是思想家、政治家、企业家、艺术家，都想方设法使自己的信息让更多人关注，只有被人关注了，才能影响他人的行为。"② 主流学者们对赢得学界的认可其实非常在乎，却过多关注论著是否获得课题资助、是否获得政府奖励等外在的指标，而忽略了论著本身的传播范围和效果。因此，毋庸讳言，如今不少学术著作的写法是不利于传播的，甚至是反传播的。我们不能说传播越广的就越有学术价值，但也不能说传播越窄的就越有学术价值。殊不知，就算那些最高深的学术著作，如黑格尔的书、康德的书，发行量也是相当可观的。

演讲体学术著作本身就是为了传播而写的。其最初是借助声音（演讲）来传播，出版后，再通过文字（写作）而传播。为了获得更广泛的传播范围和更好的传播效果，演讲体学术著作必然要追求与传统学术著作不同的表达方式，包括有文采、善口语、讲故事和有生活等。

第二节　有文采

传统的学术著作可以有文采，也可以没有文采。有文采令读者惊喜，没文采读者习以为常。总体而言，没有文采的居多，有文采的太少。由于有文采的太少，导致枯燥、无趣、乏味、艰涩等成为传统学术著作的标志性特点。其实，传统的学术著作完全可以写得很有文采的。比如史学名著《万历十五年》是这样表达的：

> 张居正似乎永远是智慧的象征。他眉目轩朗，长须，而且注意修饰，袍服每天都像崭新的一样折痕分明。他的心智也完全和仪表相一

---

① 易中天：《态度决定成败》，《易中天文集》第八卷（前言），上海文艺出版社2011年版，第1页。

② 邹振东：《弱传播——舆论世界的哲学》，国家行政学院出版社2018年版，第25页。

致。他不开口则已，一开口就能揭出事情的要害，言辞简短准确，使人无可置疑，颇合于中国古语所谓"夫人不言，言必有中"①。

这般像风铃般悦耳动听的文字贯穿全书始终。这本书 1997 年第一版，2018 年第 54 次印刷，印数为 156.3 万册。它之所以获得读者如此的"追捧"，恰恰说明，广大读者对传统学术著作文字的文学性有着热烈的期待和由衷的喜爱。再比如《共产党宣言》是这样开头的：

> 一个幽灵，共产主义的幽灵，在欧洲游荡。为了对这个幽灵进行神圣的围剿，旧欧洲的一切势力，教皇和沙皇、梅特涅和基佐、法国的激进派和德国的警察，都联合起来了。②

这样文学性十足的文字，更像是某部长篇小说的开头，充满诗意、悬念和张力，不仅不降低该书的学术价值，反而让该书的学术个性在学术界成为美谈。遗憾的是，研究和崇拜马克思、恩格斯的学者很多，但真正领会和用心践行马克思、恩格斯文风的学者却并不多见。

尤其是近些年，传统学术著作越来越学究化、八股化、机械化和模式化，导致千书一面的现象越来越明显。更极端的是，文笔优美不仅不被视为学术著作的优点，反而被当成缺乏学术性的典型罪状。对此，毕生追求诗化写作而被体制严重边缘化的哲学家周国平感触颇深：

> 看来，中国学术界的奇怪规则是，在评估你的学术能力时，你的文字表达能力是作为负数加入计算的。凡是表达生动的文字，不管所表达的内容是什么，都不能算作成果。不仅如此，而且因为它们的存在，对你的形式上符合标准的学术成果的评估也要相应地打折扣。因此，如果你写了大量有文采的——因此而被判定是非学术的——著作，那么，在它们的抵消之下，即使你的那些可以被承认的学术性的著作在绝对数量上也不少，在质量上相当高，至少高于他们生产的大多数产品，他们仍然认为自己有权对之忽略不计。③

---

① 黄仁宇：《万历十五年》，生活·读书·新知三联书店 1997 年版，第 11 页。
② 马克思、恩格斯：《共产党宣言》，中央编译出版社 2005 年版，第 25 页。
③ 周国平：《岁月与性情——我的心灵自传》，长江文艺出版社 2004 年版，第 243 页。

周国平的处女作《尼采与形而上学》是典型的传统学术著作。他的成名作《尼采——在世纪的转折点上》则是典型的随笔体学术著作了。在这两部书之后，周国平则彻底的"放飞自我"，冒着被主流体制抛弃的风险，致力于随笔体、散文体、格言体学术著作的写作："有的人喜欢用哲学词汇表达日常的体验，我喜欢用日常词汇表达哲学的体验。""我偏爱那些用随笔、格言、手记等散文形式写作的哲学家，我喜欢徜徉在哲学的散文天地里。这里较少独断的论证和说教，有更多的质朴和自然，更多的直觉和洞见。"①

周国平这样做，有一个很高的学术追求，就是突破哲学表达的学院化、概念化，使哲学能够关心人生根本，并且使哲学和诗沟通起来，减除哲学的晦涩，为它嫁接上诗的含蓄。周国平言行一致，其中后期作品基本都是随笔体学术著作了，这为他赢得了无数的读者，也让他被主流体制边缘化（比如终生没有评上博导）。随笔体学术著作在文风上很接近演讲体学术著作，但由于它们还是写给读者"看"的，且没有经过一个"讲"的过程，所以和写给听众"听"的演讲体学术著作相比，还是有很多不同。随笔体学术著作必须有文采，在事实上也的确有文采。演讲体学术著作是一种特殊的随笔体学术著作，因此同样需要有文采。可以说，没有文采的学术著作配不上随笔体、演讲体学术著作的称号。

第三节 善口语

传统的学术著作是怎样的语言风格？不妨以易中天的早期代表作《艺术人类学》为例。《艺术人类学》出版于1992年，先后两次获得政府的学术奖励，算是标准的体制内学术成果，其语言风格自然很符合学术规范：

> 显然，人之为人，在逻辑上，是由人所创造的对象世界来确证的；在心理上，则是由自我确证感来确证的。由于这种自我确证感是人之为人的必须，因此，自我确证感不再只是生产的副产品，而是生产目的的这一天就终于会到来。于是，事情就会发生根本的逆转：以

---

① 周国平：《人与永恒》，黄山书社2007年版，第33—34页。

前是因创造对象而体验到自我确证，现在则是为了自我确证而创造对象了。①

这样绕口的文字贯穿了全书的始终，说明早年的易中天深谙传统学术著作的写作之道。但自这本书之后，可能是的确厌倦了这种写作套路，易中天再也没有写过一本符合体制要求的传统学术著作了。他的《中国男人和女人》《读城记》《闲话中国人》《品人录》等属于随笔体学术著作，他的《品三国》《中国智慧》《先秦诸子百家争鸣》等则属于典型的演讲体学术著作了。以《品三国》中的一段话为例，可以窥视演讲体学术著作"善口语"的特点：

> 生活中的曹操是很可爱的。他常常穿薄绸做的衣裳，腰里挂一个皮制的腰包，用来装手巾之类的零碎东西，有时还戴着丝绸制的便帽去会见宾客。与人交谈时，也没什么顾忌，想说什么就说什么，想怎么说就怎么说。说到高兴处，笑弯了腰，一头埋进桌上杯盘之中，弄得帽子上都是汤汤水水。②

当然，口语并不是口水语。口语为了让演讲者自身更好地理解和记住讲稿，也为了让听众更好地理解和记住演讲的内容，所以尽量形象生动、雅俗共赏。但不能由此将口语误解为粗俗、低端的语言。口语其实也可以说得优美、含蓄和典雅，比如这段：

> 这就是曹操了。他可能是历史上性格最复杂、形象最多样的人。他聪明透顶，又愚不可及；奸诈奸猾，又坦率真诚；豁达大度，又疑神疑鬼；宽宏大量，又心胸狭窄。可以说是大家风范，小人嘴脸；英雄气派，儿女情怀；阎王脾气，菩萨心肠。看来，曹操好像有好几张脸，但又都长在他身上，一点都不矛盾，这真是一个奇迹。③

所以，演讲体学术著作善用口语只是表象，其实质是语言充满生命力

---

① 《易中天文集》第三卷《艺术人类学》，上海文艺出版社2011年版，第85页。
② 《易中天文集》第十二卷《品三国》（上），上海文艺出版社2011年版，第34页。
③ 《易中天文集》第十二卷《品三国》（上），上海文艺出版社2011年版，第26页。

和想象力。"化石化"的语言再书面也是低水平的，充满生命力和想象力的语言再口语也是高水平的。

善口语这个特点在孙绍振、潘知常等人的演讲体学术著作中同样体现得很充分、很明显。我们之所以认为邓晓芒的演讲体学术著作乃至木心非常著名的讲稿《文学回忆录》无演讲体学术著作之实，一个主要理由就是在这些著作中，几乎看不到口语传播的意识和痕迹。

第四节　讲故事

演讲体学术著作的前身是讲稿。讲稿最终是要"讲"出来的，因此，"讲故事"而且"善于讲故事"便成了演讲体学术著作的一个典型特征。特别是文史哲类演讲体学术著作，讲故事更是不可缺少的环节。在易中天、潘知常、孙绍振、戴建业、童庆炳等人的演讲体学术著作中，读者可以感受到作者明确的讲故事意识和高超的讲故事能力。故事其实就是案例，讲故事其实就是一种重要的演讲技巧——案例分析法。不少"讲演录"之所以不能称之为"讲演录"，除了不能用口语表达，还因为没有讲故事。

讲故事也就是演讲者用自己的方式复述作品情节，这其实很考验演讲者理解原作的能力、概括原作的能力和重新创作故事的能力。故事讲得太短理解不了；故事讲得太长同样理解不了。比如复述《堂吉诃德》的故事，这样说就是太短：

> Don Quixote（堂吉诃德）本穷士，读武士故事，慕游侠之风，终至迷惘，决意仿行之。乃跨羸马，被甲持盾，率从卒 Sancho（桑丘），巡历乡村，报人间不平事。斩风磨之妖，救村女之厄，无往而不失败。而 Don Quixote（堂吉诃德）不悟，以至于死，其事甚多滑稽之趣。①

这个故事概括得精短，但不生动、丰富，故事本身的趣味性被遮蔽

---

① 周作人：《欧洲文学史》，岳麓书社2010年版，第128页。

了。而像纳博科夫在《堂吉诃德讲稿》中那样，用 50 余页的篇幅复述堂吉诃德的故事，又显得过于繁复、冗长，无论是听众还是读者，都会感到厌烦和疲倦。

尽管纳博科夫是大作家，会写故事，会创造故事，但大作家未必就是一流的老师，根据其《文学讲稿》《俄罗斯文学讲稿》《堂吉诃德讲稿》判断，他作为教师"讲"故事、复述故事的能力还有待提高。至少从中国听众的"口味"判断，我们更喜欢易中天、潘知常、戴建业、孙绍振他们讲故事、复述故事的方式。比如易中天为了论证魏晋风度中的"怪异的风度"，便讲了曹丕学驴叫的故事：

> 建安二十二年的春天，王粲去世了。按照习惯，一个人去世了以后，总要有一个悼念的仪式，要有一个葬礼。王粲的葬礼，曹丕参加了。当然，这个时候的曹丕，还不是太子。曹丕是建安二十二年十月，才成为魏太子的。但在建安二十二年的春天，他的地位已经非常高了，高居"五官中郎将"，而且"为丞相副"。何况，他还是曹操的儿子。这样一位"大人物"，来到葬礼的现场，按照我们的想象，总该有一个什么悼词啊，讲话啊。但他说什么呢？他说，大家都知道王粲生前，最喜欢的事情就是听驴叫。现在他走了，我们每个人都学一声驴叫，给他送行吧！于是，追悼会上就是一片驴叫。这个事，现在看来真是匪夷所思。哪有一个相当于副总理的官员，去参加一个作家的追悼会，会学驴叫呢？①

这样讲故事，不短不长，精炼又饱满，忠实于原作又有自己的创造，作为讲稿的一个环节，是非常适合的。

第五节　有生活

传统的学术著作更追求"像"一部学术著作，所以"有经验"的同行

---

① 《易中天文集》第十五卷《他山之石　中国智慧》，上海文艺出版社 2011 年版，第 332—333 页。

在判断其学术水准时，会先翻看书末的参考文献和页底的注释，估摸一下参考文献和注释的数量，尤其是外文文献和注释的数量。如果发现参考文献和注释太少，尤其是缺乏外文文献和注释，他们便不再细看正文，也可以做出自认为很准确的判断：这部书缺乏学术水准。这种文献崇拜的根源是知识崇拜，即将丰富的知识和成体系的知识视作衡量学术水准的核心指标，却因此忽略了知识之外的学术要素，如文笔、情趣、生活、幽默感和想象力等。

知识崇拜导致传统的学术著作在客观、理性和冷静的同时，将作者自身独特的生活感悟全部舍弃，读者由此只能接触到冷冰冰的概念、理论、逻辑和论证。写作者偶尔要谈一谈自己的体验，还不能说"我认为"，而只能说"笔者认为"，好像用"我认为"就显得学术性不足甚至有违学术规范一样。与之相反，演讲体学术著作由于大量融入了作者自身的生命体验，所以充满了生活的气息和情调。

演讲体学术著作中的生活气息和情调一般通过"插话"来实现。所谓"插话"，就是"讲课时你得时不时插几句话。本来是讲古代的，忽然插一个现代的；本来是讲'东'，忽然插一个'西'，好像是没有联系，其实是有联系，形散神不散"[①]。"插话"还包括讲外国的，自然地插入一个中国的；讲理论的，自然地插入一个实践的；讲虚构的，自然地插入一个真实的；讲理科的，自然地插入一个文科的；讲文科的，自然地插入一个理科的；讲专业的，自然地插入一个生活的；讲严肃的，自然地插入一个幽默的；讲别人的，自然地插入一个自己的。比如易中天讲孔子小时候受过很多苦时，便穿插了一段自己对年轻人如何成才的议论：

> 而且，我认为，孔子做学问能够融会贯通，古为今用，很大程度上与他懂得民间疾苦，懂得世事艰难，曾经亲身实践有关。正是由于这个原因，我一贯主张年轻人应该吃一些苦，甚至主张一个高中生考上大学以后，应该保留学籍，先去当一年兵，或者当一年农民。[②]

这其实是用自己的人生激活古人的智慧，或者说借助讲古人的故事，

[①] 宋德发：《如何走上大学讲台——青年教师提高讲课能力的途径与方法研究》，湘潭大学出版社2013年版，第150页。

[②] 《易中天文集》第十四卷《先秦诸子百家争鸣》，上海文艺出版社2011年版，第10页。

和年轻学生分享自己的一种人生感悟。这段话大致属于"励志教育"和"生活教育",由于说得比较自然,也比较真诚,所以听众听了会感到比较舒服。加上易中天老师本身就活得很精彩,所以他的这种人生经验和体悟对听众来说不失为一种好的引导和教育。

戴建业在讲解老子的"道"时,提到"道"的本质特性是"自然",然后联系当下生活,"插"了一段自己的评价和感想:

> 随着人类文明的不断发展,不仅大自然遭到了人为的破坏,人类自身的质朴纯真也被虚矫做作所代替,袒露真性情被认为粗野,暴露真思想被认为幼稚,敷衍成了人们交往的主要手段,做作成了修养的重要标志……
>
> 远离了自然的天性,抛弃了赤子的天真,大家还欣欣然自以为得计,人们似乎还没有认识到这是自己在给自己制造灾难和不幸。如果人与人之间没有真诚,相互理解和同情就是一句空话;如果彼此说谎和暗算,整个社会就成了一个大陷阱,他人就成了自己的地狱。
>
> "逢人不可露真情,话到嘴边留三分","到什么地方唱什么样的歌,见什么样的人说什么样的话",圆滑世故,八面玲珑,连在自己的丈夫或妻子面前也要伪装,这样活着不是太累了吗?连在自己的父母或儿子面前也不敢说真话,这样人间还有什么温暖和真情?①

传统的学术著作要将生活提升为理论,所以越凝练越好,越概括越好,越抽象越好,越严密越好,而冲淡主题的"插话"无疑成了写作之大忌。而演讲体学术著作是为演讲而写的,是将理论还原为生活,所以,特别需要借助"插话"来增强表达的生动性、形象性。当然,并不是每个人都可以做到"插话"的。能够自然、巧妙地插话的作者,不仅具备相当的专业水平,而且具备丰富的人生阅历,以及非凡的想象力。

如上所论,演讲体学术著作为了更好地实现口语传播的目标,在表达上更侧重深入浅出、雅俗共赏、生动有趣。演讲体学术著作独特的学术性不应该受到怀疑,更不应该受到歧视。在目前的主流学术评价体制中,愿意写演讲体学术著作的学者并不多,愿意写又能写好的学者更是屈指可

---

① 戴建业:《老子开讲》,海南出版社2015年版,第13—14页。

数。能够写好演讲体学术著作的，基本都是能够在书面语与口语、专业语言和生活语言、学术语言和散文语言之间自由切换而毫不费力的学者。特别要强调的是，他们不仅是有真才实学的好学者，而且往往是特别会讲课的老师，如易中天、潘知常、孙绍振、戴建业等，都是享誉校内外的顶级"名嘴"。

如果说传统的学术著作注重"深入"，那么演讲体学术著作则注重"深入浅出"。由于特别善于用"浅出"的方式表达"深入"，所以演讲体学术著作常被当作非学术著作而遭受冷眼和白眼。主流学术界的"傲慢与偏见"显然有损学术风格的百花齐放。我们应该相信，演讲体学术著作深入浅出、雅俗共赏等方面的追求和特征并不会降低学术的水准，丧失学术的真谛：

> 其实，所谓"通俗"是一个太笼统的说法。"通"本是与"隔"相对而言的，一个作者对自己所处理的题目融会贯通，因而能与相应的读者沟通，在这两方面均无阻隔，便是"通"。"俗"则是与"雅"相对而言的，指内容的浅显和形式的易于流行。所以，"通"和"俗"原不可相提并论。事实上，世上多的是"俗"而不"通"或"雅"而不"通"的制品，却少有真正"通"而不"俗"的作品。难的不是"雅"，而是"通"。而且我相信，只要真正"通"了，作品就必定不"俗"①。

演讲体学术著作追求的终究目标其实是"通"。从这个角度看，并不是每个人都可以写好演讲体学术著作的。写好演讲体学术著作，既需有比较深厚的学术水准，还需有超过一般人的才情和阅历。

周国平认为，"从事人文研究的三种方式：一、学者的方式：严格地做学问，讲究规范和方法，注重材料的发现、整理和解释；二、才子的方式：潇洒地玩学问，讲究趣味和技巧，易卖弄机智和才情；三、思想者的方式：通过学问求真理或信仰，注重精神上的关切"②。能写好演讲体学术著作的学者，未必是最受主流评价体制认可和欣赏的，但的确是能将三种

---

① 周国平：《我们都是孤独的行路人》，湖南文艺出版社 2017 年版，第 107 页。
② 周国平：《风中的纸屑》，黄山书社 2007 年版，第 105 页。

研究方式统一、平衡得相当好的。

上文是对体制不认可但读者很认可的演讲体学术著作的整体印象。由于本书是在线上课程《故事中的人生——西方古典文学选讲》和线下课程《欧美文学专题》讲稿的基础上补充拓展而来的，是为了口语传播而写的，并且通过真实的讲授进一步检验和提升了口语传播的效果，因此，尽管本书为了增强学术性，在出版时遵循学术规范增补了大量注释，删除了不少过于口语的表达，但其内核依然是演讲体学术著作，在整体上也具备演讲体学术著作的上述特征。其中有两点，我想重点阐释一下。

一是讲故事。郜元宝在《没有"文学故事"的文学史——怎样讲述中国现代文学史》[①]一文中认为，中国人写的"中国现代文学史"追求"大而全"，太注重文学规律的发现和概括，太在意文学背景知识的烦琐介绍，没有文学性和故事性可言。推而广之，"没有故事"可能是所有传统文学研究著作的共同特征。

演讲体学术著作注重讲故事，文学类演讲体学术著作更是如此，因为文学就是故事。莫言曾很自豪地说："我是一个讲故事的人。因为讲故事我获得了诺贝尔文学奖。我获奖后发生了很多精彩的故事，这些故事，让我坚信真理和正义是存在的。今后的岁月里，我将继续讲我的故事。"[②] 文学老师同作家一样，也是讲故事的人。不同在于两点：一是作家创造故事，文学老师不创造故事，而是复述作家创造的故事；二是作家只客观地讲故事，文学老师不只是客观地讲故事，还需要对所讲故事做主观性的评价。文学课的魅力，首先在于文学老师善于复述故事；其次在于文学老师善于评价故事。只复述不评价，文学课缺乏必要的深度；只评价不复述，文学课缺乏必需的温度。

文学老师首先要复述故事，这是一种讲授理念。有的人认为，文学老师在课堂上复述故事，是比较低端的体现，是没有水平的体现，是迎合学生低级趣味的体现。持此理念，原因不外乎有四：一是轻视故事迷信理论；二是将深刻视为讲授的唯一追求；三是对人间的烟火味缺乏真情实感；四是将"讲故事"等同于"只讲故事"。文学的本质就是讲故事，人

---

① 郜元宝：《没有"文学故事"的文学史——怎样讲述中国现代文学史》，《南方文坛》2008年第4期。

② 莫言：《讲故事的人——在诺贝尔文学奖颁奖典礼上的讲演》，《当代作家评论》2013年第1期。

的本性就喜欢听故事。因此，文学课之所以比其他课更吸引人，就因为它需要讲故事，并且可以讲故事。无数的实践也证明，不复述故事的文学课不可避免地走向让人无法忍受的枯燥、无趣和无聊。

文学老师其次要善于复述故事，这是一种讲授水平。相同的故事，有的文学老师复述得比原作还要精炼和精彩，让听者拍手叫好，拍案叫绝；有的文学老师复述得繁复和乏味，让学生听得云里雾里，误以为世界名著不过尔尔。复述故事的能力，有先天自带的，也有后天锤炼出来的，这些我在《站稳讲台：大学讲授学》（浙江大学出版社2020年版）中有比较充分的阐述，有兴趣的读者可以参阅。

二是有生活。文学老师在复述故事之后，还需要对故事做出评价。这通常有两大角度，一是故事的内容好不好？二是讲故事的方式好不好？第二个角度特别考验文学老师的文学感悟力。遗憾的是，这也恰恰是文学老师普遍缺乏的。实际上，看起来很有文学理论修养的文学老师，在面对真实的文学作品时，要么是无话可说，要么是胡言乱语。追根溯源，是因为文学老师的选拔和培养方式都有问题。因此，像孙绍振、毕飞宇、童庆炳、潘知常等这类文学创作修养比较深的，可以游刃有余地在细节上解剖文学作品的，能够非常自信地告诉学生文学作品究竟好在哪里的文学老师是可遇而不可求的。

由于先天缺乏文学感悟，以及后天缺乏相关的熏陶和训练，导致我也属于那种没有文学性的文学老师。因此，在评价文学作品时，我也更倾向于从第一个角度出发，即更注重讨论故事本身的启发作用。由于文学是人学，因此，故事的启发作用主要就是对人生的启发作用。出于这点考虑，我将自己录制的"中国大学视频公开课"命名为"故事中的人生"。

其实我的人生无比的简单粗略，我对人生有价值的感悟少得可怜。如果我不是文学老师，我根本没有资格和信心谈什么文学中的人生。我如今大谈什么文学中的人生，是因为只有从这个角度来评价故事，我才好歹能说出一点点自己真实的感受。这也算是一种不得已的扬长避短吧。也因如此，我才将自己讲课的"套路"概括为"三板斧"：第一板斧是讲述故事的"字面意义"（即用自己的语言复述故事）；第二板斧是讨论故事的"时代意义"（即关注故事的文学史和文化史意义）；第三板斧是分析故事的"象征意义"（即结合自己特别有限的生命体验，提炼和体悟作品中的生命哲学）。

其中，最能体现我个人讲课特色的是"第三板斧"。而所谓分析故事的"象征意义"，其实就是借助对世界名著的复述和分析，激活自己的人生，继而跟学生分享自己的人生观。文学课和哲学课，如果缺乏这个环节，存在的价值将会大打折扣？甚至失去了存在的必要。要知道，那些文学大师和哲学大师，终其一生，都是在苦口婆心地告诉世人什么是幸福和如何获得幸福。

主要参考文献

一 著作

毕飞宇:《小说课》,人民文学出版社2017年版。

残雪:《永生的操练——但丁〈神曲〉解析》,作家出版社2019年。

陈喜辉:《神在人间的时光——希腊神话欣赏》,中信出版社2015年版。

陈志强等:《城堡·骑士·贵族》,云南人民出版社2002年版。

程志敏:《荷马史诗导读》,华东师范大学出版社2007年版。

戴建业:《戴老师魔性诗词课》,北京联合出版公司2020年版。

戴建业:《老子开讲》,海南出版社2015年版。

飞白编:《古罗马诗选》,飞白译,花城出版社2001年版。

冯俊科:《西方幸福论》,吉林人民出版社1992年版。

高远东、马自力:《鄙视世界的天才——歌德与〈浮士德〉》,海南出版社1993年版。

何大草:《忧伤的乳房》,安徽文艺出版社2014年版。

黄仁宇:《万历十五年》,生活·读书·新知三联书店1997年版。

姜岳斌:《伦理的诗学——但丁诗学思想研究》,浙江大学出版社2007年版。

蒋承勇:《人性探微——蒋承勇教授讲西方文学与人文传统》,中央编译出版社2014年版。

蒋承勇:《十九世纪现实主义文学的现代阐释》,高等教育出版社1996年版。

蒋承勇:《西方文学"两希"传统的文化阐释》,中国社会科学出版社2003年版。

蒋承勇:《西方文学"人"的母题研究》,华东师范大学出版社2018年版。

李建军：《重估俄苏文学》（上、下），二十一世纪出版集团2018年版。

李江、于闽梅：《世界戏剧史话》，国际文化出版公司2000年版。

李玉悌：《但丁与神曲》，陕西人民出版社1989年版。

理由：《荷马之旅——读书与远行》，生活·读书·新知三联书店2019年版。

林贤治：《五四之魂——中国知识分子精神史》，漓江出版社2012年版。

刘建军：《外国文学经典中的人生智慧》，江苏人民出版社2017年版。

刘文孝主编：《罗马文学史》，云南人民出版社2003年版。

木心：《文学回忆录》（上、下），广西师范大学出版社2015年版。

倪世光：《西欧中世纪骑士的生活》，河北大学出版社2004年版。

潘知常：《说〈红楼〉人物》，上海文化出版社2008年版。

潘知常：《说〈水浒〉人物》，上海文化出版社2008年版。

启良：《西方文化概论》，花城出版社2000年版。

钱理群：《丰富的痛苦——堂吉诃德与哈姆雷特的东移》，时代文艺出版社1993年版。

隋竹丽：《古希腊神话研究》，黑龙江人民出版社2005年版。

孙绍振：《文学性讲演录》，广西师范大学出版社2006年。

孙绍振：《演说〈红楼〉〈三国〉〈雷雨〉之魅》，福建教育出版社2017年版。

孙绍振：《演讲经典之美》，福建教育出版社2017年版。

唐卉：《希腊神话历史探赜——神、英雄与人》，复旦大学出版社2019年版。

童庆炳：《美学与当代文化讲演录》，广西师范大学出版社2007年版。

汪丽红：《骑士——且歌且战的西欧贵族》，上海辞书出版社2006年版。

王焕生：《古罗马文学史》，人民文学出版社2006年版。

王诺：《外国文学——人学蕴涵的发掘与寻思》，科学出版社1999年版。

王向远：《宏观比较文学讲演录》，广西师范大学出版社2008年版。

王以欣：《神话与竞技——古希腊体育活动与奥林匹克赛会起源》，天津人民出版社2008年版。

吴笛主编：《世界名诗欣赏》，浙江大学出版社2008年版。

吴子林编：《教育，整个生命投入的事业——童庆炳教育思想文萃》，华东师范大学出版社 2016 年版。

徐葆耕：《西方文学十五讲》，北京大学出版社 2012 年版。

徐葆耕：《西方文学——心灵的历史》，清华大学出版社 1990 年版。

徐岱：《体验自由——三维空间中的思考》，浙江大学出版社 1999 年版。

徐岱：《艺术的精神》，首都师范大学出版社 2001 年版。

玄珠：《骑士文学 ABC》，世界书局 1929 年版（上海书店 1990 年影印）。

杨慧林、黄晋凯：《欧洲中世纪文学史》，译林出版社 2001 年版。

杨俊明：《社会道德的变迁与罗马帝国的兴亡——古罗马公民社会道德研究》，湖南人民出版社 2015 年版。

叶舒宪：《高唐神女与维纳斯——中西文化中的爱与美主题》，陕西人民出版社 2005 年版。

余凤高：《西方性观念的变迁——西方性解放的由来与发展》，湖南文艺出版社 2004 年版。

余秋雨：《北大授课》，商务印书馆 2018 年版。

曾艳兵：《卡夫卡研究》，商务印书馆 2009 年版。

张楚廷：《改革路上——张楚廷口述史》，西南师范大学出版社 2019 年版。

张楚廷：《思想的流淌》，西南师范大学出版社 2015 年版。

张楚廷：《体育与人》，西南师范大学出版社 2014 年版。

张楚廷：《有效的家庭教育》，西南师范大学出版社 2015 年版。

张楚廷：《哲学是什么》，西南师范大学出版社 2015 年版。

张宏杰：《中国国民性演变历程》，湖南人民出版社 2013 年。

赵静蓉：《怀旧——永恒的文化乡愁》，商务印书馆 2009 年版。

赵林：《西方文化概论》，高等教育出版社 2008 年版。

郑也夫：《知识分子研究》，中国青年出版社 2004 年版。

周国平：《风中的纸屑》，黄山书社 2007 年版。

周国平：《人生哲思录》，上海辞书出版社 2011 年版。

周国平：《人与永恒》，黄山书社 2007 年版。

周国平：《生命本就纯真》，湖南文艺出版社 2017 年版。

周国平：《生命的品质》，湖南人民出版社 2012 年版。

周国平：《岁月与性情——我的心灵自传》，长江文艺出版社 2004 年版。

周国平：《我喜欢生命本来的样子》，作家出版社 2017 年版。

周国平：《只是眷念这人间烟火》，湖南文艺出版社2017年版。
周作人：《欧洲文学史》，岳麓书社2010年版。
朱伟奇：《中世纪骑士精神》，陕西人民出版社2004年版。
宗白华：《美学散步》，上海人民出版社1981年版。
邹振东：《弱传播——舆论世界的哲学》，国家行政学院出版社2018年版。

二 译著

［阿根廷］博尔赫斯：《但丁九篇》，王永年译，上海译文出版社2015年版。
［澳］马尔克姆·戴伊：《古典神话人物100》，冷枞、冷杉译，生活·读书·新知三联书店2009年版。
［保加利亚］瓦西列夫：《爱情面面观》，王永嘉、杨家荣、马步宁、陈丽娅译，新世纪出版社1986年版。
［丹麦］勃兰兑斯：《十九世纪文学主流·流亡文学》，张道真译，人民文学出版社1997年版。
［德］爱克曼辑录：《歌德谈话录》，朱光潜译，人民文学出版社1978年版。
［德］奥托·基弗：《古罗马风化史》，姜瑞璋译，辽宁教育出版社2000年版。
［德］歌德：《浮士德》，董问樵译，复旦大学出版社1983年版。
［德］黑格尔：《历史哲学》，王造时译，商务印书馆1963年版。
［德］黑格尔：《美学》，朱光潜译，商务印书馆1982年版。
［德］黑格尔：《哲学史讲演录》第1卷，北京大学哲学系外国哲学史教研室译，生活·读书·新知三联书店1956年版。
［德］斯威布：《希腊神话与传说》，楚图南译，人民文学出版社1977年版。
［俄］列夫·托尔斯泰：《托尔斯泰谈幸福》，王志耕译，商务印书馆2016年版。
［俄］梅列日科夫斯基：《但丁传》（一、二），刁绍华译，辽宁教育出版社2000年版。
［俄］普希金：《叶甫盖尼·奥涅金》，冯春译，上海译文出版社1982

年版。

［法］阿纳托尔·法郎士：《苔依丝》（上），吴岳添译，漓江出版社 1987 年版。

［法］丹纳：《艺术哲学》，傅雷译，安徽文艺出版社 1991 年版。

［法］弗雷德里克·勒诺瓦：《幸福，一次哲学之旅》，袁筱一译，南海出版公司 2015 年版。

［法］拉伯雷：《巨人传》，成钰亭译，上海译文出版社 1990 年版。

［法］孟德斯鸠：《罗马盛衰原因论》，婉玲译，商务印书馆 2005 年版。

［法］皮埃尔·维达尔－纳杰：《荷马的世界》，王莹译，中国人民大学出版社 2007 年版。

［古罗马］奥维德：《爱经》，戴望舒译，哈尔滨出版社 2004 年版。

［古罗马］维吉尔：《埃涅阿斯纪》，杨周翰译，上海译文出版社 1999 年版。

［古罗马］维吉尔：《牧歌》，杨宪益译，上海人民出版社 2009 年版。

［古希腊］柏拉图：《柏拉图全集》（1—4 卷），王晓朝译，人民出版社 2003 年版。

［古希腊］荷马：《荷马史诗·奥德赛》，王焕生译，人民文学出版社 1997 年版。

［古希腊］荷马：《荷马史诗·伊利亚特》，罗念生、王焕生译，人民文学出版社 1994 年版。

［古希腊］亚里士多德：《诗学》，陈中梅译，商务印书馆 2010 年版。

［荷兰］彼得·李伯庚：《欧洲文化史》，赵复三译，上海社会科学院出版社 2004 版。

［捷克］夸美纽斯：《大教学论》，傅任敢译，教育科学出版社 1995 年版。

［美］布斯：《小说修辞学》，华明、胡晓苏、周宪译，北京大学出版社 1987 年版。

［美］哈罗德·布鲁姆：《西方正典——伟大作家和不朽作品》，江宁康译，译林出版社 2015 年版。

［美］亨利·欧内斯特·西格里斯特：《疾病与人类文明》，秦传安译，中央编译出版社 2016 年版。

［美］杰里米·尤德金：《欧洲中世纪音乐》，余志刚译，中央音乐出版社

2005年版。

［美］罗德·W. 霍尔顿、文森特·F. 霍普尔：《欧洲文学的背景》，王光林译，重庆出版社1991年版。

［美］斯塔夫里阿诺斯：《全球通史——1500年以前的世界》，吴象婴、梁赤民译，上海社会科学院出版社1999年版。

［美］苏珊·桑塔格：《疾病的隐喻》，程巍译，上海译文出版社2003年版。

［美］索尼娅·柳博米尔斯基：《幸福有方法》，周芳芳译，中信出版社2014年版。

［美］泰勒·本-沙哈尔：《幸福的方法——哈佛大学最受欢迎的幸福课》，汪冰、刘骏杰译，中信出版社2013年版。

［美］依迪丝·汉密尔顿：《希腊的回声》，曹博译，华夏出版社2008年版。

［瑞士］雅各布·布克哈特：《意大利文艺复兴时期的文化》，何新译，商务印书馆1996年版。

［苏］阿尼克斯特：《歌德与〈浮士德〉：从构思到完成》，晨曦译，生活·读书·新知三联书店1986年版。

［苏］巴赫金：《拉伯雷研究》，李兆林、夏忠宪等译，河北教育出版社1998年版。

［苏］留里科夫：《爱的三种魅力——爱情，它的昨天、今天和明天》，徐泾元、徐桃林、宋亚珍译，工人出版社1988年版。

［西班牙］塞万提斯：《堂吉诃德》（上、下），杨绛译，人民文学出版社1987年版。

［意大利］薄伽丘·布鲁尼：《但丁传》，周施廷译，广西师范大学出版社2008年版。

［意大利］薄伽丘：《十日谈》，王永年译，人民文学出版社1994年版。

［意大利］但丁：《神曲》，田德望译，人民文学出版社2002年版。

［意大利］马里奥·托比诺：《但丁传》，刘黎亭译，上海译文出版社1984年版。

［印］阿马蒂亚·森：《身份与暴力——命运的幻象》，李凤华、陈昌升、袁德良译，中国人民大学出版社2009年版。

[英] 阿伦·布洛克：《西方人文主义传统》，董乐山译，生活·读书·新知三联书店1997年版。

[英] 爱德华·伯曼：《像新绅士一样生活——与中国新富探讨从物质富有跨越到精神高贵》，李钊平、张跣译，当代中国出版社2011年版。

[英] 福斯特：《小说面面观》，苏炳文译，花城出版社1984年版。

[英] 基托：《希腊人》，徐卫翔、黄韬译，上海人民出版社2006年版。

[英] 汤因比：《历史研究》，曹未风等译，上海人民出版社1997年版。

[英] 雪莱：《希腊》，杨熙龄译，新文艺出版社1957年版。

[英] 约翰·洛克：《教育漫话》，徐大建译，商务印书馆2018年版。

后　记

没有什么可以阻挡我对"讲台"的向往

我22岁开始教书，如果60岁退休的话，差不多有40年职业生涯。我的职业规划是：前20年致力于当老师（站稳讲台）。站稳讲台需要讲课能力，还需要讲课技巧，但最后拼的还是学术水平乃至人生阅历。所以，为了更好地站稳讲台，后20年我要致力于做学者，并且尽可能丰富自己的生活。

由于做学者还是为了更好地当老师，所以，我的学术研究便有些与众不同。一是我更关注经典作家、作品的研究，道理很简单，我上课就是以介绍经典作家、作品为主。二是我更注重知识、观点、思想的综合和传承。讲课从"讲什么"的角度看，又"新"又"好"无疑最好，但显然不是每个人都可以做到最好。我的学术创新能力更是有限，只能退而求次之，力争多讲一些可能不"新"但"好"的内容。比起"新"却"不好"以及既不"新"又"不好"，不"新"但"好"算是比较好的选择了。三是在写作传统学术著作之外，我努力写一些遵循口语传播规律的演讲体学术著作。相对而言，我比较擅长用口语写作，从发表文章的角度看，这是一个缺点；从讲课的角度看，这是一个优点。

在学术界，我是一个毫无成绩，毫不起眼的小人物。一方面，我的确缺乏足够的学术天赋；另一方面我一直缺乏在学界勇争一流的勇气。每当拜读那些义理、考据、辞章兼备的学术论著，我除了羡慕，就是绝望——感到自己永远也写不出来。但在讲台上，我似乎能找到自己的自信，展示自己的风采，赢得自己的声誉，可能有两个原因，一是我的演讲才能远胜于我的写作才能；二是我紧密围绕日常讲课展开研究，所以尽管我的创新性学术成果不多，但具体到日常讲课的内容方面，我的学术储备应该处于中等以上水平，至少用于面向本科生和社会大众的普及是差不多够用的。

我的职业定位就是做一个"教书匠"。如果要说得大气和霸气一点，就是做一个优秀的教书匠。尽管外部的大环境在不断引导、诱导我做体制认可的学者，尽管在如今的高校，"教书匠"几乎成了一个贬义词，但我依然固执地认为，没有什么可以阻挡我对"讲台"的向往。因此，我的写作主要就是两个意义，一是让日子更充实一些，内心更安宁一些，精神更愉悦一些；二是让自己的专业底蕴更深厚一些，上讲台后确实有一些好东西可以讲。

本书如果说有一些学术创新的话，大概体现在三点：一是在导论中提出了研究对象与讲课对象严重脱节的问题，这是一个很容易发现的问题，但似乎同行们都有意避而不谈；二是在结语中率先提出了"演讲体学术著作"的概念，并对其学术特色加以详细的论证（以前学界只是提出了散文体学术著作、随笔体学术著作的概念）；三是在具体作品的分析过程中，完善了"字面意义—时代意义—象征意义"的"三板斧"解读模式，特别是对"象征意义"的强化，算是比较有个性和新意的贡献。

当然，总体而言，本书的出版对学界的意义微乎其微。但它毕竟是一位获得过学生认可的老师的部分心血——只是选择了讲稿中的10讲加以整理出版。对致力于站稳讲台的同行以及外国文学初学者而言，本书会有一定的参考价值。

歌德说："一般说来，一部作品既然脱稿了，我对它就不再操心，马上就去考虑新的写作计划。"① 本书无论留下多少遗憾，也就此打住，因为要开始新书的写作了。

宋德发
2020年9月

---

① ［德］爱克曼辑录：《歌德谈话录》，朱光潜译，人民文学出版社1978年版，第39页。